비

뢰

도

飛
雷
刀

비뢰도 13

검류혼 新무협 판타지 소설

2판 1쇄 찍은 날 § 2005년 12월 9일
2판 1쇄 펴낸 날 § 2005년 12월 19일

지은이 § 검류혼
펴낸이 § 서경석

편집장 § 문혜영
편집책임 § 장상수

펴낸곳 § 도서출판 청어람
등록번호 § 제1081-1-89호
등록일자 § 1999. 5. 31
어람번호 § 제2-0774호

주소 § 경기도 부천시 원미구 심곡1동 350-1 남성B/D 3F (우) 420-011
전화 § 032-656-4452 팩스 § 032-656-4453
http://www.chungeoram.com
E-mail § eoram99@chollian.net

ISBN 89-5831-868-6 04810
ISBN 89-5831-855-4 (세트)

飛雷刀

FANTASTIC ORIENTAL HEROES

검류혼 장편 신무협 판타지 소설

13

세 개의 관문

도서출판 청어람

봉황은 삼백 년에 한 번 불꽃 속에
몸을 던져 잿속에서 새롭게 다시 태어난다고 했던가?
영생의 불사조. 불꽃의 신조 또한 그러하거늘…….

•

지금의 강호는 너무나 낡았어!
이제 내가 너를 재생의 불꽃 속에서 다시 태어나게 하겠다.
낡은 과거는 이곳 회색 잿속에서 흐트러지고,
새로운 역사가 새벽의 여명 속에서 태어난다.
이제 과거의 이야기는 모두 이곳에서 종언을 고하고,
새로운 이야기가 시작되리라!

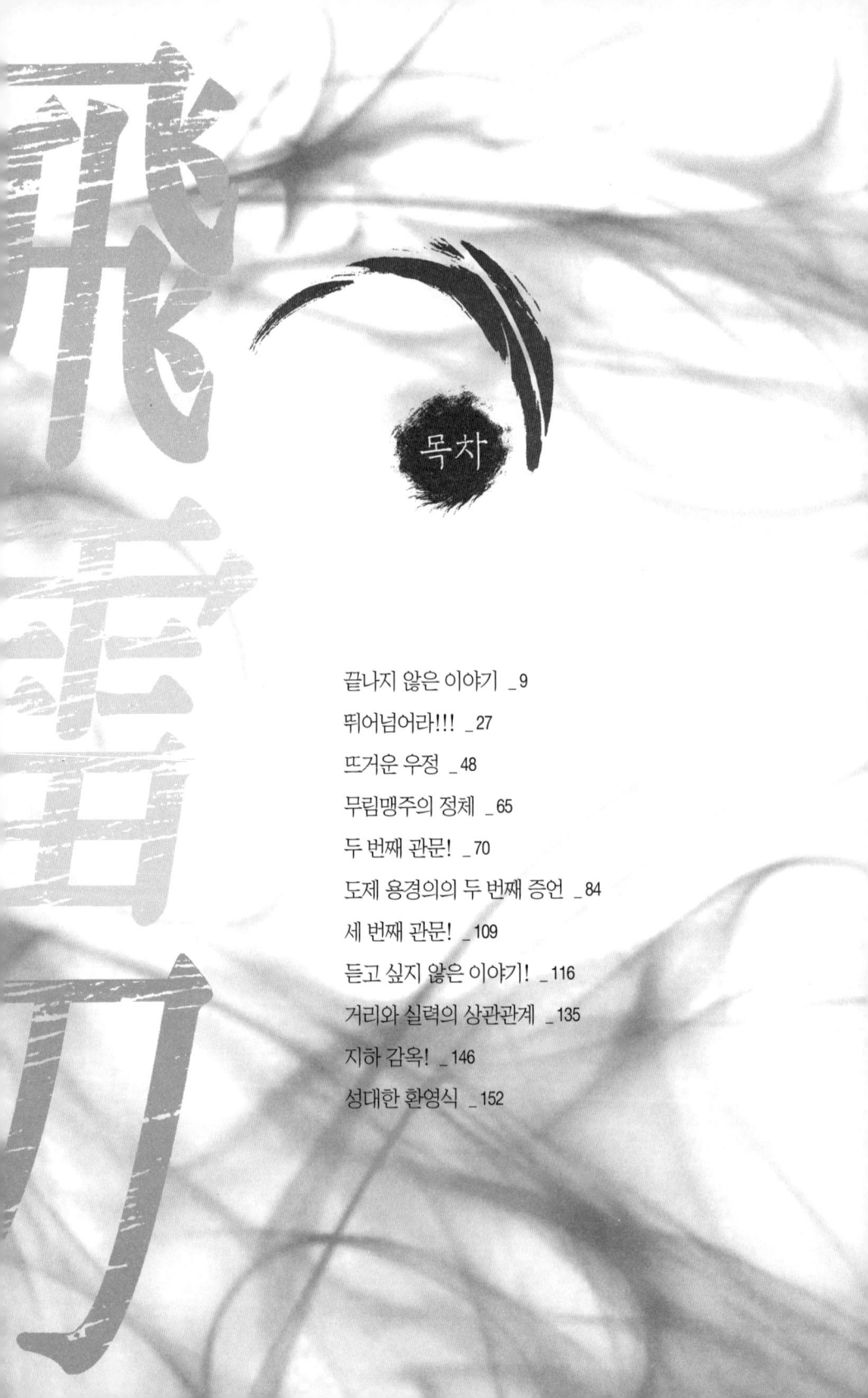

목차

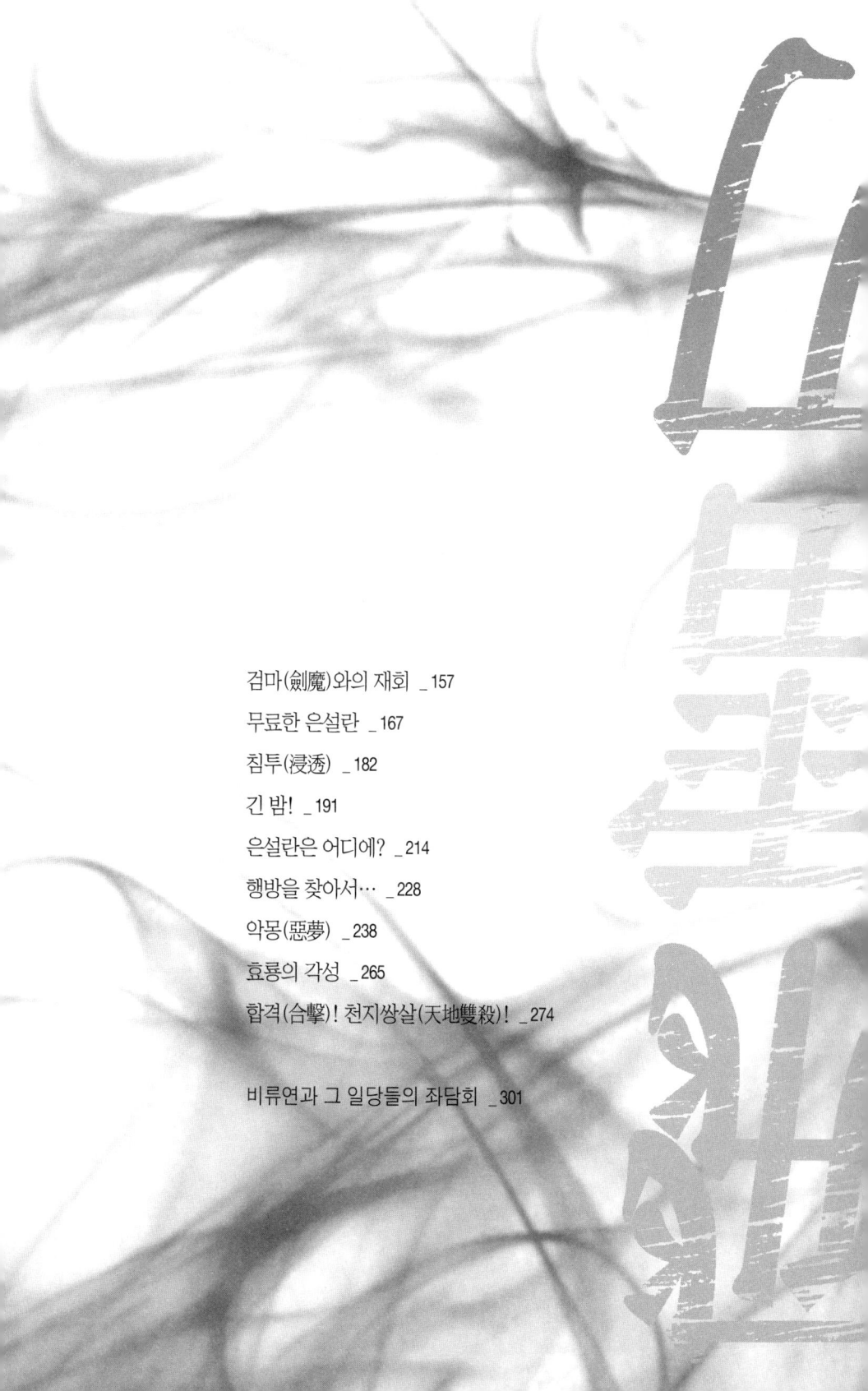

끝나지 않은 이야기
- 계속되는 이야기

종쾌의 이야기는 아직 끝나지 않았다.

천겁령(天劫靈) 그 자체이자 전부라 해도 과언이 아닌 천겁혈신 위천무를 강호에서 소멸시키기 위한 책략이 정사공동연합무림회의에서 만장일치로 최종 승인되자 강호는 눈코 뜰 새 없이 바쁘게 돌아가기 시작했다.

    일단 승인된 계획은 더 이상의 실패를 용납하지 않았다. 이때 패천도(覇天刀) 갈중혁과 태극신군(太極神君) 혁월린은 아직 그 모습을 드러내지 않고 있었다.

    대대적인 인력이 한 장소에 과밀할 정도로 집중적으로 투입되었다. 곧 '그'를 저지하기 위한 함정 파기 작업이 착수됐다. 현 강호에 존재하는 어떠한 기관장치(機關裝置)로도 그의 발목을 잡을 수 없다는 애석한 사실은 이미 뼈아픈 희생과 고통을 대가로 밝혀진 터였다. 고로 사람을 이용한, 아니 사람이 주(主)를 이루는 덫이 될 수밖에 없었다. 당시 기관진식의 최고 달인이라 불렸던 천기장(天機匠) 도벽군(천기수 도굴군의 아버지)의 평생 심력이 담긴, 백팔 귀신도 빠져 나오지 못한다는 필살의 기관절진 백팔연환멸귀진(百八連環滅鬼陣)조차도 그는 생채기 정도만을 놀이 대가로 치른 채 치명상 하나 없이 비웃듯 유유하게 파훼(破毁)해버렸던 것이다. 그 사건 이후, 자기 자신의 기술과 실력이 지닌 한계에 절망한 천기장 도벽군은 사지(四肢)의 연장(延長)이나 다름없던 망치와 끌을 떨림이 가시지 않는 손에 두 번 다시 쥐지 못했다. 그리고 그것은 당시 강호에 그를 막을 만한, 희망만이라도 품어볼 수 있었던 기관기술이 더 이상 존재하지 않는다는 것을 의미했다.

희생은 어떻게든 불가피한 상황이었고 모두들 그것을 각오했다. 어떠한 희생도 없는 기적 같은 상황타개를 바랄 만큼 정사연합은 뻔뻔스럽지도, 비현실적이지도 않았다. 분골쇄신(粉骨碎身)하는 마음으로 헤아릴 수 없을 만큼 무수한 희생을 그 대가로 치른다 해도 성공할 확률이 희박하다는 사실을 모두들 잘 알고 있었다. 그리하여 마침내 세 개의 관문이 완성되었다. 사람들은 이 세 관문에 자신들의 바람과 소망을 담아 멸겁삼관(滅劫三關)이라 불렀다.

수십 명의 문장가들이 머리를 쥐어짜며 작성한 한 통의 서찰이 천겁령의 본진을 향했다. 도전장(挑戰狀)이자 도박장(賭博狀)이었다.

이 한 통의 서찰에 얼마나 많은 사람들의 피땀 어린 노고가 용해되어 스며들었는지 감히 측량할 수 없을 정도였다. 무림 역사의 개벽 이래 흑백(黑白)과 정사(正邪)가 소속과 이념과 사상을 떠나 이처럼 일치단결한 일은 아마 처음이었을 것이다.

그리고…, 초조함이 사람들을 지배하는 가운데 운명의 날이 밝았다.

운명이 선택한 장소는 바로 중원오악 중 서악(西嶽)이라 불리는 화산(華山)의 다섯 봉우리 중 남쪽에 위치한 낙안봉(落雁峯)이었다.

일찍부터 화산파에 모인 수백 명에 이르는 정사 무림의 수뇌부들은 타는 듯한 갈증과 초조함 속에 안달하며 '그'를 기다렸다. 그리고…….

약속대로 '그'가 왔다.

보고를 받은 정사 무림의 종사들은 모두들 수치심과 모욕감에 얼굴을 붉혀야만 했다. 자신들 따위는 안중에도 없는 것인지, 아니면 발톱에 긴 때 정도로만 여긴 것인지 그는 단 한 명의 수행자도 없이 단신으로 모습을 나타내었던 것이다.

"그때 첫 번째 관문을 담당했던 사람이 바로 노부일세."

비공답은 종쾌의 자조 섞인 이 한마디가 천무학관 대표단들을 과거에서 단박에 현실의 물가로 끌어올렸다. 그러나 아무도 입을 여는 이가 없었다. 지금 종쾌의 입을 빌려 흘러나오는 이야기 전부를 여기 있는 그 누구도 들어본 적이 없었던 것이다. 심지어 빙검과 염도조차도 말이다.

흔들리는 눈동자를 지닌 종쾌가 계속해서 이야기를 이어갔다. 노인은 그때 일을 엊저녁 일처럼 생생하게 기억하고 있었다.

"사실 자원했다네. 솔직히 무력으로만 까놓고 보자면 자신 없었지만 발의 빠름으로라면 그 누구에게도 뒤지지 않는다고 믿고 있었던 것일세. 자만…이었지. 후우……."

회한(悔恨)의 그림자가 농밀하게 담긴 한숨이 노인의 주름진 입술에서 흘러나왔다. 종쾌는 이야기를 계속했다.

"생존 확률이 그리 높은 임무는 아니었지. 하지만 난 그때 아직 혈기방장한 나이라 앞뒤 분간을 잘 못하던 처지였어. 일종의 명예욕이라고나 할까. 물론 '그'는 그 이름만으로도 충분히 두려웠지만, 앞서 말했다시피 난 나의 빠른 두 다리에 자부심을 지니고 있었다네. 이 두 다리만은 아무리 '그'라 해도 결코 쫓아오지 못할 것이라고 말일세. '그의 무공이 아무리 경천동지한다 해도 경공만은 내가 강호 최고다'라고. 터무니없는 생각이었지만 그때는 정말 그렇게 생각하고 있었다네."

"그러니깐, 짧고 간단하게 한마디로 요약하자면 뒷덜미 잡히지 않고 날쌔게 도망칠 자신이 있었던 거군요!"

순간 좌중들의 시선이 일제히 한 곳을 향했다. 이 적나라한 요약의 작성자는 바로 비류연이었다.

여기저기 이쪽저쪽 그의 실체를 잘 모르는 사람들로부터 책망하는 소리가 분분히 터져 나왔지만 비류연은 태연자약(泰然自若)을 넘어 당당하기까지 했다.

그뿐만이 아니었다.

"응? 내가 틀린 말이라도 했나요? 아니면 누구들처럼 바른 소리라도 눈치보고 가려가면서 해야 하는 건가요?"

비류연은 오히려 다른 사람들의 행동을 이해 못하겠다는 태도였다. 그에게 만성이 되어 면역력을 지니고 있던 주작단과 그의 친구들은 그러려니 하고 넘어갔지만 그 외의 나머지 사람들은 차마 그럴 수가 없었다.

사람들이 비류연이 저지른 생각 없는 무례에 대해 안절부절 못하며 당황하고 있을 때 한쪽에서 지금의 어정쩡한 상황을 일소시킬 만한 시원스런 대소가 터져 나왔다. 파안대소하며 시원스럽게 웃어젖힌 이는 바로 종쾌였다.

"허허허허허! 어린 친구가 말 한번 시원스럽게 하는구만. 자네 말이 맞네! 자네 말이 참으로 옳아! 바른 말을 하는데 비겁자처럼 쉬쉬거릴 필요는 없지. 암, 없고말고!"

종쾌의 홍소에 다들 어안이 벙벙해 있을 때 오직 비류연만이 어깨를 으쓱했다. '거봐라! 아무런 문제가 없지 않느냐! 그런데 웬 호들갑이냐?'라고 말하는 듯했다.

한참을 웃어젖힌 종쾌는 가슴 밑바닥에 퇴적되어 있던 탁기가 웃음을 통해 어느 정도 빠져나갔는지 약간 밝아진 목소리로 이야기를 계속했다.

"하지만 그때는 정말 잘 도망칠 자신이 있었다네. 당시 강호에는 그 누구도 노부의 그림자를 따라올 만큼 빠른 사람이 없었으니깐 말일세! 그리하여 사람들은 노부에게 하늘을 날아 구름을 밟고 논다는 의미에서 비공답운(飛空踏雲)이라는 별호를 지어주었지. 그 별호는 노부의 긍지이자 명예였다네. 그러나 '비공답운'이란 별호가 부질없는 허명이라는 걸 깨닫는 데는 오랜 시간이 걸리지 않았지!"

어느새 그의 노안은 웃음의 잔재가 흔적도 없이 사라진 채 싸늘하게 굳어 있었다. 유쾌한 산들바람에 잠시 젖혀졌던 암울한 장막이 다시 노인의 얼굴 위에 그림자를 드리웠다.

백 년의 시간이 덧없이 흘렀건만 아직도 그의 망막 속에 새겨진 그 공포는 시간과 망각의 모래바람 속에서도 지워지지 않고 여전히 또렷하게 남아 있었다.

노인은 그날의 바람을, 피처럼 붉었던 하늘을 결코 잊을 수가 없었다.

백 년 전!
그는 무척이나 편안해 보였다.

화산 낙안봉 앞에 펼쳐진 넓은 평원에서 유유자적 산책이라도 나온 듯한 여유를 부리는 천겁혈신 위천무와 마치 국가의 존망을 건 전쟁에 임하는 것 같은 긴장감을 보여주는 백팔 명의 정사연합 수뇌들.

무척이나 대조적인 모습이었다.

비밀 유지를 위해 그 누구도 수행원을 데려오지 않았다. 이런 일은 아는 사람이 적으면 적을수록 좋았던 것이다.

백 장의 거리를 사이에 둔 일 대 백팔의 만남이었지만, 두려움과 불안에 몸을 떠는 쪽은 한 명이 아니라 백팔 명의 인간군집 쪽이었다.

일례로 그의 시선을 정면으로 바라보는 용기를 지닌 사람이 아무도 없었다. '그'와 눈을 맞추는 척하면서 코나 입에다가 시선을 맞추는 것은 오히려 귀엽다 할 만했다. 일부는 아예 대놓고 아무 것도 존재하지 않는 마른 땅바닥이나 먼지를 뒤집어쓰고 뒹굴고 있는 돌멩이, 혹은 뒤편의 이름 모를 나무에 시선을 메다꽂고 있었던 것이다.

백팔 명 중 대표로 선출된 소림사 장문방장 혜원 대사가 무척 강하고 단단해 보이는 커다란 상자를 들고 앞으로 나왔다. 그러고는 일언반구도 없이 그 앞에서 상자를 열었다. 상자는 전체가 한철로 만들어져 있어 어떠한 충격에도 부서지지 않을 만큼 튼튼해 보였다. 상자에 걸린 자물쇠는 무려 열여덟 개나 되었다. 게다가 모두가 통쇠로 만들어진 듯 크고 강해 보였다. 그동안 이 상자가 얼마나 엄중한 관리 하에 놓여 있었는지 여실히 보여주는 모습이었다. 그리고 만일의 사태에 대비해 쓸모가 있을지 없을지 보장할 수 없지만 화산파와 무당파의 장문인이 호법으로 함께 걸어 나왔다.

엄중하게 봉인된 한철상자가 열리고 '그'의 시선이 그 안을 향했다. 내용물의 진위 확인이 끝나자 그는 고개를 끄덕였다.

"곧 가지러 가지!"

짧지만 단호한 선언! 이미 정해진 미래에 대해 확인하는 듯한 어조. 유부(幽府)에서 흘러나올 듯한 나지막하고 으스스한 목소리였다.

"아-미-타-불! 그, 그렇게는 되게 하지 않을 것이오!"

거머리처럼 달라붙어 꿈틀거리는 어둠의 그림자를 번뇌와 함께 내쫓기라도 하듯 불호를 외우며 간신히 용기를 낸 혜원 대사가 대꾸했다. 이 짧은 한마디를 하기 위해 많은 심력이 소모되었다. 그만큼 상대가 지닌 위압감은 굉장한 것이었다.

다행히 그가 돌발적인 악의를 내보여 문제의 상자를 강탈하는 일은 일어나지 않았지만 무당, 화산의 두 장문인은 동료들 옆에 돌아오고 나서도 한참 동안이나 검과 검집에 아교라도 붙였는지 검병(劍柄 : 검손잡이) 위에 올려진 손을 떼어내지 못했다. 아직 그들의 등줄기와 팔뚝에 오돌토돌 봄풀처럼 요란스럽게 돋아난 소름은 여전히 진정될 기미를 보이지 않았던 것이다.

되돌아 온 한철상자에는 다시 열여덟 개의 자물쇠가 채워졌고 다시 열여덟 명이 그 열쇠를 나누었다. 이 중 특히 세 개의 자물쇠는 직접 상자 안에 상자와 한몸으로(일명 통으로) 연결되어 있었다. 그리고 한철상자에는 비밀스런 특수기폭장치가 달려 있어 열쇠 없이 함부로 열면 폭발이 일어나 내용물을 모두 불태워 녹여버리도록 되어 있었다.

강호 무림의 운명을 담은 검은 상자는 다시 엄중하게 봉인되어 정사 수뇌 수십 명의 호위를 받는 호사를 누리며 낙안봉의 정상으로 올라갔다. 아마도 무림 역사상 이보다 성대하고 화려한 고부가가치의 미끼는 없었을 것이다.

…그리고 약속된 정오.

정체된 시간 속에 버려진 석상처럼 우두커니 멈춰 서 있던 '그'가 드디어 움직이기 시작했다.

"그리고 마침내 천무봉의 멸겁삼관(滅劫三關) 중 제1관을 맡고 있던 젊은 시절의 나는 그와 직접 마주치게 되었다네. 사실 그때까지 소문만 귀 따갑게 들었을 뿐 직접 대적해 본 적은 한 번도 없었지. 자네는 그 당시 노부의 행동이 용기 있는 결단이었다고 생각하나?"

갑작스런 질문에 남궁상은 순간 당황했다.

"저, 저 말입니까?"

대답할 말이 궁하면 사람은 당황하게 된다.

종쾌는 고개를 끄덕였다.

"검술 실력은 상당한데 때때로 우유부단하고, 여자에게 한없이 약하며, 고백할 일이 있어도 우물쭈물하고, 윗사람에게 잘 거역하지 못하며, 혼자 결정하기보다 남의 의사결정에 맹목적으로 따르기를 즐겨할 것 같은 자네가 맞네."

푹푹푹!

한마디 한마디가 모두 남궁상의 가슴에 비수를 틀어박는 것 같았다.

'오오! 날카롭다!'

주위 여기저기에서 산발적인 감탄성이 터져 나왔다. 저 긴 지적 중에 단 한 군데도 수정을 가할 만한 곳이 없었던 것이다. 때문에 아무도 그에 대한 반론을 대신해 주는 이가 없었다. 그동안 쌓아온 우정의 덧없음에 절망하며 남궁상은 얼굴을 붉혔다. 그러고는 말했다.

"예…예! 물론입니다. 강호의 미래를 생각한 무척 용기 있고 과감한 결단이었다고 생각합니다."

아릿한 가슴을 부여잡고 남궁상은 간신히 대답했다. 그러자 종쾌는 두 목발로 땅을 짚은 채 천천히 고개를 가로저으며 한 치의 망설임도 없이 단호하게 말했다.

"아닐세! 그것은 참으로 무모한 우행(愚行)이었다네."

" '여기가 첫 번째인가?'

그가 묻자 나는 사시나무 떨듯 떨리는 목소리로 말했다네.

'그, 그렇소. 여, 여기가 처, 첫 번째 관문이오.'

가슴 속 구석구석에 숨어 있던 잠재된 모든 용기를, 젊은 혈기로 인해 생산되는 모든 오기와 함께 몽땅 끄집어내고서야 간신히 그의 물음에 대답할 수 있었지. 차마 부끄러워 내가 바로 이 첫 번째 관문의 관문지기요, 라고 말하지 못했다네."

그를 직접 본 그 순간 이미 종쾌는 자신의 결정이 후회스러워지기 시작했다. 직접 대면하기 전까지만 해도 그의 소문이 과장된 것이라고 생각하고 있었는데 직접 대하고 보니 오히려 축소된 경향이 있지 않은가. 아무런 위협적인 행동을 취하지 않았음에도 죽음이 곁에 도사리고 있음을 느꼈다. 심장이 터질 듯이 맥동치고 숨이 턱 막혔다.

서늘한 바람이 종쾌의 목 언저리를 스치고 지나갔다.

"진정한 죽음의 공포가 무엇인지 나는 태어나서 그날 처음으로 생생하게 체험할 수 있었다네. 아마 죽을 때까지, 노부가 더욱 늙어 치매가 오고 노망이 든다 해도 그때의 공포를 잊을 수는 없을 걸세.

그는 느긋한 목소리로 말했지.

'무엇으로 날 즐겁게 해줄 텐가?'

그는 마치 산책이라도 나온 것처럼 태연했다네. 하지만 그 목소리는 사람의 내면에 잠재된 원초적인 공포를 일깨우는 마력을 지니고 있었지. 그 목소리를 들은 사람은 누구나 불안과 공포를 느끼며 두려움에 몸을 떨었다네. 개중에는 그 불안과 공포를 떨치기 위해 그의 휘하에 복종을 맹세하며 고개를 숙이는 이들도 있었지.

'정사연합회의는 귀하께서 전 무림을 굴복시킬 능력이 있다면 그 능력을 증명해 보이라고 했소. 이 관문은 귀하의 신법을 증명하는 곳이오.'

순간 그의 입가에 비웃음이 떠올랐다가 사라졌지. 찰나지간이었지만 노부는 생생히 기억한다네.

'쓰잘데기 없는 서론이군. 본론은?'

그는 정말 광오했지. 이 세상 그 무엇도 그에게 위협을 줄 수 없을 것 같았어. 노부는 그가 하늘도 두려워하지 않을 만큼 가공할 신위를 지니고 있음을 인정할 수밖에 없었다네. 그래도 난 내 할 일을 했어.

'이 모래시계의 모래가 모두 떨어지기 전에 나를 잡고 저 절벽을 뛰어넘으면 되오.'

노부가 그때 꺼낸 것은 엄지 손가락만한 아주 작은 모래시계였다네. 나름대로 수를 낸 것이었지. 그리고 짐작했다시피 그때의 그 절벽이 바로 자네들의 눈앞에 있는 저곳이라네!"

　순간 대표단의 시선이 종쾌의 손가락 끝을 따라 지옥행 입구처럼 검은 아가리를 벌리고 있는 벼랑 끝 협곡을 향했다. 차가운 바람이 저 어두운 밑바닥에서 흐르는 물소리와 한데 어우러져 마치 지옥의 문 틈 사이에서 새어나오는 흉험한 울음소리처럼 들렸다.

　그때였다.

"시시하군요!"

　비류연의 입에서 또다시 분위기 파악을 못하는 말이 튀어나왔다. 종쾌를 놀리려는 의도가 아니라 정말 그렇게 생각하고 있는 듯했다. 다들 골을 싸맸다. 이 무례한 사태를 어떻게 해결해야 할지 또다시 전전긍긍해야 했기 때문이다.

　사실 낙뢰곡의 싸움 이후 비류연의 위치는 그들 사이에서 미묘하게 변해 있었다. 애써 마음 속으로 부정하고 있지만 그들이 보고(제대로 보지는 못했지만) 듣고(제대로 듣지도 못했지만), 그리고 느낀(확신할 수는 없지만) 것은 꿈이 아니라 현실이었음이 분명했다. (조금 긴가민가 하는 면이 없지 않았지만) 때문에 비류연을 함부로 대하는 것이 무척이나 껄끄러웠다.

　한 번도 아니라 두 번에 걸친 연이은 무례! 이번에야말로 불같이 진노하리라 생각했던 종쾌는 벼락이라도 맞은 사람처럼 부르르 떨며 땅바닥만을 뚫어져라 바라보고 있었다.

　그의 손이 으스러뜨릴 듯 목발을 움켜쥐었다. 쥐어짜는 듯한 미약한 목소리가 노인의 입가에서 간신히 흘러나왔다. 처음에는 너무 작아서 자세히 귀를 기울이지 않으면 알아듣기조차 힘들었다.

"그래…, 시시했지. 그것은 참으로 시시한 계획이었다네. 하지만 그렇게까지 무시당할 줄은 아무도 예상하지 못했지……. 그도 그렇게 말했다네!"

아직도 그의 귀에는 백 년 전의 비웃음이 타종 소리처럼 윙윙 울리고 있었다.

"'시시하군! 그 모래시계의 모래가 반으로 떨어질 때까지 기다려주겠다. 재주를 한번 부려 봐라. 달아날 수 있는 데까지 능력껏 달아나는 게 좋을 터!'

그는 나 따위는 안중에도 없었던 것이지. 나는 일종의 유희도구에 불과했던 것일세. 미치도록 분했지만 나에게는 그에게 반박할 만한 힘도 자격도 없었지.

운명의 모래가 떨어지기 시작하자 나는 젖 먹던 힘까지 모두 뽑아 달리기 시작했네. 아직 절벽까지는 상당한 거리가 있었고 그는 약속대로 움직이지 않았지. 물론 모래시계가 작은 만큼 그가 기다려주는 시간도 턱없이 적었다네.

그러나 나에게는 믿는 바가 있었어. 나는 전력을 다해 협곡을 뛰어넘기 위해 도약했다네. 물론 자살할 생각은 없었지. 나만의 특별한 비법을 지니고 있었기에 저 협곡을 뛰어넘을 자신이 있었다네. 오직 나만이 가능한 방법이었지.

내가 저 협곡의 끝자락에서 도약할 때가 모래시계의 모래가 반쯤 떨어졌을 때쯤이었지. 나는 비장의 수법을 사용해 낙사하지 않고 무사히 협곡 반대편으로 넘어갔지. 그리고 뒤를 돌아보았다네. 그 순간 나는 눈알이 튀어나올 정도로 경악하고 말았지. 어느새 그가 협곡의 반대편에서 도약을 하고 있었던 것일세.

그리고 그는 저 지옥문이 발밑에서 '어서 옵쇼' 환영인사를 하며 아가리를 벌리고 있는, 세상 끝까지 이어져 있을 법한 협곡을 단숨에 뛰어넘었다네."

단 한 번의 도약으로!

"그, 그럴 수가! 어떻게 피와 살로 이루어진 인간의 능력으로 그런 일이!"

'절대적으로 불가능'이라는 말은 차마 입 밖에 내지 못했지만 아무래도 천무학관 대표단이 들은 종쾌의 과거 이야기는 쉽게 믿을 만한 성질의 것이 아니었다. 그것은 그들이 지닌 상식의 지평을 넘어서는 이질적인 이야기였던 것이다.

그러자 종쾌의 입가에 자조 섞인 웃음이 맺혔다.

"자네들은 아직도 그자를 자네들과 같은 인간이라고 생각하고 있나?"

종쾌는 그 말에 대해 모든 것을 부정한다는 의미로 고개를 가로저었다.

"아닐세. 그자는 인간이 아니야. 만일 여태껏 그자를 같은 인간의 범주로 놓고 생각했다면 자네들이 얼마나 그릇된 판단을 하고 있었는지 곧 알게 될 걸세! 그리고 그 판단이 얼마나 엄청난 오판이었는지를 말일세!"

종쾌의 말은 확신으로 가득 차 있었다.

"그자가 그저 한 명의 비범한 인간이었다면 우리가 이렇게 그 이야기를 백 년이라는 긴 시간 동안 힘들여 숨기지는 않았을 걸세!"

노인은 잠시 숨을 고른 후 그의 말에 귀를 기울이고 있는 모든 이들에게 단호한 목소리로 말했다.

"반대편에 있던 우리가 그의 도약을 박수치고 환호성을 올리며 응원이나 하면서 지켜보고 있었던 건 아니라네. 물론 시간 관계상 실패 기원의 저주도 퍼붓지 못했지. 알다시피 제대로 된 저주는 시간이 많이 걸리거든. 대신 우리는 이미 준비되어 있던 강궁들로 무수한 화살들을 쏘아보냈지. 수십 대의 강철 화살이 바람을 가르며 그를 향해 날아갔다네.

원래 사람의 몸이란 지면을 벗어나면 행동의 제약 때문에 그 운신의 폭이 무척이나 좁아지지. 우린 바로 그런 허점을 노렸던 것일세.

그러나 그에게 그런 것들은 아무런 소용이 없었어. 그는 인간이 보일 수 없는 불가능한 동작으로 철판도 꿰뚫는 철전을 유유히 피하고 손으로 쳐내며 무사히, 그리고 보란 듯이 반대편 벼랑의 기슭에 우아하게 착지했다네. 그리고 이렇게 말하더군.

'정말 시시하군!'

권태로움이 가득한 목소리였지. 나는 그때 그만 그와 시선이 정면으로 마주치고 말았다네."

종쾌는 잠시 말을 멈추고 사람들을 둘러보았다.

"그때 노부가 어떻게 행동했을 것 같나?"

천무학관 대표단들은 모두 침묵한 채 아무도 입을 열지 않았다. 그러자 종쾌는 고소를 머금으며 말했다. 자기 스스로를 빈정거리는 듯한 말투였다.

"꽁지에 불붙은 말처럼 발바닥에 땀나도록 냅다 도망쳤어야 했겠지. 아마 그게 가장 정상적이고 가장 현명한 선택이었을 걸세! 그러나 난 그렇게 하지 않았다네. 아니, 보다 정확히 말하자면 그렇게 할수 없었지. 그가 천천히 다가와 나의 어깨를 잡을 때까지 나는 그저두 눈을 부릅뜬 채 석상처럼, 인형처럼 멀뚱히 서 있었을 뿐이라네. 감히 도망간다는 엄두가 나지 않았던 것이지. 부끄럽지만 난 이미 그자리에 못 박힌 듯 얼어붙어 있었던 것일세."

종쾌의 목소리는 마치 백 년 전 그날 그 자리에 있었던 그대로를 재현하는 듯 심하게 격앙되어 있었다. 그의 눈은 지금 현재보다 과거에 얽매여 있는 것 같았다.

"그가 내 어깨에 손을 얹자 최후의 모래 한 알이 떨어지며 나 또한 땅바닥에 주저앉고 말았다네. 마지막 모래가 떨어지면 신호가 올라오기로 되어 있었기 때문에 난 그 사실을 알 수 있었지. 부끄러운 추태였지. 하지만 나에겐 더 이상 서 있을 여력도, 용기도 남아 있지 않았다네. 그러나 본능만은 아직 꺼지지 않고 남아 있었지. 바로 생존의 본능이었다네. 무의식적으로 그와 멀어져야 한다고 느끼고 있던 것이지."

종쾌는 한껏 굳은 표정으로 말을 이었다.

"나는 손을 발 삼아 땅바닥에 엉덩이를 끌며 연신 뒤로 물러났다네. 꼴사나운 추태였지만 그런 사치스러운 생각 따위를 하고 있을 만큼 여유로운 상황이 아니었지. 생각해 보게나! 다리의 신속함이라면 강호의 그 누구에게도 지지 않는다고 큰 소리 떵떵 치던 사람이 힘이 빠져 풀려버린 다리 대신 손을 발 삼아 싸움에 진 개처럼, 벌레처럼 두려움에 벌벌 떨며 목숨이 아까워 연신 뒷걸음치는 모습을 말일세! 얼마나 가관이었겠나! 인구에 회자될 만한 좋은 구경거리였었지!"

그는 아직도 그때의 공포에서 완전히 해방되지 못한 듯했다. 백 년도 더 된 기억의 파편이 보이지 않는 족쇄가 되어 그의 심신을 옭아매고 있었던 것이다.

아마 노인은 누군가가 자신을 손가락질하며 한껏 비웃어주기를 바랐을지도 모른다. 그러나 지난 백 년 동안 그 누구도 감히 그의 추태를 비웃는 사람은 없었다.

"그가 다가왔을 때 노부가 무슨 생각을 했을 것 같나?"

다시 침묵……. 누가 감히 그것을 짐작할 수 있겠는가? 지금 그들이 듣고 있는 것은 그들의 입장에서 신화, 혹은 전설이나 진배없는 이야기였다.

"아무 생각도 나지 않았다네. 나는 경극을 관람하는 관객처럼 그저 멍하니 그의 접근을 지켜보고 있었다네. 아무런 저항도, 아니 도망칠 생각조차도 하지 못했지. 다리뿐만 아니라 까져서 피가 배어나오는 손에도 힘이 들어가지 않았거든. 그만큼 그의 존재감이 내게 주는 공포는 거대했다네. 마침내 내 앞에 선 그는 시선을 아래로 깔고 나를 굽어보며 무척 지루하고 권태로운 목소리로 내뱉었지! '겨우 여기까지였나? 쓸모없는 다리로군!' 하고."

백 년의 시간을 뛰어넘은 아픔이 순간 종쾌의 노회한 얼굴에 바람처럼 스치고 지나갔다. 아마도 이 부분이 그의 회상 중 가장 떠올리기 괴로운 대목이었을 것이다.

"판결이 끝나자 곧 처벌(處罰)이 집행되었지. 그때 나의 시계(視界) 앞에 검은 섬광이 번쩍였다네. 이윽고 불에 덴 듯한 화끈한 통증과 혼백을 송두리째 날려버릴 만큼 끔찍한 고통이 벼락처럼 나의 전신을 후려갈겼지. 그리고…, 그리고…, 나는 두 눈 멀쩡히 뜬 채 무력하게 두 다리를 그에게 상납했다네."

꿀꺽!

마른침 넘어가는 소리가 천둥보다 더 크게 울려퍼지는 것만 같았다. 천무학관 대표단들은 모두들 자신도 모르는 사이에 주먹을 불끈 쥔 채 한없이 진지한 자세로 종쾌의 이야기에 귀를 기울이고 있었다. 노인의 목소리에 담긴 잔잔하지만 진실된 공포가 이야기에 생생한 현장감을 부여하며 그들을 백 년 전 이 장소로 끌고 들어갔던 것이다.

다시 종쾌가 말을 이었다.

"두 다리를 잃고 핏구덩이에 누워 비명을 지르며 몸부림치는 노부에게 그가 무심한 눈빛을 던지며 이렇게 말하더군. '네 자만의 대가로 이 다리를 받아간다! 앞으로 너는 두 번 다시 사람들 앞에서 신속을 자랑할 수 없을 것이다.' 라고……."

아직도 그의 심장 속에 깊숙이 박혀 있는 공포란 이름의 얼음송곳이 아직도 녹지 않았는지 종쾌의 목소리가 더욱더 심하게 떨렸다. 그로 인해 그때 그가 느낀 절망과 공포와 두려움이 더욱더 생생하게 전해져 왔다.

"노부는 여태껏 그렇게 차갑고 끔찍하고 공포스런 목소리는 들어본 적이 없었다네. 그리고 그날 비공답운 종쾌는 죽었다네. 여기 남은

건 단지 그 껍데기일 뿐이야. 다리가 없는 비공답운이 어찌 비공답운
일 수 있으며 어찌 감히 천하제일경공이라 불릴 수 있겠는가! 물론
두 다리가 멀쩡하다 해도 두 번 다시 천하제일경공이라 자처할 수 없
는 패배자였지만 말일세. 그리하여 나의 운명은 작은 모래시계의 마
지막 모래 한 알과 함께 그 종언을 고했지. 늙은이의 청승맞은 옛날
이야기는 여기서 끝이라네."

종쾌는 씁쓸한 목소리로 회한과 고통으로 점철된 지난 이야기를
끝마쳤다. 되돌려 돌이켜보는 간단한 이 일조차도 그에게는 무척이
나 힘겹고 고통스러운 것으로 보였다.

"……."

침묵이 모든 말을 삼켜버렸다.

이야기가 끝났음에도 아직도 이야기 속에 사로잡혀 빠져나오지 못
한 대표단들은 깊은 생각에 잠긴 채 아무도 입을 열지 않았다.

"후우……."

종쾌의 폐부로부터 깊은 탄식이 터져 나왔다.

"그 끔찍한 악몽에서 나는 아직 깨어나지 못하고 있다네. 아마 그의
죽음이 확인될 때까지 이 절망의 검은 석주(石柱)들로 이루어진 악몽
의 탑에서 감금된 채 빠져나올 수 없을 것이네."

그는 얼마나 기나긴 탄식의 세월을 인고(忍苦)와 함께 보내왔을까?

본인 이외의 사람은 절대 그 누구도 그 질문에 대한 대답을 해줄
수 없을 것이다.

뛰어넘어라!!!

"자네들은 이제 왜 저 협곡이 '천겁간(天劫間)' 혹은 '혈신일보(血神一步)'라 불리
는지 알게 되었을 것이네! 그리고 자네들이 이 관문을 넘기 위해 앞으로 치러
야 할 시험이 무언가 하는 것도 말일세!"

그러나 비공답운 종쾌의 말과는 달리 대표단들은 자신들이 해야
할 일이 무엇인지 '깨닫지' 못한 채 멀뚱히 서 있었다.

"???"

아무래도 그의 말을 십분 이해하지 못한 탓인지 모두의 얼굴에는
의문 부호가 가득했다.

언뜻 보면 간단하게 추정될 것처럼 느껴지지만 사실은 무척이나
힘들었다. 왜냐하면 그것은 그들의 의식한계를 벗어나는 일이었기
에 한정되고 빈곤한 상상력으로는 추정이 불가능했던 것이다.

단 한 사람! 비류연을 제외하고서!

"과연 재미있군요."

흥미가 이는 얼굴을 하며 비류연이 대답했다. 반응을 보인 사람은

그 하나뿐이었다.

"오호! 과연!"

종쾌가 감탄했다.

"자네는 노부의 말을 제대로 알아들은 모양이로군."

"물론이죠. 한마디로 재주껏 저 협곡을 뛰어넘어 보라는 이야기 아닙니까!"

비류연이 확신에 찬 어조로 말했다. 틀릴 수도 있다는 가정을 전혀 염두에 두지 않은 대답이었다.

그러나 종쾌는 맞는 걸 일부로 틀렸다고 할 만큼 심술궂지는 않았다.

"바로 맞혔다네. 정답에 대한 상품이 없는 게 아쉬울 따름일세!"

종쾌의 격찬을 받은 비류연은 무척이나 의기양양한 표정으로 어깨를 으쓱했다.

"하나면 되나요?"

비류연이 검지를 하나 들어올리자 종쾌는 고개를 끄덕였다.

"하나면 되네!"

종쾌가 박자를 척척 맞추며 맞장구를 쳤다. 이 둘은 이미 자신들만의 세계에 빠져버린 듯했다.

"무, 무슨 이야기인 거죠?"

아무리 머리를 굴려봐도 알 수 없는지 남궁상이 얼빵한 얼굴로 물었다. 어느 정도 대가를 각오하고 있었건만, 비류연은 예외적으로 궁상에게 면박을 주지 않고 해맑은 미소까지 덤으로 얹어주며 상냥하게 대답했다.

"즉, 그건 네가 바로 저 혈신일보(血神一步)라 불리는 협곡을 뛰어넘어야 한다는 이야기지!”

눈물 날 정도로 친절하고 정확한 설명이었다.

“예? 저, 저요?”

남궁상은 손가락으로 턱을 찌르기라도 할 기세로 자신을 가리켰다. 왜 이 자리에서 자신의 이름이 거론돼야 하는지 도저히 이해하지 못하겠다는 얼굴이었다. 인간의 안면 근육을 최대한 활용해 만든 그의 표정을 반추해 볼 때, 그는 지금 ‘이게 제발 농담이라고 말해 줘!’라고 생각하고 있음이 틀림없었다. 그러나 비류연의 반응은 매몰찰 정도로 시원스러웠다.

“응!”

스스스슥!

그 순간 마치 그의 몸에 오물이라도 붙은 것처럼 옆에 있던 친구들이 순식간에 1장 밖으로 멀어져 갔다. 튀는 불똥에 데고 싶지 않다는 뜻이 분명했다.

정의(正義)란 그릇된 일에 대해 잘못을 바로잡고, 그릇된 일을 배제하며, 약자를 보호하고, 그러면서도 강요하지 않는, 불의에 저항하는 순수하고 고결한 정신이 아니던가!

남궁상은 오늘 그 정의가 땅에 떨어지는 것을 목격했다. 어릴 때는 분명히 그렇게 배웠는데? 왜 현실은!

궁상은 절망했다. 그를 편들어주는 우방(友邦)은 눈 씻고 찾아봐도 아무도 없었던 것이다.

희생양은 한 명으로 족하고 자신들까지 괜스레 연좌될 필요는 없다며 자기가 모르는 곳에서 대동단결(大同團結)이라도 한 것만 같왔다.

　폐허가 된 우정의 화원에 피눈물을 흘리며 서둘러 유일한 버팀목이라 할 수 있는 진령의 그림자를 찾았지만 그녀는 어디로 숨었는지 옷깃 한 자락도 볼 수가 없었다.

　'배신자들!'

　남궁상은 그동안 긴 세월을 들여 쌓아왔던 우정의 허망함을 뼛속 깊이 느끼며 바람에 흩어지는 먼지 같은 동료애의 최후를 지켜보았다. 애처롭고 서글픈 마음에 눈물이 쏟아질 것만 같았다.

　그러나 이대로 주저앉을 수는 없었다.

　"저 노사님들께 물어봐야 되는 게 아닐까요? 이런 중대한 사안을 대사형 혼자서 결정할 수는⋯⋯."

　그러나 궁상은 곧 자신의 방정맞은 입을 원망해야만 했다.

　근묵자흑(近墨者黑)!

　팔은 안으로 굽지 밖으로 굽지 않으며, 가재는 게 편이었던 것이다.

　염도가 남궁상의 어깨를 툭툭 치며 말했다.

　"잘 해라! 날 실망시키지 말고! 안 그러면 죽는다!"

　죽는다고? 그러나 그가 염도를 실망시켰을 때는 아마 이미 이 세상 사람이 아닐 것이다.

　"부탁하네!"

　빙검은 감정이 드러나지 않는 무표정한 얼굴이었다.

　왜 아무도 이 결정에 이의를 달지 않는 것인가? 그는 주위를 둘러보며 구원자를 찾았지만 그럴 만한 존재는 어디에도 보이지 않았다.

　치명적인 결론은 번복되지 않았다.

'난 이대로 살해당하고 마는 것인가?'

왜 또다시 이번에도 나인가? 남궁상은 그 점을 도저히 그냥 묵과(默過 : 세 치 혀가 매끄러움에도 벙어리인 것처럼 입 닥치고 모른 척 넘기다)할 수가 없었다. 수상했다. 물씬 풍겨 나오는 음모의 냄새를 그는 도저히 간과(看過 : 쌍 눈깔 멀쩡함에도 장님인 척하다)할 수 없었던 것이다.

물론 그의 단순한 피해망상일 수도 있었지만 주위 정황은 그의 심중에 확신을 더해 주고 있었다.

다시 자신이 지명(指名 : 격벽폐쇄식 주점에서 아가씨를 찍어 고르는 행위가 아니다)당했다. 과연 현재의 실력으로 저 반대편 땅을 살아서 밟을 수 있을까? 그는 고개를 가로저었다. 남궁상은 자신의 실력을 과신할 만큼 그렇게 어리석지 않았다. 미래는 절망적일 정도로 회의적이었다.

아직 진령에게 청혼도 하지 못했는데……. 신혼초야도 못 보냈는데……. 이대로 죽기에는 앞으로 남은 창창한 인생이 너무 애처로웠다.

짐작 가는 일은 하나 있었다.

역시 자신의 별호 때문인가? 그는 낙뢰곡에서 있었던 비뢰쌍마의 일을 떠올려 보았다. 아 참! 이제는 비뢰쌍마가 아닌 건가? 그들은 그날 이름을 잃었다. 생명은 가까스로 보존했지만 대신 명예와 체면을 잃어버린 것이다.

역시 대사형은 말을 하지 않고 있을 뿐이지 자신의 별호에 불만이 있는 게 분명했다. 그렇게 생각하면 자신을 향한 대사형의 셀 수 없는 '갈굼'이 모두 납득이 갔다.

'뇌전검룡(雷電劍龍)!'

평소 과분한 별호라고 생각하고는 있었지만, 설마 이런 곳에서 이런 식으로 자신의 발목을 잡으리라고는 꿈에도 생각지 못했다. 그것이 빌미가 되어 이런 곳에서 살해당할 줄이야……

곱씹어 생각할수록 비통한 일이 아닐 수 없었다.

역시 분수를 몰랐기 때문인가! 역시 자신의 분수에 맞지 않는 이름을 얻었다고 희희낙락(喜喜樂樂)거리는 게 아니었다.

자기 내면의 기나긴 방황을 끝낸 사내는 시선을 들어 협곡 반대편을 바라보았다. 그러나 이미 희망이 고사(枯死)해버린 그의 눈에는 생명의 꿈틀거림이 느껴지지 않았다.

어느새 궁상은 억센 풀들이 무성한 풀밭 위에 외로이 남아 있는 자신을 발견했다. 다른 이들은 이미 저만치 떨어진 곳에 자리를 잡고 앉은 후 흥미진진한 눈으로 그를 바라보고 있었다. 친구들은 저 멀리 안전한 곳에 앉아 목청을 돋우어 응원전을 펼치고 있었다. 한숨이 나올 만큼 훌륭하고 눈물나는(?) 우정이었다.

몇몇은 그가 실패할지 성공할지에 대해 내기라도 하고 있는지 무척이나 소란스러웠다. 그 중심에는 아니나 다를까 대사형 비류연이 있었다. 그는 과연 어디다 돈을 걸었을까? 틀림없이 내가 실패한다는 쪽에 걸었겠지? 죽음이 임박해서 그런지 쓸데없는 데까지 괜히 신경이 쓰였다.

협곡의 반대편은 암벽으로 이루어진 풀 한 포기, 초록의 그림자 한 조각 찾아볼 수 없는 황량한 단애(斷崖)였다.

조금 고개를 들고 나서야 비로소 그는 반대편 협곡의 끄트머리를 볼 수 있었다. 저쪽이 이쪽보다 약 칠, 팔 장(丈) 정도 더 높기 때문에 일어나는 현상이었다. 즉 이 협곡의 틈새가 비록 이십 장 정도라 해도 저 반대편에 도착하기 위해서는 훨씬 더 많은 거리를 뛰어넘어야 한다는 이야기였다.

'제길, 진짜 머네!'

희망이 고사한 빈터에 절망이 찾아들었다.

"혹시…, 발판 같은 건 없습니까?"

자신을 압도하는 웅장한 자연의 위엄 앞에 목을 움츠리며, 혹시나 하는 마음에 남궁상이 물었다.

"걱정 말게! 사람을 안일하게 만드는 그런 편의시설 따위는 이곳에 없다네!"

단호한 대답이 돌아왔다.

남궁상의 얼굴이 금세 시무룩해졌다.

"기…길도, 디딤대도 없는 저곳을 맨몸으로 뛰어넘어야 한다는 말씀이십니까? 제가 비록 농담을 즐기기는 하지만 그런 터무니없는 말로 사람을 웃기려 하지는 않았습니다."

"농담이라니? 자네 지금 무슨 중차대한 착각이라도 하고 있는 것 아닌가? 절대 농담이 아니니 심려 놓으시게! 길이 없으면 만들어서 건너가면 되는 것 아니겠나?"

아직도 자신의 코앞에 들이닥친 현실을 수용할 수 없었다. 청년은 또다시 반박했다.

"진짜 건너요? 진짜로?"

"뭐가 잘못됐나? 알 만한 사람이 당연한 걸 왜 자꾸 묻고 그러나? 사실 생각 같아서는 백 년 전의 상황을 좀더 생생하게 재현하기 위해 쇠뇌 발사 기관을 설치해야만 한다고 주장한 사람들도 있었지. 시험 도전자가 협곡을 도약하는 순간 일제히 발사되도록 말일세! 그러나…, 그 제안은 기각되고 말았다네! 안타까운 일이었지. 너무 무리한 요구는 하지 말자는 의견이 지배적이었거든!"

엄청난 일을 대수롭지 않다는 투로 내뱉은 종쾌를 대표단 모두는 질린 표정으로 바라보았다.

'무리한 요구? 지금도 충분해요!'라고 남궁상은 발작적으로 외치고 싶었지만 가까스로 억제했다.

"왜 그러나? 한 명! 딱 한 명만 저곳을 건너갈 수 있으면 되네. 얼마나 쉬운 조건인가? 물론 밧줄을 사용하거나 타인의 도움을 받을 수는 없네. 그 이외에는 다 되니 알아서 방도를 강구해 보게."

남궁상이 아무런 대꾸도 없이 침묵하자 종쾌가 계속해서 말을 이었다.

"앞에 왔던 다른 곳 아이들이 이미 이곳을 수월히 건넜다네. 즉 건너는 게 불가능하지만은 않다는 이야기가 입증된 셈이지."

남궁상은 물론이고 천무학관 대표단 모두의 눈이 동시에 휘둥그레졌다. '그런 중요한 사실은 미리미리 좀 말하란 말입니다!'라며 버럭 소리치고 싶은 것을 십 년분의 자제력을 일순간에 소모하고 나서야 가까스로 억누를 수 있었다.

"그, 그렇다면 마천각 대표단이 저희들보다 먼저 도착했단 말입니까?"

남궁상이 경악한 얼굴로 반문했다.

"그런 셈이 되겠지. 먼저 도착했을 뿐만 아니라 먼저 건너가기도 했지. 어여 하지 않고 뭘 그리 꾸물대는가? 여기서 밤이슬을 맞으며 오늘 밤을 지새울 셈은 아니겠지? 이래봬도 산속이라 밤에는 매우 춥다네."

'으으으으음……. 넓군!'

다른 표현은 모두 무의미한 것처럼 느껴졌다. 염도는 눈을 가늘게 뜬 채 협곡 반대편까지의 거리를 대충 어림잡아 보았다.

15장? 아니다. 20장은 족히 될 성싶었다. 게다가 솟아오른 반대측 높이만 해도 칠, 팔 장은 족히 되어 보였다.

그러나 그 사이는 얇은 무명실 한 가닥도 놓여져 있지 않았다. 그저 이름 모를 산새들만이 먹이를 찾아 이리저리 정신없이 날아다니고 있을 뿐이었다.

'산새들의 집단 서식지라도 있는 걸까?'

아무리 머리를 굴려도 도저히 뾰족한 해결책이 떠오르지 않았다.

'저걸 어떻게 궁상이가 넘을 수 있다는 거지?'

제자나 다름없는 아이라 그의 능력에 대해서는 이제 그의 친부모인 남궁세가주보다도 더 많이 알고 있는 염도였다.

비류연을 통해 염도와 인연을 맺은 이후 그동안 남궁상은 믿을 수 없을 정도의 빠른 속도로 장족의 발전을 이루었다. 진보라기보다 진화라 불러야 마땅할 발전이었다. 아마 그의 부모라 할지라도 그의 진면목을 보고 나면 놀라 까무러칠 것이다.

그러나! 이번만은 염도로서도 회의적일 수밖에 없었다. 젊은 생명 하나를 엉뚱하게 위로 올려 보내는 게 아닌가 하는 생각이 머리 속을 떠나지 않았던 것이다. 염도는 비류연을 흘끔 쳐다보았다. 그러나 그는 여전히 자신만만!

요즘 들어 이제야 겨우 저 자신만만 덩어리에 대해 일부나마 이해하기 시작한 염도였다.

절대로 무모한 도박은 하지 않는 비류연이었다. 왜냐하면 무모한 도박은 경제적 손실을 가져오기 때문이다. 손해 볼 짓은 죽어도 하지 않는다는 게 비류연의 신조였다. 반대로 이익이 되는 일이라면 죽어도 하는 것 또한 비류연의 신조이기도 했다. 그리고 염도 본인이 아는 바로는 그가 이제껏 도박과 내기에서 져본 적이 한번도 없다는 사실이었다.

'역시 잘못 건 건가……'

갑자기 후회가 물밀듯이 밀려왔다. 슬슬 비류연과 몰래 내기 건 은자 열 냥이 불안해지기 시작하는 염도였다. 그러나 곧 고개를 세차게 흔들었다.

'아니야! 얼음땡이 그 자식도 저 녀석이 실패한다는 데 걸었어! 이번만큼은 내가 이길 거야!'

그러나 그동안 크고 작은 내기의 전적을 살펴보자면 177전 177패! 단 한번도 비류연에게서 돈을 긁어내 본 적이 없었다. 비류연과는 두 번 다시 돈과 관련된 내기를 하지 않겠노라 스스로 다짐도 해봤지만 자의와 타의, 자율 혹은 강압에 의해 또다시 비류연과 내기를 하고 있는 자신을 발견하고는 '내가 왜 그랬을까?' 다시 한번 반성하는 염도였다. 사실 수많은 도박꾼들이 도박판에서 패가망신하는 이유와 일맥상통하게 염도 또한 패배의 전적이 쌓이면 쌓일수록 더욱더 승리에 대한 집착이 끝 가는 데를 모르고 높아졌던 것이다.

그런데 비류연의 가장 무서운 점은 항상 말도 안 되게 터무니없는, 패배가 확실시되는, 승산(勝算)이라고는 쥐뿔도 없는 도박에서 무슨 묘수를 부렸는지 기적처럼 이긴다는 것이다. 오오! 그렇다면 남궁상이 안전하다는 이야기?

순간 기뻤지만 금세 다시 시무룩해졌다.

'어라? 그럼 본좌가 또다시 패전견(敗戰犬 : 싸움에 진 개)이 되어야 한다는 이야기잖아!'

'축하합니다! 178전 178패!'라는 현혹의 메아리가 그의 귓가에서 세차게 울려퍼졌다. 결코 달갑지 않은 상황. 갑자기 화장실에서 뒤를 안 닦고 나온 것처럼 뭔가 굉장히 이상야릇하고 찜찜했다.

'얼래? 그리고 보니 나는 과연 저 녀석이 성공하기를 바라는 걸까, 실패하기를 바라는 걸까?'

남궁상이 성공하면 그는 또다시 내기에서 패하고 덤으로 피눈물 같은 은자까지 뺏긴다. 반대로 실패하면 십중십전(十中十全) 그는 사망 당첨이지만 비류연으로부터 첫 승을 따낼 수 있다. 그러나 제자나 다름없는 녀석이 사망 당첨되는 걸 바라는 사부는 이 세상에 없다. 아마도!

갑자기 계산이 복잡해지기 시작했다.

'뭐가 이렇게 복잡해?'

자신의 모순된 생각을 발견한 염도의 머리가 지끈지끈 아파 오기 시작했다. 내가 겨우 이 정도의 인간이었던가? 갑자기 너무나 원초적이고 본능적이며 순수하고 정직한 자기 자신이 싫어지기 시작했다. 덩달아 인간에 대한 심한 회의가 일었다.

"저어기, 갑자기 궁금해지는 게 하나 있는데요……."
　남궁상은 용기를 내어 말문을 열었다.
"응? 뭔가?"
"혹시 떨어지면 어떻게 되는지 알 수 있을까요?"
　노인은 잠시 어이가 없는 듯했다. 초롱초롱 간절하게 빛나는 저 두
눈에 담긴 걱정근심이 무엇인지는 환갑 두 번 지낸 폭삭 늙은 그의
눈치로도 금방 알 수 있었던 것이다. 노인이 크게 홍소를 터트렸다.
"허허허허허! 알 만한 사람이 그런 쓸데없는 걱정을 다하다니! 걱정
말게나! 절대 그런 일은 없을 테니깐 말일세."
　남궁상도 안심한 듯 덩달아 함께 웃었다.
"하하하하하! 그렇죠? 그럴 리가 없겠죠! 제 생각이 기우였던 것이
틀림없군요. 설마 저 밑에 아무런 안전장치도 사고 대비책도 없다는
게 말이 안 되는 일〔言語道斷〕이겠죠."
　남궁상은 참 재미있는 농담에 오래간만에 한참 웃는다는 듯이 통
쾌하게 웃었지만 조금 전까지만 해도 함께 파안대소하던 종쾌는 더
이상 웃지 않고 있었다.
"걱정 말게, 걱정 마! 저 절벽 밑에 안전망 따위를 안일하게 설치해
자네들의 투지와 각오를 무디게 만들 생각은 조금도 없으니 말일세!"
　결연한 의지가 담겨 있는 나직하지만 단호한 목소리였다. 순간 남
궁상의 얼굴이 돌처럼 딱딱하게 굳어졌다.
"예에? 그럼 저 밑에는 도전자의 생명유지를 위한 아무런 안전장치

도 되어 있지 않다는 그런 말씀이십니까?"

더 이상의 황당한 말로 저를 난처하게 만들지 말아주세요, 라는 깊고 간절한 뜻이 담긴 말이었다.

그러자 종쾌는 괴생물을 보는 듯한 눈초리로 남궁상을 쏘아보았다. 궁상은 찔끔했다.

"자네는 혹시 궁지에 몰린 쥐는 고양이도 문다는 옛 속담을 들어봤는가?"

"예! 물론 들어보았습니다만. 그것이 이번 이야기와 도대체 무슨 관계가……."

"관계가 있지! 그것도 아주 밀접한 관계가 말일세!"

남궁상의 말을 단호하게 자르며 종쾌가 외쳤다.

"위의 속담은 바로 인간이 극한상황에 몰리면 평상시보다 수십 배에 달하는 잠재능력을 발휘한다는 아주 교훈적인 내용을 담고 있다네!"

남궁상의 표정이 어이없음의 물결에 삼켜지며 어벙하고 바보스럽게 변했다.

"저, 그건 좀 잘못된 해석 아닌가요? 내재(內在) 의미가 너무 확대해석된 것 같은데요? 게다가 그 속담의 주체는 쥐이지 인간이 아니지 않습니까?"

그러자 노인은 책망어린 시선으로 미숙한 젊은이를 처다보았다.

"사소한 것은 넘어가게나, 사내대장부가! 쥐나 인간이나 다 같은 생물 아닌가. 게다가 인간이 극한의 상황에 몰리면 한계 이상의 능력을 발휘한다는 이야기는 이것 외에도 기타 발견 사례가 적지 않네! 때문에 안전그물망 따위로 도전자가 겨우 획득한 극한상황과 그 때문에 발생되는 결의와 각오, 투지를 무디게 만드는 참혹한 짓을 어찌 경망되이 저지를 수 있겠는가!"

노인의 생각과 의지는 천 년 세월을 지나온 거암처럼 확고부동했다.

"음음! 그럼 그렇고말고!"

옆에서 비류연이 다 납득하고 이해한다는 표정으로 팔짱을 낀 채 고개를 끄덕거렸다.

설마 동조한단 말인가? 대표단들의 어이없어 하는 시선이 비류연의 몸에 사정없이 꽂혔지만 그는 아무런 감각도 감흥도 없는 모양이었다.

'이, 이렇게 억지스러울 수가……'

가슴 속 마음의 호수에서 절망이 소용돌이쳤다. 그러나 남궁상은 한번 더 용기를 짜내보기로 했다.

"그러니깐 노 선배님의 말씀은…, 만일 저기에 도전했다가 떨어지게 되면……."

종쾌는 남궁상의 말을 끝까지 듣지 않았는 데도 친절하고 상냥하게 대답해주었다. 용기는 가상했지만 결과는 확인사살.

"자네는 생긴 것답지 않게 당연한 것을 계속해서 묻는군, 그래! 떨어지면 죽는 거지 뭘 어떻게 하겠나? 혹시 운이 좋아 물속에 떨어지면 행여나 만분의 일 확률 정도로 살아날 수 있을지도 모르겠군. 그러니 일찍부터 희망을 버리지는 말게나!"

노인은 저 만분의 일이란 확률이 천 배나 축소시킨 것이라고는 굳이 말하지 않았다. 남궁상은 마른침을 꿀꺽 삼키며 다시 한번 까아지른 낭떠러지 아래를 바라보았다. 노인의 단언대로 인명의 귀중함을 보호하기 위한 안전그물 따위는 어디에도 없었다.

저 밑바닥으로부터 이리저리 삐죽이 솟아 있는 암초들에 부딪치며 세차게 흘러가는 계곡 물소리가 반향을 일으키며 들려왔다.

너무 깊고 너무 어두웠다. 이 위에서는 물 색깔조차 구분할 수 없다. 그저 암흑과 어둠이 거대한 아가리를 벌린 채 이제나저제나 떨어질 먹이를 기다리고 있는 듯한 기괴하고 끔찍한 형상이었다.

남궁상은 다시 한번 마른침을 꿀꺽 삼키며 시험삼아 꽤나 묵직해 보이는 돌멩이 하나를 협곡 아래로 떨어뜨렸다.

이 실험은 비류연과 염도, 빙검에게까지 흥미를 유발시켰는지 그들 삼인 또한 절벽가에서 함께 귀를 기울여 보았다.

쉬우우우우우우우우…우우우…우우…….

한참을 떨어져 내려가던 돌멩이는 곧 서서히 절벽 사이로 부는 바람에 묻혔다가 점점 더 아득히 멀어졌다.

퐁!

마침내 돌멩이가 물에 떨어진 것은 소리 듣기를 포기했을 바로 그쯤이었다. 엄청난 청각수련을 쌓은 그들이었기에 들을 수 있었던 아주 작은 소리였다.

남궁상은 돌멩이 대신 그 자신을 그 자리에 대치시켜 보았다. 저 돌멩이의 운명이 자신의 운명이 되었을 때 과연 어떻게 될까 하는 상상에 몸을 실었다.

쉬우우우우우!

차가운 바람이 그의 얼굴을 때리며 팔층 지옥 밑바닥까지 연결된 듯한 어두운 바닥이 점점 더 자신에게로 다가온다. 죽음의 신이 스산한 미소와 함께 환영하듯 두 팔을 벌리고 있었다.

떨어진다. 떨어진다. 떨어진다. 그리고…, 계속 떨어진다.

잠시 남궁상은 멍하니 자기만의 세계에 완전히 동화되고 말았다.

"너 지금 뭐하냐?"

"네! 아직 떨어지는 중입니다."

여전히 자신만의 세계에 빠진 채 남궁상이 멍한 표정으로 대답했다.

"……?"

물론 비류연은 이해하지 못했다.

남궁상이 자신만의 세계에서 깨어난 것은 한참이 지나서였다.

"크아아아악! 허어어어억!"

"뭐야?"

"뭐냐?"

"누구냐?"

챙! 챙!

챠랑! 챠랑!

슉! 슉!

느닷없이 터져 나온 괴성에 염도와 빙검은 물론이고 비류연과 멀리 떨어져 있던 대표단들까지 깜짝 놀랐다. 얼마나 다급하고 끔찍한 비명이었는지 일순간 암살자들이 재습격해 온 줄 알았던 것이다. 간신히 어이없는 돌발사고였음을 알게 된 후 제각기 뽑아든 병장기를 다시 회수하기는 했지만 남궁상에게 의혹어린 시선이 향해지는 것까지 막을 수는 없었다.

화들짝 놀라 현실 세계에 돌아온 남궁상의 얼굴은 사후 세계를 방문하고 돌아온 듯 백지장처럼 새하얗게 탈색된 상태였다. 게다가 전신이 식은땀으로 축축하게 젖어 있었다. 부릅떠진 그의 충혈된 두 눈이 지면을 뚫어지게 바라보았다.

"허억! 허억! 허억! 헉헉헉!"

남궁상은 폐가 터질 것처럼 숨을 거칠고 가쁘게 몰아쉬었다. 사람들이 어리둥절해 했다.

"고기다짐……."

"뭐?"

비류연이 미약한 목소리를 제대로 듣기 위해 좀더 귀를 기울였다.

"빨간… 고기다짐……."

여전히 멍한 표정으로 궁상이가 중얼거렸다.

'뭔 소리야?'

그러나 비류연의 의혹에도 남궁상은 더 이상 말이 없었다.

"도대체 뭘 보고 돌아온 거지? 이상한 녀석!"

비류연은 한심하다는 듯 고개를 가로저었다.

"녀석! 많이 망가졌군!"

돌발상황을 일으켜 주위의 이목을 단숨에 끌어들인 남궁상이 안정을 되찾은 것은 약간의 시간이 더 흐른 후였다. 점점 더 현실이 피부 가까이 다가오고 있었다.

여기서 떨어져서 살아남기를 바라는 것은 참으로 시건방진 생각이 아닐 수 없었다.

"안 돼! 패배주의는 아무 것도 낳지 못해! 긍정적! 긍정적!"

남궁상은 연쇄반응처럼 줄줄이 이어지는 불길한 상상을 내쫓기라도 하는 것처럼 세차게 도리질치며 자신에게 다짐하듯 외쳤다.

"괜찮아! 여기 떨어져도 살아날 수 있어! 밑에는 물이야! 밑에는 물! 초고수가 되려면 한 번쯤은 반드시 절벽에서 떨어져야 한다는 옛말도 있잖아! 힘내라, 남궁상! 이건 아무 것도 아냐! 넌 살 수 있어!"

자기 최면을 통해 샘솟는 공포를 틀어막고 억제하려는 듯 남궁상은 주문 낭송이라도 외는 것처럼 혼잣말로 중얼거렸다.

그 소리는 비류연에게도 잘 들렸던 모양이다. 그는 가볍게 한마디만 해주었다.

"그치만 밑은 암초투성이인걸?"

'헉! 이미 정해졌다는 건가?'

비류연의 목소리는 무엇인가를 이미 기정사실화하려는 듯했다.

식은땀이 등줄기를 따라 비 오듯 흘러내렸다.

"괜찮긴 뭐가 괜찮아? 떨어지면 당연히 죽는걸! 아무나 절벽에서 떨어져서 살아남는 줄 아니? 하늘의 선택을 받지 못하는 자는 죽었다 깨어나도 절벽에서 떨어져서 살아남을 수 없는 거란다."

위로나 격려로 용기를 북돋아주지는 못할망정 힘겹게 남은 불씨와 그 불씨를 다시 일으키려는 노력에 가차없이 찬물을 끼얹는 비류연이 원망스러웠다.

아무 생각 없이 던진 돌멩이에도 힘없는 개구리는 내장을 진상하며 격살당하는 법!

눈물이 핑 돌았다.

뿐만 아니었다. 현실은 그의 생각보다 훨씬 냉혹했다. 그의 사적인 감상 따위는 거치적거리기만 할 뿐 전혀 문제가 되지 않는 듯했다.

종쾌가 다시 한번 재촉한다.

"뭐하는가, 자네? 빨리 안 뛰고? 뒤에 사람들이 기다리고 있지 않은가? 아까도 얘기했다시피 누군가 한 명은 저편으로 건너가서 줄사다리를 이쪽으로 내려줘야 한다네! 그러기 싫으면 발걸음을 돌려서 돌아가고."

천길 낭떠러지가 거짓도 농담도 아닌 현실이 되어 그의 앞에 가로놓였다. 협곡의 저편 언덕이 밤하늘의 달과 별만큼이나 한없이 멀게만 느껴졌다. 마치 자신이 두 발을 딛고 서 있는 이 세계에는 존재하지 않는 다른 세계의 다른 장소 같았다.

이때 그의 초조한 눈에 진령의 얼굴이 들어왔다. 걱정 때문인지 안색이 무척 좋지 못했다. 그러고 보니 신혼초야는 고사하고 아직 그녀에게 매파(媒婆)를 보내 정식으로 청혼도 못하지 않았는가! 그가 예전에 남몰래 수립해두었던 '장래 삼십 년 오순도순 계획'은 아직도 걸음마 단계였다.

남궁상의 눈이 굳은 결의에 의해 날카롭게 번득였다. 그는 주먹을 불끈 쥐었다.

'그래! 역시 그만두자!'

무모와 용기는 구분되어야 하는 법!

남궁상은 추호의 망설임도 없이 냉큼 비류연을 향해 돌아섰다.

모종의 결의로 잔뜩 응고되어 있던 남궁상의 얼굴이 더운물에 설탕 녹듯 스르륵 풀렸다.

"헤헤헤! 대사형!"

남궁상은 호수 위에 반사되는 빛의 편린처럼 지나치게 반짝반짝거리고 일렁일렁거려, 때로는 사람들의 속을 울렁울렁 미식거리게 만드는 눈동자로 비류연을 물끄러미 바라보았다.

생사의 간두에 서 있었던 탓일까? 이 무모한 행동으로 미루어보아 이미 이성을 상실한 상태일지도 모른다. 어째 상태가 참으로 양호해 뵈지 않았다.

스스로 온정과 애정이 넘친다고 자부하고 있는 자칭 평화주의자 비류연은 매몰차게 제자 겸 사제라는 희한한 이중관계를 지닌 이 청년을 매몰차게 내치지 못했다.

그는 그저 상냥하게 웃으며 다음과 같이 말해 줄 뿐이었다.

"궁상아!"

봄날의 산들바람처럼 부드러운 목소리. 그것은 남궁상의 가슴에 희망의 불꽃을 활활 지피는 풀무질이기도 했다.

"예! 대사형!"

그의 어깨를 희망의 북처럼 힘차게 두드리며 비류연은 특유의 미소를 지었다.

"너도 무가의 자손이라면 이런 이야기를 들어보았겠지?"

여기서 비류연은 잠시 한 호흡을 쉬었다.

치렁치렁한 앞머리를 피해 빠끔히 드러난 쥐 잡아 먹은 듯한 붉은 입가에 점점 짙어지는 소름끼치는 미소를 보며 남궁상은 자신의 마음에 드리워진 불안의 그림자가 점점 더 농밀하게 증식 확장됨을 느낄 수 있었다. 그 그림자는 점차 빛이 드리워졌던 영역을 잠식해 들어가 빛과 희망으로 둘러쳐져 있던 장벽을 넘어 긍정적인 사고와 희망이 은혜 깊은 빛을 뿌리고 있던 하얀 영역까지 범람, 침범하기 시작했다.

비류연은 천천히, 그리고 또박또박 말했다.

"사자는 자신의 새끼를 강하게 키우기 위해 만장단애에서 떨어뜨린다!"

그 순간 남궁상은 모든 것을 포기하고, 존재하는 전부를 겸허히 받아들인 다음 조용히 돌아섰다. 오늘따라 유달리 그의 두 어깨가 힘없이 축 처져 있는 듯했다.

뜨거운 우정

곧 인생의 크나큰 시련과 부딪쳐야 할 친구에게 다가온 현운이 조용히 손을
내밀었다. 친구가 의아한 얼굴로 물었다.
"뭔가?"
그러자 현운은 조용히 고개를 가로저었다.

"뭐야?"
다시 한번 남궁상이 물었다.
"주게!"
그제야 현운이 대답했다.
"뭘?"
의아한 얼굴로 반문하지만 현운의 표정에는 변화가 없었다. 마치
가면을 씌워놓은 것처럼 무뚝뚝했다.
"뭘 달란 말인가?"
답답한 마음에 남궁상이 다시 한번 언성을 높여 묻자 그제야 현운
이 고저 없는 목소리로 대답했다.
"유언장!"

그것이 그가 해줄 수 있는 마지막 우정이라도 되는 것처럼 현운은 행동하고 있었다.

"유언장?"

"전해 주겠네!"

무뚝뚝한 목소리로 현운이 말했다.

"자네가 빼돌리지나 말게나!"

"믿지는 말게!"

"물론일세!"

그렇게 대답하며 남궁상은 친구(아직도 그렇게 부를 수 있다면)의 내밀어진 손 위에 동봉된 서신 하나를 올려놓았다. 주작단원들은 비류연과 어울려 다닌 이후 모두들 품속에 유언장 하나씩을 품고 있었다.

남궁상이 물었다.

"자네는 어디에다 걸었나?"

"……."

현운은 묵비권을 행사했다. 친구의 마지막 가는 길(?)에 상처를 주고 싶지 않다는 듯한 행동이었다. 그러나 이 경우 침묵은 곧 긍정을 의미했다.

"자네도… 실패 쪽인가?"

궁상의 어깨가 탈골이라도 된 듯 축 늘어졌다. 그러자 현운이 헛기침을 하며 말했다.

"어험, 무량수불! 사람은 때론 감정보다 이성적으로 행동할 필요가 있지. 그러나 좋은 소식도 있네!"

"이런 상황 속에서 감히 어떤 게 희소식이 될 수 있는가?"

무척이나 맥 빠진 목소리로 남궁상이 대꾸했다.

"허허! 그렇게 낙심하지 말게나. 그리고 솔직히 기뻐하게! 진 소저만은 자네가 성공한다는 데 걸었다네. 그러니 자네가 성공하면 그녀는 크게 기뻐할 걸세!"

"…만은?"

남궁상의 준미한 눈썹이 살짝 치켜 올라갔다. 목소리에는 노기가 가득했다.

현운은 푸른 하늘이 그리운지 시선을 위로 향했다.

"어험! 날씨가 참 좋구만!"

그러나 현운의 말과 달리 하늘에는 남궁상의 기분을 대변하는 듯 짙은 구름이 가득했다. 그림자가 길게 그들 주위로 드리워졌다.

"…자네에게 줄 재산은 없네."

남궁상이 화를 억누른 목소리로 말했다.

"걱정 말게. 원본만 있으면 위조는 언제든지 가능하지. 친구들끼리 잘 갈라먹고 영원히 자네를 기억하겠네."

이 녀석들을 물 먹이기 위해서라도 반드시 살아 돌아오리라고 남궁상은 굳게 결심했다.

"거참 보기 좋은 우정이구만! 젊다는 것은 역시 좋군!"

현운과 남궁상의 주거니 받거니를 지켜보던 회의노인이 고개를 끄덕거리며 흐뭇한 미소를 지었다.

'어, 어디가?'

'그럴 리가 없잖아!'

주작단원들은 소리 없는 아우성을 지르며 괴생물체를 보는 듯한 눈으로 회의노인을 쳐다보았다. 그 옆에는 비류연이 동의한다는 듯 고개를 끄덕이고 있었다.

'아참! 저 노인네가 함께 있었지!'

그제야 염도의 주의가 회의노인을 향해 기울어졌다. 자신들의 과거의 일부를 알고 있는 정체불명의 노인. 잠시 경황이 없어 신경 쓰지 못하고 있는 틈을 타 노인은 아주 당당하게 그들 사이에 끼어 있었던 것이다.

"으음, 저분은?"

그제야 종쾌도 회의노인의 존재를 알아차린 모양이었다. 염도는 대답할 말이 궁했다.

"에…, 그러니깐 저……."

식은땀을 뻘뻘 흘리며 염도가 횡설수설하고 있을 때였다.

"이번에 같이 온 인술노사 중 한 분이신 모양이로군."

오히려 그를 난관에서 구원해준 것은 종쾌였다. 아무래도 인원편성에 관한 상세정보는 도착하지 않은 모양이었다. 염도가 얼른 대답했다.

"그, 그렇습니다. 그렇다고 할 수 있죠. 정말 그래요……. 하하하하!"

염도가 식은땀을 훔치며 안도의 한숨을 쉬고 있을 때 비공답운 종쾌가 회의노인을 향해 고개를 꾸벅 숙였다. 그것은 분명 나름의 예의를 갖춘 인사였다. 노인도 살짝 고개를 까닥였다.

'응?'

잠시 의아스러운 마음이 들었지만, 염도는 이내 잊어버리고 말았다. 눈앞에서 손에 땀을 쥐게 하는 희대의 볼거리가 펼쳐지고 있었던 것이다.

　이제 도망칠 곳은 창천 아래 그 어디에도 없다는 것을 남궁상도 알고 대표단도 모두 알게 되었다.
　드디어 궁지에 몰린 이상적인 상태가 된 것이다.
　"하지만…, 하지만 말입니다……. 이걸 정말 건널 수 있긴 건널 수 있는 건가요?"
　역시 막막했다.
　"난 감시자일 뿐 자네의 조언자가 아닐세. 보아하니 머리 없는 생물은 아닌 듯하니 직접 쭈그리고 앉아 천천히 생각해 보게나! 치사하게 지정된 시간 안에 통과해야 한다고는 말하지 않겠네."
　"친절하시군요!"
　"과찬일세!"
　종쾌의 호의(?) 어린 말도 남궁상에게는 별 도움이나 위로가 되지 못했다.
　'그래도 한 가지 편한 점은 있구나!'
　비류연 덕분에 미리 작성해둔 유언장이 꽤나 많은 까닭에 문장을 떠올리기 위해 고심하는 수고를 다행히도 덜 수 있었다.
　남궁상은 마음 속으로 유언장을 조용히 읊조렸다.
　'아아! 드디어 오늘 나 남궁상이 이 자리에서 짧은 생을 마감하는구나! 내가 오늘 이 자리에서 죽으면 진령 그녀는 얼마만큼 나의 죽음을 슬퍼해줄까? 아아, 그리운 님이여……. 내일 아침 눈을 떴을 때 당신 곁에 내가 없더라도 슬퍼하지 마오. 아버님, 어머님! 기체후 일향

만강하시고 만수무강하시고 지존무상(至尊無上)하시며 독보강호(獨步江湖)하시고 군림천하(君臨天下)하십시오. 흑흑흑!'

[야, 임마! 궁상쟁이!]

"예…, 옙!"

벼락처럼 귀청을 때리는 전음에 화들짝 놀란 남궁상이 의식의 폭주 상태에서 퍼뜩 깨어나 주위를 둘러보았다. 당황한 나머지 목소리까지 튀어나와버렸다.

전음은 상당히 어처구니없어 하는 울림이었다.

[너 지금 뭐하냐? 이름값하려고 궁상 떠냐? 이렇게 간단한 일 하나 하는데 뭘 그리 밍기적거려? 굼벵이랑 경주하냐? 기다리기 지루하다 못해 하품이 다 나려 그런다!]

비류연의 전음 불호령에 남궁상은 찔끔하며 목을 움츠렸다. 그러나 억울하기 짝이 없었다.

'간단한 일?'

참담했다. '간단한'이라는 말의 용법이 언제부터 본래의 의미를 잃고 이토록 변질되고 왜곡되고 훼손되었단 말인가!

그러나 반론은 용납되지 않았고 그럴 틈도 없었다.

다시 한번 전음이 귀청을 때렸다.

[이 바보야! 눈앞에 멀쩡하게 계단이 있는데 뭘 그렇게 고민하나? 네 동태 눈깔은 장식품이냐? 눈 두 개가 잠잘 때 꼭 감으라고 황송스럽게 달려 있는 줄 알아? 저기 저……]

비류연의 호통인지 설명인지 분간이 가지 않는 전음을 들은 남궁상의 등줄기를 타고 벼락 같은 전율이 관통했다. 갑자기 손톱만하던 시야가 대낮처럼 환하게 밝아졌다(사실 지금 대낮 맞았다).

'줄을 매다는 것 이외에는 어떠한 방법을 써도 상관없다!'

종쾌는 분명 그렇게 말했었다.

"그래! 그런 수가 있었지!"

'왜 여태껏 그 생각을 못했을까?'

남궁상은 어두운 미명에 깨어나 득도 해탈의 경지에 이른 고승의 심정이 되었다.

왜 그 생각을 못했을까? 그런데도 자신은 능공허도(凌空虛渡)의 기술도 없는 주제에 단번에 저 반대편에 닿을 턱도 없는 생각을 궁리했던 것이다. 해법이 틀렸는데 정답이 제대로 나올 리가 없었다.

그러나 대사형의 말대로라면 어렵긴 하지만 불가능한 일은 아니었다. 충분히 도전해 볼 만한 가치가 있었다.

절망과 포기만이 가득했던 황량한 불모의 대지에 희망의 비가 내리고 용기의 새싹이 돋아났다.

"좋아!"

두 주먹을 불끈 쥔 사내는 두 눈을 매처럼 빛내며 힘차게 달리기 시작했다. 힘차게 내딛는 그의 한 발짝 한 발짝에는 희망과 용기가 넘쳐흘렀다.

…그러나 그 달리기는 오래도록 지속되지 못했다.

딱!

백만 개의 별들이 찬란한 백색 광휘로 그의 시계(視界)를 불태웠다.

날쌘 사슴처럼 바람을 가를 기세로 달려가던 남궁상의 몸이 순간 앞으로 고꾸라지면서 볼썽사납게 면상으로 지면에 대패질을 했다. 보는 이의 시선을 질끈 하게 만드는 돌발사고였다.

지면에 보기 좋게 머리를 처박은 남궁상은 빵빵하고 탱탱한 엉덩이를 늠름하게 하늘로 향한 채 한동안 미동조차 하지 않았다.

그 순간 기묘한 정적이 장내를 지배했다. 모두들 약속이라도 한 듯 입을 여는 이가 아무도 없었다.

'죽었군!'

'죽었어!'

'잘 가라.'

'아미타불!'

'무량수불!'

'원시안진(모든 것이 원활하고 평안하길)!'

이미 다들 남궁상의 생사에는 초탈(超脫)했는지 생존확인은 제쳐 두고 마음 속으로 나름대로의 가치관과 종교에서 기원(起源)한 나름의 극락왕생을 기원(祈願)해줄 뿐이었다.

"…아직 안 죽었는데……."

그러나 모기 소리보다 작은 그의 목소리에 귀 기울이는 사람은 아무도 없었다. 믿었던 진령마저도 여기서 예외가 되지 못했다.

[야! 뭐하냐? 너, 벼랑 밖으로 던져진 쇠뭉치처럼 추락사하고 싶냐?]

비류연의 쏘아보는 눈초리가 잡아먹을 듯 사납기만 했다. 이토록 멀리 떨어져 있는데도 그 예리함과 사나움과 분노가 얼굴 피부를 따끔따끔 자극하고 있었다. 그 얼굴은 방금 남궁상의 뒤통수를 향해 뭔가를 던진 사람답지 않게 뻔뻔스러웠다.

[대사형…, 그게 무슨…….]

비류연의 느닷없는 폭력과 이유 없는 갈굼에 남궁상은 억울할 따름이었다. 아직도 뒤통수가 불에 덴 듯 '화끈얼얼'거렸다. 지면에 밭고랑을 파내는 장한 일을 해낸 얼굴도 마찬가지였다.

아무래도 작정하고 던졌던 모양이었다.

간신히 마음을 다잡고 각오를 세운 채 달려가던 중이었다. 그러나 이제 끝이었다. 조금 전 한 방으로 겨우 세웠던 각오가 돌바닥에 떨어진 백자화병처럼 산산조각 나고 말았던 것이다. 하지만 여전히 비류연이 화내는 이유는 그의 잘 배운 머리로도 짐작조차 가지 않았다.

그러나 남궁상의 사정이 어떠하든지 비류연의 독설은 가차없었다.

[너 지금 제정신이냐? 너 어째 지금 네가 뭘 달고 있는지 잊어버린 거냐? 갑자기 네 기억력이 의심스러울 수밖에 없구나!]

"헉!"

비류연의 지적을 들은 남궁상은 그제야 헛바람을 들이켰다.

잊고 있었다. 까맣게 잊고 있었던 것이다. 지나칠 정도로 오랫동안 그것들은 자신의 신체 일부나 마찬가지였다. 이제는 몸을 움직이는 데 시냇물 속에 섞인 빗물처럼 어떤 위화감도 느껴지지 않았다. 그러나 그렇다고 해서 그것이 자신의 손목과 발목에 채워져 있다는 사실이 변하는 것은 아니었다.

'만일 이걸 찬 채로 그대로 뛰었으면…….'

구름 같은 너울이 일렁이는, 푸른 파도 넘실거리는 망망대해에 내던져진 한 개의 작은 돌멩이처럼 저 어두운 그림자 속으로 흔적도 없이 사라져버렸을 것이다.

온몸의 솜털이 일제히 바짝 곤두서는 오싹한 느낌에 그는 어깨를 움츠렸다. 축축하게 젖은 등 뒤로 식은땀이 실개천을 이루며 흘러내렸다.

"이럴 수가!"

남궁상은 믿을 수가 없었다.

'언제 내 몸이 이렇게 가벼웠지?'

오래간만에 합이 200근이나 나가는 족쇄 덩어리인 묵환을 풀어놓자 온몸이 깃털처럼 날아갈 듯 가벼웠다. 자신의 몸이 자기 것이 아닌 듯한 이질적인 느낌에 약간 당혹스럽기까지 했다.

'저번에 마지막으로 묵환을 풀었을 때가 언제였지?'

기억을 못하는 것을 보니 꽤 오래 전의 일이었던 듯싶다. 그러나 그 이질감은 곧 적응이 되었고 그것은 또다시 자신감으로 뒤바뀌었다.

'지금이라면 할 수 있을지도……!'

그의 소심했던 가슴이 자신감과 용기로 가득 채워졌다. 만장절벽도 단숨에 뛰어넘고, 구름도 가볍게 뛰어넘고, 바람도 저 멀리 따돌려버릴 수 있을 것 같았다.

역시 족쇄는 족쇄였던 모양이다.

마음먹기에 따라 이렇게까지 관점이 변할 수 있단 말인가?

조금 전까지만 해도 그는 저곳을 도저히 넘을 수 없는 무한의 거리로 생각했다. 하지만 지금은 한 발자국만 내디뎌도 단숨에 저 반대편에 가뿐히 닿을 수 있을 것 같았다. 지옥의 입구 같던 낭떠러지는 폭신한 모래사장으로, 지옥 문지기의 흉소 같던 물 소리는 가을 더위를 몰아내는 청량한 바람소리로 돌변했다. 악귀들의 재잘거림 같던 새소리도 아름다운 가인(佳人)의 음악처럼 들렸다.

참 사람의 마음이란 간사한 모양이다.

"내년 이맘 때쯤 뛸 모양이구먼!"

멀리서 꼬락서니를 지켜보던 종쾌가 목발로 땅바닥을 툭툭 두드리며 말했다.

'이번에야말로!'

남궁상은 주먹을 불끈 쥐며 마음 속으로 외쳤다.

다시 그의 발이 지면을 박차고 달리기 시작했다. 다리가 너무 가벼워 마치 바람을 밟고 달리는 것 같았다. 좀 전과는 비교할 수 없을 정도로 눈부시게 빠른 속도였다.

세찬 바람이 그의 얼굴을 스치고 지나갔다. 그의 얼굴을 스치는 바람이 점점 더 빠르고 강해지기 시작했다.

남궁상은 자신이 문자 그대로 바람을 가르며 달리고 있음을 깨달았다.

이번엔 진짜였다.

공력을 한껏 돋운 남궁상의 다리가 힘차게 협곡 가장자리를 박찼다. 쏘아진 활처럼, 나는 새처럼 그의 단련된 신체가 바람의 벽을 헤치며 날아갔다. 마치 가장 날쌔고 용맹한 숫산양의 늠름한 도약 같았다.

그러나 인간의 힘으로 뛰어넘기엔 이 틈새가 너무 멀었다. 현재 남궁상에게는 능력의 한계가 버젓이 존재하고 있었다. 냉정하게 판단해 볼 때 솔직히 지금 이 시련은 버거웠다. 그리고 지금 비정한 결과가 도출되려 하고 있었다.

남궁상이 이 절벽을 뛰어넘을 수 있으리라 생각했던 것은 그 혼자만의 착각이자 터무니없는 오만이었을까? 그리고 그 오만에 대한 대가는 생의 종결로밖에 치를 수 없는 것인가?

한참 동안이나 중력의 속박을 받지 않던 비상하는 한 마리 새 같던 사내가 또다시 땅 위에 발을 붙이고 사는 네 발 달린 들짐승이 되어 심연의 아가리처럼 벌어져 있는 어둠의 심처로 추락을 시작했다. 도저히 저 반대편까지 닿기에는 추진력이 부족했다.

"어어어어어!"

"끼아아아아악!"

"안 돼!"

친구들은 다급한 경호성을 터트렸고, 여관도들은 자지러지게 비명을 질러댔다. 진령은 여린 가슴에 심장이 벌렁거려 더 이상은 차마 볼 수 없는지 눈을 질끈 감고 두 손으로 얼굴을 덮었다. 그를 이 시험에 내보낸 대사형을 원망할 정신적 여유마저도 지금의 그녀에게는 결여되어 있었다.

그러나 비류연만은 팔짱을 낀 채 차분한 시선으로 끝까지 포물선을 그리며 떨어져내리고 있는 남궁상의 몸을 쫓고 있었다.

'지금!'

비류연이 속으로 외쳤다.

"타핫!"

협곡의 한가운데서 낭랑하게 터져 나온 창룡음.

그와 함께 남궁상의 혁피신발 끝이 협곡 사이를 날아다니는 이름

모를 산새의 새알만큼 작은 머리를 찍었다. 그 반동으로 남궁상의 몸이 더욱더 위로 날아올랐다.

신기에 가까운 묘기가 아닐 수 없었다.

강호에는 풀잎 위를 밟고 달리는 초상비(草上飛)라는 경공이 있다. 눈 위를 걷고도 발자국을 남기지 않는 답설무흔(踏雪無痕)이라는 경공의 경지도 있다. 그리고 등평도수(登萍渡水)라는 물 위를 달리는 초범입성(超凡入聖)의 경지가 있고 그 위에 아무런 디딜 곳 없는 허공 위를 달린다는 능공허도(凌空虛道)라는 신화경의 경지도 있다.

그러나 다들 새대가리를 밟고 나는 경지는 듣도 보도 못한 것이었다.

몸을 깃털처럼 가볍게 만든다는 경공의 기본 중의 기본에 대한 각별한 성취가 없었다면 절대 불가능한 경지였다.

한 마리, 두 마리, 세 마리, 네 마리, 다섯 마리, 여섯……?

분명히 여섯 마리째라고 생각했을 때 남궁상은 어느새 마르고 단단한 땅을 굳건히 밟고 있는 자신을 발견했다.

고개를 돌려 오른쪽 어깨 너머로 뒤를 바라보자 어둠이 드리워진 심연의 깊은 낭떠러지가 여전히 웅장하고 위압적인 자태로 위세를 떨치며 버티고 있었다. 저 아래의 그림자로부터 차가운 바람이 불어와 이마를 쓰다듬고 머리카락을 헝클어트렸다. 새들이 깃털을 날리며 시야를 어지럽게 날아다녔다. 건너편의 친구들이 산다람쥐만큼이나 작게 보였다. 그제야 그는 비로소 자신이 저 저승의 다리를 자신의 능력만으로 무사히 건너왔다는 것을 알 수 있었다.

성공! 그것은 소름이 끼칠 정도로 전율이 이는 짜릿한 쾌감이었다.

"우와아아아아아!"

가슴 깊숙한 곳으로부터 포효가 터져 나왔다.

첫 번째 시험은 합격이었다.

다리가 내려졌다. 하지만 그것은 다리라고 하기에는 종래에 존재했던 다리들에게 무척이나 미안한 마음이 드는 그런 다리였다.

남궁상이 천겁간 반대편에 도착해서 본 것은 그저 두 개의 단순한 밧줄 뭉치뿐이었다.

용도는 명백했다. 어이가 없긴 했지만 남궁상은 자신이 이걸 가지고 무엇을 해야 하는지 알 수 있었다. 만약 설명을 미리 듣지 못했다면 무엇에 쓰는 물건인지 절대로 알아차리지 못했을 것이 틀림없었다.

한 쌍의 아름드리 나무에 두 개의 높낮이가 다른 밧줄이 천길 낭떠러지를 사이에 두고 걸렸다. 간격은 보통사람 키 정도였다.

두 가닥의 밧줄이 무엇을 뜻하는지 어떤 용도로 쓰이는지는 묻지 않아도 알 수 있었다. 이런 게 어떻게 다리일 수 있냐고 묻자 종쾌는 서슴없이 '그럴 수 있다!'고 대답했다. 다리란 원래 한쪽에서 다른 한쪽으로 건너갈 모종의 수단에 불과하며 그 형태와 재질을 따지는 것은 시대착오적인 발상이라는 것이 종쾌의 주장이었다.

생명안전 요대 같은 고급스런 장치 따위는 물론 애당초 존재하지 않았다. 가다가 떨어져도 절대 도의적 책임을 지지 않는다는 친절하고 자상한 설명도 잊지 않았다. 눈물겹게 고마운 일이었다.

수단은 두 가지였다. 하나는 이 밧줄을 이용해 저편으로 건너가든가 아니면 좀 단수가 높지만 남궁상처럼 새대가리를 계단처럼 밟고 건너가든가.

무엇을 택할지는 이미 정해져 있었다.

"노인장! 이제 여기서부터는 위험합니다. 이제 그만 돌아가시는 게 어떻습니까?"

염도가 그답지 않게 정중하고 차분한 목소리로 정체불명의 회의노인에게 말했다. 이유를 알 수는 없지만 오만방자함으로 말하면 타의 추종을 불허하는 염도마저도 신기하게도 '사부님을 대하듯' 함부로 대할 수가 없었던 것이다.

"걱정 말게나! 이런 곳에서 떨어져서 꼴사납게 죽는 일은 없을 테니깐. 아직 이 세상에 해결하지 못한 업이 남아 있어서 말일세. 애석하게도 벌써 죽을 수 있을 만큼 편한 팔자가 못 된다네!"

노인은 호언장담했다. 순간 염도의 눈에 노인이 무척이나 위엄 있고 엄숙해 보였다. 그가 다시 눈을 세차게 비볐을 때 일순간의 거인은 금세 본래의 왜소한 노인으로 돌아와 있었다.

"그래도 이제부터는 노인장께서는 갈 수 없는 곳입니다. 허락하지 않을 겁니다."

"누가 말인가? 아! 저 사람 말인가?"

노인의 손가락이 얼마 떨어지지 않은 곳에서 두 개의 목발을 짚고 서 있는 종쾌를 가리켰다. 바람이 그의 빈 바지를 흔들고 있었다.

염도는 고개를 끄덕였다.

그러자 노인이 외쳤다.

"이보시게, 종 노인! 이 사람이 이곳을 지나가도 되겠는가?"

'당연히 안 되지요!'

염도는 이 대답을 기대하고 있었다. 그러나…….

"그러시죠!"

맥빠질 정도로 간단한 허락! 염도는 기가 막혀서 말도 제대로 나오지 않았다.

"그, 그렇게 간단히?!"

"무슨 문제라도 있는가?"

이런 때는 보통 안 된다고 말하는 법 아니었나? 그러나 종쾌는 아무런 문제도 없다는 표정이었다. 오히려 염도의 반응을 이해할 수 없다는 태도였다.

'아차, 아까 전에 인솔노사라고 소개했었지!'

스스로 말해 놓고서도 남궁상 일 때문에 까맣게 잊고 있었던 것이다.

회의노인은 정식허락이 떨어져서인지 싱글벙글이었다.

"휴우우, 마음대로 하시죠."

마침내 염도는 백기를 올리고 말았다.

아슬아슬하게 장력이 유지되고 있는 밧줄다리를 사람들이 건너기 시작했다. 다들 무공에는 한가락 하는 자들이라 큰 어려움 없이 짧은 시간 안에 다리를 건너갔다. 아직 맨 정신이 돌아오지 않은 효룡은 장홍이 들쳐메고 줄다리를 건넜다. 혹시나 버리고 갈까 봐 걱정했던 이진설은 안도의 한숨을 내쉬었다.

마지막 남은 것은 비류연과 나예린, 회의노인뿐이었다.

그때 비류연이 종쾌를 돌아보며 물었다.

"할아버지, 그런데 그 다음 이야기는 어떻게 되었나요?"

비류연은 아무래도 그 뒤가 궁금한 모양이다. 종쾌가 대답했다.

"그것은 위로 올라가보면 자연히 알게 될 걸세. 자네들은 높은 곳에 올라갈수록 더 많은 이야기를 들을 수 있을 것이네. 그리고…, 그리고 만일 이 이야기의 끝을 알고 싶다면……."

종쾌는 잠시 말을 끊고 숨을 가다듬었다. 자신이 왜 이런 이야기를 저 청년에게 하고 있는지 본인으로서도 불가사의한 일이 아닐 수 없었다. 아무리 봐도 저 청년에게 그렇게 될 희망은 없어 보이는 데도 말이다. 그러나 그는 말하기로 결심했다.

"만일 자네가 능력이 된다면 천무봉의 정상에 올라 화산규약지회에서 우승하게! 그렇게 되면 자네는 이 이야기의 끝을 알 수 있을 것일세. 아니, 그 자리에 선 누구라도 이 이야기의 전말을 알 수 있게 될 걸세! 그러나 차라리 모르는 게 더 나을지도 모르지……."

마지막 말은 옹알이처럼 너무 작아 알아들을 수가 없었다.

비류연은 그 얘기를 잊지 않고 기억했다. 하지만 그 여정은 생각보다 결코 쉽지만은 않았다.

무림맹주의 정체
- 백도연합무림연맹 정천맹 맹주 집무실

나백천은 손에 들고 있던 정기보고 서신을 자단목 탁상 위에 살며시 올려놓았다.
전서구보다 열 배는 신속한 특급 전서응을 통해 긴 하늘길을 날아온 보고였다.

이 특급 배달부를 이용하면 변방을 제외한 모든 강호 전역의 소식
을 한나절 안에 받아볼 수가 있었다. 한 개 성(省)쯤은 두어 시진 안
이면 충분했다.

"일단 한 고비는 넘겼군. 과연 무사히 세 관문을 모두 통과할 수 있
을까?"

걱정은 그것뿐만이 아니었다.

"그리고 그것을 통과한다 해도… 정녕 그 아이들이 그 공포를 뛰어
넘을 수 있을까?"

아마 애써 현실을 무시하며 외면하거나 딴청을 피우는 것이 고작
일 것이다. 기억의 한편에 거머리처럼 달라붙어 있는 그 불쾌한 기억
을 완전히 떼어내고 그것을 극복한다는 것은 쉽지 않은 일이었다. 왜

냐하면 그 또한 그 일을 직접 경험해 봤기 때문이다.

백 년 전 화산!

쿵쿵!

그때의 일을 회상하다 보니 갑자기 오른팔이 거칠게 맥동하기 시작했다. 얼른 왼손으로 오른손을 세차게 꽉 잡아 눌렀다. 마치 갓 잡은 월척 같았다.

맥동은 곧 진정되었다.

"휴우."

오른팔이 진정되자 나백천의 안색이 원래대로 돌아왔다.

"아직도 그때 일을 떨쳐버리지 못하고 있는 건가……."

집무실의 열린 창으로 조그맣게 보이는 푸른 하늘에 떠다니는 하얀 구름이 보였다. 창을 통해 본 탓인지 하늘이 무척이나 작게 보였다. 소태라도 씹은 듯 입맛이 썼다. 그러나 다른 사람에 비한다면 이런 증상쯤은 새 발의 피라는 것을 그는 잘 알고 있었다.

그때의 망령에 심신을 사로잡혀 지금도 그곳을 떠나지 못하는 사람들도 있다.

"종 노사의 첫 번째 관문은 그나마 세 개의 관문 중 가장 수월한 곳. 두 번째 관문에는 그분이 계시지. 괴팍한 그분의 성격에 휘말려 봉변이나 당하지 않으면 좋겠구나, 예린아……."

딸 걱정이 이만저만이 아닌 모양이다.

천하의 무림맹주씩이나 되는 사람이 딸아이 걱정에 안절부절 못하고 있을 바로 그때였다.

"맹주! 맹주! 어디 계십니까? 오늘 소첩이랑 한 약속, 잊지는 않으셨겠지요?"

갑자기 문 밖에서 들려오는 여인의 목소리에 나백천은 화들짝 놀라 혼비백산했다.

정숙하고 아름다우며 기품 있는 중년부인의 목소리였음에도 나백천은 사자의 포효를 들은 쥐처럼 부르르 떨며 몸을 잔뜩 움츠렸다.

'아차! 잊고 있었다.'

거의 검선지경에 들었다는 평을 듣고 있는 나백천이었지만, 그가 지금 느낀 전율은 공포와 죽음의 예감이었다. 생명에 대한 절박한 위기감이 엄습했다.

'그런데 오늘이 무슨 날이었더라……'

기념일이 하나둘이 아니다 보니 일일이 주워 삼키기조차 벅찼다.

'약혼 45주년 기념일인가, 아니면 결혼 40주년 기념일인가. 음, 임신 20주년 기념일인가. 아니면 예린이 첫 걸음마 기념일인가. 아니면…, 으아아아악!'

그는 얼른 기념일 전용 수책(手冊 : 수첩)을 꺼내 서둘러 확인해 보기 시작했다. 품속에서 꺼내 든 그 수책은 무척이나 두꺼워 보였는데 단 한 장도 빈 곳이 없이 빽빽했다.

기념일 전용 비서를 두든지 해야지 아무래도 안 되겠다고 투덜거리며 나백천은 서둘러 수책을 넘기기 시작했다.

생명이 걸린 일! 결코 소홀히 할 수가 없었다.

"여보! 어디 계세요?"

다시 문 밖에서 아내 빙월선자(氷月仙子) 예청의 목소리가 들려왔다. 평소에는 한없이 부드럽고 현숙한 아내이지만 한번 그녀를 화나게 하면 아무리 검선지경에 든 그라 할지라도 목숨을 걸어야 했다.

그리고 나백천은 지금까지 한번도 그녀와의 싸움에서 이긴 적이 없었다.

사실 지금 부인인 예청은 그의 두 번째 처였다. 첫 번째 처와는 사별한 지 거의 백 년 가까이 되었다. 그의 첫 번째 처는 천겁혈세 때 죽었다. 그 뒤로 오랜 세월을 혼자 살았다. 자식은 없었다.

처음에 재혼은 생각조차 하지 않고 있었다. 사실 신경 쓸 시간조차 없었다. 그가 처리해야 할 안건이 날마다 수백 건은 족히 되었던 것이다.

두 번째 결혼은 다분히 정치적인 냄새가 강했다. 싫다고 싫다고 하는데 주위에서 억지로 재혼을 성사시켰다.

처음에는 내키지 않았다. 하지만 그의 거부는 받아들여지지 않았다. 백도 무림의 맹주씩이나 되는 사람이 혼자 궁상떨고 있으면 꼴불견이라는 게 주위 사람들의 강력한 주장이었다. 측근들에 이어 친구들까지 나섰다. 친구가 아니라 웬수들이었다. 다분히 즐기고 있는 기색이 역력했다. 무림맹주를 그렇게 골려먹고 싶었나? 마침내 그도 항복할 수밖에 없었다.

그의 두 번째 처는 그에 비하면 너무나 젊었다. 게다가 정말 과분할 정도로 미인이었다. 솔직히 사랑스러웠다. 갑자기 백 년은 젊어진 것 같았다. 늙은이의 주책? 도둑놈 소리를 들어도 할 말이 없었다. 그리고 그는 왜 절세고수가 절세고수로 불리는지 신혼초야에 확실히 증명해 보였다. 과연 그는 고수였다.

처음에는 어색했던 게 사실이다. 때문에 업무에만 열중하고 아내에게 소홀히 했다. 장님이 길을 더듬듯 자신이 무얼 어떻게 해야 할지 막막했던 것이다. 그러던 어느 날 그의 아내가 그를 불러놓고 진지한 목소리로 말했다.

'아무리 당신께서 백도 무림의 제반 대소사를 관장하는 무림맹의 맹주라 하셔도 그 전에 저의 하나뿐인 부군. 수신제가(修身齊家) 치국평천하(治國平天下)라 하였습니다. 가정 하나를 제대로 다스리지 못하는 자가 어찌 백도 무림의 안위를 인의(仁義)로 다스릴 수 있겠습니까! 저에게 일말의 애정도 없다면 모를까 만일 있다면 최소한 저에 대한 애정을, 그에 대한 증거를 보여주십시오.'

마디마디 구구절절이 옳은 말인데 나백천에게 무슨 반론의 여지가 있었겠는가. 그 순간 나백천은 백기를 올리고 항복을 표명했던 것이다.

그리고 얼마 뒤 딸 예린이 태어났다. 보물 중의 보물. 너무너무 귀여워 참을 수가 없었다. 눈에 넣어도 아프지 않을 것 같았다. 그 후로 그는 아내에게 절대 복종했다. 백도 무림맹 최고의 기밀…….

벌써 이십 년이나 된 옛날 이야기였다.

"여보, 어디 계시나요?"

다시 한번 부인의 목소리가 들려왔다.

"네! 네! 부인! 가오리다! 지금 가리다!"

전 백도 무림은 물론이고 일부 흑도 세력에까지 존경을 한몸에 받는 백뢰진천검 나백천!

보다시피 현재 그는 못 말리는 공처가였다.

두 번째 관문!
- 겁흔벽(劫痕壁)

놀랍게도 회의노인은 염도의 걱정과 예상에도 무사히 밧줄다리를 건너왔다. 뿐만 아니라 다른 젊은이들에게 뒤지지 않는 속도를 과시해 뭇사람들을 놀라게 했다. 역시 보통 노인네가 아닌 것만은 확실했다.

안개 낀 미로처럼 정체가 여전히 불명확한 게 마음에 걸리기는 했지만 '태극의 인재'와 비류연이 아닌 다른 진짜 사부님의 존재를 아는 사람을 아무 곳에나 방치할 수는 없었다.

산은 점점 높아지고 험준해졌다. 빽빽하게 늘어선 길고 장대한 아름드리 나무가 청량한 수목의 향기를 내뿜으며 그들의 발걸음을 가볍게 했고, 디디면 디딜수록 우거지는 수림은 점점 높아지는 뜨거운 햇빛을 시원스레 가려주고 있었다. 무성한 초록의 나뭇잎 사이로 살짝살짝 햇빛이 틈바구니를 비집고 들어와 그림자 속에서 빛의 흰 궤적을 그렸다.

길이라고 할 만한 것이 전혀 없었다. 걸어가면 걸어갈수록 높아지고 낮아지기를 반복할 뿐이었다. 그들이 가는 곳이 곧 길이 되었다. 무릎이 잠길 정도로 풀이 길고 억세기만 한 곳도 있는 반면, 어떤 때는 암석들이 그득해 풀 한 포기 자라지 않는 황량한 장소도 있었다. 아직 가을인지라 화산의 자랑인, 눈을 현란하게 어지럽히는 붉은 매화의 물결은 보이지 않았다.

두 번째 관문이 어디메뇨, 두 눈 부릅뜨고 찾을 필요는 없었다. 어디냐고 묻자 종쾌는 올라가다 보면 자연히 알게 될 거라면서 웃으며 배웅했다. 그냥 가보면 알게 될 거라는 종쾌의 말대로 그들은 자연스럽게 알게 되었다.

그곳은 그런 곳이었다.

그곳은 널찍한 빈터였다.

이 가파른 천무봉의 중간에 어엿이 존재하는 공간이라고 생각할 수 없을 정도로 평평하고 넓었다. 짐승들이나 다닐 법한 험한 길을 지나온 사람들은 직감적으로 이곳이 두 번째 관문임을 알아챘다.

"아무도 없나? 기분 나쁜 정적이군."

염도가 주위를 두리번거렸다.

분명히 첫 번째 관문처럼 두 번째 관문도 관리자가 존재하는 것이 당연한 이야기의 수순이었지만 아무리 주위를 둘러보아도 사람의 기척은 느껴지지 않았다.

그때 비류연이 손을 들어 정면 저편을 가리켰다. 구차하고 번거로운 말은 없었다. 그 손가락 끝을 따라 염도의 시선이 움직였다.

그것은 벽이었다. 밤의 어둠처럼 새까만 칠흑같이 검은 벽.

자석에라도 이끌리듯 사람들의 발길이 그 검은 벽을 향했다.

팔을 뻗으면 닿을 정도의 거리까지 검은 벽에 다가가서야 사람들은 그 벽이 거울처럼 윤이 난다는 것을 알 수 있었다.

"이, 이럴 수가!"

좀처럼 당황이나 경악으로 자신의 중심을 잃는 일이 없는 비류연의 입에서 경악성이 흘러나왔다.

극도로 억제하고는 있지만 벽을 만져 보기 위해 뻗은 팔의 미약한 떨림마저 억제하기는 불가능했다.

"이게 왜 여기에……."

검은 얼음 같은 바위의 차가운 감촉을 손끝으로 느끼며 비류연의 눈동자가 심연 깊숙이 가라앉았다.

그 벽은 어떠한 자연의 강압에도 굳건하게 그 자존심과 형태와 모습을 지킬 수 있을 것 같았다. 그만큼 그 벽은 위압적이고 경이로우며, 단단하게 생성되어 있었다. 감히 어떠한 외력으로도 흠집 하나 낼 수 없을 것만 같았다.

그러나 지금, 굳건했던 묵빛 바위의 자존심은 그 위에 새겨진 무수한 상처들에 의해 갈기갈기 찢겨져 있었다. 한때 드높은 자존심을 구가했을 것 같은 그 고고했던 검은 광택은 셀 수 없는 상처로 유린되어 있었던 것이다.

비류연의 손을 중심으로 평평하고 검은 벽에는 거미줄같이 미세한 세선(細線)들이 빽빽하게 그어져 있었다.

그것은 어떻게 보면 수백 마리의 거북이 등껍질을 붙여놓은 것처럼 보이기도 했으며, 때로는 매끄러운 흑광택 거울에 드리워진 거미줄 같은 모습처럼 보이기도 했다.

'무엇이 그를 저토록 동요시키는 걸까?'

항상 가볍고 지나칠 정도로 유쾌했던 비류연이었다. 나예린은 여태껏 그가 이토록 심각한 표정을 짓는 것을 한번도 본 적이 없었다. 비류연과 동요, 생각하면 생각할수록 어울리지 않는 묶음이었다.

원하지 않지만 가져버린 그녀의 용안으로도 평소 비류연의 마음은 읽을 수 없었다. 그러나 지금은 어느 정도 틈이 벌어졌는지 그의 마음에서 창포물처럼 번져가는 동요가 확실히 보였다. 의혹의 그림자가 겹겹이 쌓일수록 그의 동요도 점점 커져갔다. 무섭다고까지 느껴질 정도였다.

그녀의 시선을 알아채지 못했는지 비류연은 계속해서 검은 벽만을 뚫어지게 쳐다보고 있을 뿐이었다.

'있을 수 없어!'

비류연은 절대 인정하고 싶지 않았다.

그 선은 가늘고 날카로웠지만 세월의 풍화에도 아랑곳하지 않는 무형의 검기(劍氣)를 품고 있었다. 신의 역작이 아니라면 사람의 마음 속에 절망을 새겨넣기 위한 악마의 농간이리라.

빙검은 자신도 모르는 사이에 벽 가까이로 발걸음을 옮기고 있는 자신을 발견했다. 그의 시선이 멍하니 검은 벽의 전면에 새겨진 문양들을 바라보고 있었다.

"아버님?"

뒤에서 빙검의 딸인 관설지가 그를 불렀지만 그는 들은 척도 하지 않았다. 그의 시선은 오직 그 검은 벽에 집중되어 있었다.

남궁상도, 용천명도, 청흔도, 장홍도, 마하령도, 신유성도 무형의 기운에 이끌리기라도 하듯 그 대열에 합류했다. 그 외에도 몇 명이 더 합류했다.

그러자 두 개의 군집이 생겨났다. 벽에 다가가 문양을 뚫어지게 바라보는 부류와 약간 떨어진 채 그저 '왜들 저러지?'라는 시선으로 지켜보는 이들이 바로 그들이었다.

비류연을 선두로 벽에 가까이 다가간 이들은 검은 돌벽 안에 숨겨진 수수께끼라도 찾아 풀려는 듯 뚫어지게 바라보았다. 하지만 바위 벽도 자존심이란 게 있었기에 그들의 집중적이며 집요하기까지 한 시선에 구멍이 뚫리거나 하는, 말도 안 되게 터무니없는 불상사는 일어나지 않았다.

벽에 다가간 이들은 한참 동안 그렇게 아무 말 없이 침묵 속에서 묵묵히 그 흔적만을 바라보았다.

"으음……."

무거운 침음성이 모두의 입에서 동시에 터져 나왔다.

침묵은 육성(肉聲)에 의해 깨졌다.

"어때? 볼 만한가?"

느닷없이 귓가를 울리는 목소리에 사람들은 그 목소리의 출처를 찾기 위해 두리번거렸다.

"여기라네! 여기!"

처음에는 그저 검은 벽 옆에 솟아 있는 검은색 돌부리인 줄 알았다. 그런데 신기하게도 그 돌부리가 움직이고 말을 하는 것이 아닌가. 더더욱 놀라운 사실은 자세히 살펴보니 텁수룩한 수염 같은 것에 가려 잘 구분은 가지 않지만 눈, 코, 입도 달려 있다는 것이다. '오오! 이것은 전설상에 나오는 말하는 인면석(人面石)이 아닌가!'라고 외치고 싶은 사람도 있었겠지만, 그러기에는 아무래도 인간일지도 모른다고 의심이 가는 부분이 많았다.

"어? 돌덩이가 말을 다하네?"

염도가 신기한 듯 말했다. 답변은 금방 돌아왔다.

"자네 눈은 장식으로 달려 있는 건가? 엄연한 사람일세, 사람!"

확실히 그런 것 같기는 했다.

그 나이를 짐작할 수 없는 노인은 검은 옷에 검은 머리카락과 검은 수염이 무덤가의 잡초처럼 아무렇게나 나 있었다. 때문에 첫 대면부터 인간이라고 선뜻 믿기가 힘들었다. 백 년 동안 한 번도 몸단장할 생각을 하지 않은 사람 같았다.

이끼 같은 잡초들이 그의 몸을 휘감고 있어서 처음에 바위덩어리인 줄 안 것도 무리는 아니었다.

"노 선배님께서는……?"

염도가 조심스레 여쭈었다. 그는 종쾌의 경우를 생각하고 있었다. 이 노인의 신분도 보통은 아닐 터였다.

"만나서 반갑군, 빨강머리 친구! 노부가 이 두 번째 관문의 시험관일세!"

'역시!'

짐작이 들어맞았다.

"그럼 어디 얼마나 재료가 튼실한지 한번 볼까!"

대지에 뿌리를 내린 바위처럼 좌정하고 있던 노인이 자리에서 벌떡 일어났다. 노인은 키가 무척 크고 기골이 장대했다. 언뜻 봐도 염도보다도 더 클 것 같았다.

'헉!'

그 순간 염도는 수백 개의 무형 도기가 자신의 몸을 난자하는 듯한 느낌에 기겁을 하며 재빨리 뒤로 물러났다. 당황한 나머지 너무 급히 물러나는 바람에 한참이나 신형을 제대로 잡기가 힘들었다. 산발 괴노인이 염도를 바라보는 시선이 조금 바뀌었다.

"호오? 빨강머리 친구, 피 한 바가지 뒤집어쓴 듯한 머리카락을 지닌 것치고는 좀 하는구만! 꽤 좋은 실력인걸? 내 살기에 반응해 내 칼의 간격에서 벗어나려 하다니 말이야."

괴노인은 무척 재미있는 모양이었다. 그러나 염도는 결코 그 칭찬을 좋게 받아들일 수가 없었다.

노인의 시선이 염도의 허리를 향했다. 물론 괴노인은 염도의 통나무 같은 허리에 관심이 있을 만큼 변태이거나 타락하지는 않았다. 그의 관심사는 오직 허리에 찬, 독특한 기운을 품고 있는 염도의 애도 홍염이었다.

"좋은 도로군!"

"제 분신입니다."

"그런데 어디서 많이 보던 도인데……."

금세 노인의 추저분한 얼굴이 환하게 밝아졌다. 노화와 치매를 극복하고 기억해 내는 데 성공한 모양이다.

"과연 그랬었군, 빨강머리 친구! 자네는 그분의 제자였구만!"

왜 요즘 들어 자신의 신분을 아는 사람이 많은지 염도는 돌아버릴 지경이었다. 옆에서 지켜보던 빙검도 그 건에 관해서는 기분이 안 좋기는 마찬가지였다. 사부님의 엄명이 자꾸만 떠올라 결코 마음이 편치 않았다.

'이 노인의 정체는 뭘까?'

"노 선배님의 존함은 어찌 되시는지요?"

염도가 다시 정중하게 물었다. 도법에 관해서 일가를 이룬 그의 도기(刀氣)조차 이 노인에 비하면 한참 모자란 감이 있었다.

'저 불타는 개차판이 기세에서 밀리다니!'

사람은 정말 오래 살고 볼 일이었다.

그 때문에 염도의 고민도 이만저만이 아닌 것 같았다.

백 합 내에는 승부를 장담할 수 없었다. 아까 전부터 계속 저 괴노인의 전신에서 발산되는 무형의 도기를 깨트려 보려고 애를 써봤지만 허사였던 것이다.

"예에에에?"

코앞에서 들은 염도는 물론이고 대표단 전원의 눈이 휘둥그레졌다. 노인의 이름이 어디서 많이 들어보던 이름이었던 것이다.

염도가 떠듬떠듬한 목소리로 외쳤다.

"서, 설마 그 일도단애(一刀斷崖) 도제(刀帝) 용-경의(龍驚意)?"

도제 용경의! 한 칼에 절벽을 두 동강 낸다[一刀斷崖]는 그의 휘호만 보아도 그가 얼마나 무섭고 뛰어난 도객인지 알 수 있을 것이다.

"이, 이럴 수가……."

첫 번째 관문을 통과하며 생긴 경악에 대한 면역력과 비공답운 종쾌의 일만 없었어도 어디서 거짓부렁을 치냐고 칼침을 날렸을 터였다. 첫 관문을 겪은 이후 이제 누가 나와도 놀라지 않겠다던 맹세는 어느새 화장실의 휴지조각이 되고 말았다.

도제 용경의! 그는 염도가 존경하는 몇 안 되는 사람 중 한 명이었다.

"천겁혈세 이후 역시 실종되었다고 들었는데……."

당시의 실종이란 이미 죽었지만 안타깝게도 시체는 건지지 못했다는 것과 동일한 이야기였다. 피와 죽음의 시대 당시 실종된 사람이 어딘가에서 잘 먹고 잘 살고 있을 거라고 안일하게 생각될 만큼 그때의 상황은 평화롭지 못했다.

예상했던 대로의 반응이라는 듯 도제는 마른 입가가 파삭파삭 부서질 듯한 고소를 머금었다.

"왜 그러나? 이런 꼴사나운 모습이라 믿어지지 않나?"

그의 오른쪽 소매가 어깻죽지부터 맥없이 바람에 휘날렸다. 천하제일경공의 두 다리, 천하제일도객의 오른팔. 그것이 이제는 무엇을 의미하는지 대표단들은 잘 알고 있었다.

꿀꺽!

마른침이 대표단의 목젖을 타고 내려갔지만 오히려 갈증만 가중시킬 뿐이었다.

그러나 이들의 긴장한 모습을 오해한 도제는 아무래도 이들이 아직도 자신의 정체를 못 믿고 있는 게 아닌가 하고 생각한 모양이다.

"역시 도제는 도로 말할 수밖에 없는 모양이로군."

푹!

갑자기 노인의 왼손이 자신이 앉아 있던 자갈방석 바로 옆에 깊숙이 박혔다. 그리고 길쭉한 흙덩어리라고밖에는 생각할 수 없는 몽둥이 하나를 꺼내 들었다. 곳곳에 시든 잡초가 붙어 있는 데다 군데군데 이름모를 잡풀까지 듬성듬성 나 있는 그 흙방망이로부터 '후두둑' 흙모래가 비오는 소리를 내며 떨어졌다.

'뭐지?'

짐작이 가지 않았다. 예측할 수 없는 노인의 행동을 그들은 그저 멍하니 두 손 놓고 지켜만 볼 뿐이었다.

콰콰콰!

스스로 자신을 백 년 전 아무도 모르는 이가 없던 초유명 인물이라고 양심선언(?)한 노인은 왼손 하나로 흙몽둥이를 휘둘러 단단한 돌덩이를 내리쳤다.

파사사삭! 픽! 픽!

갈색 흙몽둥이와 회색 암석이 부딪칠 때마다 '우스스' 굳은 흙덩이와 이끼, 풀이 떨어져 내렸다.

"응? 아직인가?"

콰! 콰!

노인이 몽둥이를 두어 번 더 내리치고 나서야 사람들은 그것의 숨겨진 실체를 확인할 수 있었다. 알을 깨고 부화하는 병아리처럼 단단히 둘러싸인 진흙껍질을 깨고 나온 것은 놀랍게도 한 자루의 도였다.

넓은 도신과 특색 있는 용 모양의 손잡이로 미루어 볼 때 도제 용경의의 애도 용천도(龍天刀)가 분명했다.

쇠도 두부 썰듯 써는 천하의 보도라고 명성이 자자하던 것이 백 년이 흐른 지금에 와서는 고물상에 가도 엿이나 제 값에 바꿔줄지 의문스러울 정도로 참혹하게 곯아 있었다.

저 상태로 미루어 보아 수 년간, 아니 수십 년간은 흙 속에 묻어둔 듯하니 제 형태를 유지하고 있는 것만 해도 용하다 하겠다.

'용케도 썩어 문드러지지 않았군…….'

이미 곯을 대로 곯은 칼집은 가루가 됐어야 정상이라 여겨지는데 용케 저런 충격에도 여태껏 건디고 있는 것이다. 나무 칼집이라면 저런 무모한 일이 가능할 리가 없었다. 분명 한철을 모루 위에 두들겨 제작한 것이리라.

"이제 좀 볼 만하군."

그러나 무식하게 대충 턴 것이라 여전히 군데군데 흙과 함께 한때 대지의 일부였다는 증거가 남아 있었다.

"뭐 아쉬운 대로 이걸로도 충분하겠지!"

그러고는 대표단들을 돌아보며 씨익 웃었다.

"……?"

그때까지만 해도 대표단들은 노인의 의도를 알아채지 못했다.

슈욱!

픽!

작은 북을 치는 듯한 소리가 울려퍼졌다.

"컥!"

그 순간 박자라도 맞추는 듯 윤준호가 배때기를 움켜쥐며 허리를 반으로 접었다.

"쯧쯧! 이런 것도 못 피하면 안 되지!"

슈욱!

다시 도제의 왼손에 들린 보관불량품이 눈에 보이지 않는 속도로 움직였다.

퍽!

또다시 울려퍼지는 소리!

이번에는 백무영이었다. 전적이 있어 경각심을 일깨웠을 텐데도 피하지 못한 것이다. 그의 눈에 눈물이 찔끔했다.

"이런, 이런! 봤다고 해도 피하지 못하면 말짱 도루묵이지!"

노인이 한심하다는 듯 고개를 가로저었다. 실망이라는 기색이다.

이 정도로는 아직 재미가 없는 모양이었다.

"쯧쯧쯧! 젊은 친구들이 이렇게 강단이 없어서야 어따 써먹겠나? 좀 더 이 늙은이를 즐겁게 해주게나!"

슈욱!

다시 그의 칼이 칼집과 함께 쾌속하게 바람을 가르며 움직였다.

깡!

이번에는 북치는 소리 대신 쇳소리가 났다.

모용휘가 자신에게 날아오는 노인의 칼집을 허리에 차고 있는 검을 들어올려 막고 그 반동을 이용해 뒤로 물러났던 것이다.

"호오?"

처음으로 나온 반응이라 그런지 노인은 점점 더 흥미가 생기는 모양이었다.

"그럼 어디?"

슈욱! 다시 뱀처럼 영활하게 움직이는 칼집.

"앗!"

카카캉!

교착상태! 칼집을 내지른 사람도 검집으로 그걸 눌러 막아낸 사람도 양쪽 모두 교착상태에 빠져 움직이지 않았다.

모용휘는 어느새 질러온 그의 칼집을 왼손에 잡은 검집으로 내리누르고 있었다. 또한 뒤로 튕겨나가지도 않았다.

부르르 떨리는 그의 발은 원래 있던 곳에서 반 보 정도 뒤로 밀려나 있었다.

"오호호!"

이제는 좀 재미있어졌군, 이라고 말하는 듯했다.

노인의 덥수룩한 머리카락과 두툼하고 산적 같은 눈썹 밑에 감춰진 두 눈에 장난기가 감돌았다.

"어디 솜씨를 한번 볼까?"

대치상태에 있는 두 개의 칼 중 자신의 것을 손목의 힘만을 이용해 살짝 밀었다. 작은 동작이지만 거력이 담긴 한 수였다.

모용휘는 자신을 향해 밀려오는 힘을 거스르지 않고 누르고 있던 검집을 뒤로 유연하게 빼며 받아 흘렸다. 이때 저항하면 오히려 자신의 검을 빼앗기거나 유리한 고지를 잃어버릴 수 있었다.

이번에는 노인이 살짝 칼집을 뒤로 뺐다.

뒤로 빠진다고 멀뚱히 보고 있으면 속박력을 상실하고 겨우 만들어놓은 봉쇄가 무용지물이 되어 상대의 칼이 자유를 얻을 수 있었다. 현재의 봉쇄를 놓치면 다음 수는 솔직히 막아낼 자신이 없었다.

그는 이번에도 역시 거스르려 하지 않고 힘의 방향에 순응하며 앞으로 움직였다.

'두 번씩이나!'

도제는 이 사실이 무척 재미있는 모양이었다.

'그럼 어디?'

이번에는 칼을 손목의 힘을 이용해 좌측으로 회전시켰다. 소용돌이에 휘말린 통나무처럼 모용휘의 검이 회전 안에 휘말려 들어갔다.

완전히 밖으로 내쳐지든 아니면 역으로 자신의 검을 누르든 양쪽 다 모용휘에게 불리한 일이었다. 게다가 힘으로 눌러 저항해 보려 해도 내공의 차이 때문에 불가능에 가까웠다. 게다가 아래로 떨어지는 힘은 막을 방도가 없었다.

캉!

마침내 모용휘의 검집이 튕겨져 나가자 그의 가슴은 완전히 빈틈으로 남을 수밖에 없었다.

"이런!"

모용휘가 단말마를 터트렸지만 도제의 칼은, 아니 칼집은 모용휘의 목 앞에 싱글벙글 그를 비웃듯 놓여 있었다. 서늘한 살기가 도 끝을 타고 전해지자 모용휘는 전신의 신경을 팽팽히 팽창시킬 수밖에 없었다. 의도했든 의도하지 않았든 몸이 급작스럽게 긴장하기 시작했다.

흙먼지가 갈색 서리처럼 뽀얗게 앉은 수염 밑에 파묻힌 노인의 입이 실룩거렸다. 나름의 미소였지만, 백 년 동안 미소를 지은 기억이 없어서인지 어색하기만 했다.

"제법 품질이 양호한 놈도 섞여 있었군!"

도제 용경의의 두 번째 증언

"앞의 이야기는 두 다리 없는 종씨 늙은이에게 들었으리라 생각한다."
폭언에 가까운 서슴없는 말에 좌중들의 안색이 해쓱해졌다. 그러나 본인은
전혀 신경 쓰지 않는 눈치다.
"그후에 이야기는 이 외팔이 도객이 계속해주지."
그와 함께 용천도의 맹위를 떨쳤던 우수의 소매가 바람에 펄럭였다.

"우리는 부끄럽게도 감히 누가 그의 수급을 베어 일약 강호의 영웅
이 될 것인가 하는 허망한 기대감에 부풀어 있었지. 첫 번째 관문은
실패가 되겠지만 그에게 상당한 육체적 타격을 입혔을 터이고 우리
는 상처 입은 사냥감만 잡으면 된다고들 생각하고 있었어. 단지 누가
그의 목을 베는 영예를 안을 수 있을지에만 관심이 쏠려 있었다네.
참으로 오만했었지. '그'의 능력을 익히 알고 있던 우리가 어떻게 그
런 대담함과 자신감과 오만감을 그때 당시 지닐 수 있었는지 아직도
의문이라네. 그건… 그래, 마치 열병 같았지……."
"쪽수의 힘이었겠죠. 무리를 이룬 늑대는 사자도 이기니까요."
비류연이 서슴없이 그 해답을 내놓았다.
"류연!"

너무나 거리낌없음에 나예린이 작은 목소리로 주의를 주었다. 이 사람은 왜 이리도 지나치게 거리낌이 없는 걸까? 그러나 비류연은 들은 체 만 체다.

노인의 입가가 씁쓰레한 고소로 일그러졌다. 불호령이나 호통은 없었다.

"맞아! 자네 말이 맞아. 우린 그의 능력을 한참이나 과소평가했지."

활기찼던 노인의 얼굴에 아픔이 스치고 지나갔다.

"난 244명의 도객들과 함께 이곳에 자리를 잡고 도진(刀陣)을 구성했다네. 종쾌는 자신의 첫 번째 관문에서 그자의 발길을 제지할 수 있다고 큰소리 쳤지만 난 종쾌가 실패할 거라는 것을 알고 있었지!"

예상대로 '그'는 도제 용경의가 버티고 있는 두 번째 관문에 나타났다. 하지만 그의 몸에 단 한 군데의 상처도 없다는 것은 정말 예상 밖의 일이었다. 그때 도제는 종쾌에게 엄청난 욕을 퍼부었다고 한다.

"그때는 정말 종쾌를 잘근잘근 씹으며 욕을 바가지로 했지. '입만 산 바보 같은 놈, 그렇게 큰소리 탕탕 치더니 겨우 이 정도였냐! 뒈져 버려!'라고 말일세."

하긴 그때는 이미 종쾌가 살아 있으리라고는 생각지 않고 있었다. '그'가 여기까지 올라온 것이 무엇보다 확실한 정황증거라고 생각한 탓이었다.

"나중에 종쾌가 살아 있다는 것을 알았을 때는 정말 놀랐지. 죽은 망자가 돌아온 줄 알았다네. 비록 두 다리를 잃어버린 다리 병신이 돼버리고 말았지만 말일세! 뭐 외팔이 병신과는 딱 어울리는 한 쌍이지만……."

'그'가 그들이 함정을 파고 올가미를 씌우기 위해 기다리고 있는 두 번째 관문으로 왔을 때 비로소 도제와 좌중들은 자신들의 예상이 한참이나 빗나갔음을 알았다. 그는 헤엄을 즐기는 어부처럼, 산타기를 즐겨하는 등산가처럼 온몸에 여유가 넘쳐흘렀다. 마치 뒷동산에 산책이라도 나온 것 같았다.

"그의 눈에는 244명에 이르는 칼날의 숲이 보이지 않는 것 같았네. 그저 이름 모를 들꽃들이 옹기종기, 두런두런 피어 있고 이름 모를 관목들이 듬성듬성 자라 있는 숲속에 놀이 삼아 걸어 들어온 것처럼 보였지."

그는 두려움이란 것을 알지 못하는 사람 같았다.

"천겁혈신의 머리를 지나가던 사과나무에 열린 사과처럼 수확의 시기가 오면 언제든지 마음만 먹으면 딸 수 있다고 생각했으니 얼마나 어리석은 일이었겠나! 그것이 아마 집단으로 몰려 있다는 군중심리의 맹점이자 무서운 점이겠지. 한 곳에 잔뜩 몰려 있다고 대가리 수를 믿고 그렇게 까불었으니 말이야. 철없는 짓이었지! 세상의 무서움을 모르고 말이야……."

도제는 그때의 실책을 후회하는 듯 한숨을 내쉬었다. 그의 후회가 절절이 느껴졌다.

그 순간 소슬한 바람이 좌중들의 어깨를 쓸고 지나갔다.

과연 천겁혈신이란 이름은 명불허전이었다.

244대 1임에도 그 누구도 자신들의 승리를 확신할 수 없었던 것이다.

'그'가 처음으로 입을 열어 말했다.

"여기는 날 재미있게 해줄 수 있는가?"

야생의 늑대들이 때로 사자(獅子)보다 무서운 것은 쪽수를 모아 군집을 이루기 때문이다. 무리를 지어 떼거지로 몰려다니는 늑대들에게는 아무리 힘세고 용맹한 사자도 길을 비켜줄 수밖에 없는 것이다.

그러나 도진을 펼친 244명의 도객 중 그 누구도 자신들의 우위를 확신하지 못하고 있었다. 244마리의 늑대가 단 한 마리의 사자를 누르지 못한 것이다.

아니, 그때 이미 그들은 244마리의 늑대가 아니라 244마리의 토끼로 둔갑해 있었는지도 모른다. 토끼는 244마리든 천 마리든 사자에게 아무런 두려움을 주지 못한다. 단지 그것들은 사자의 노리갯감이나 간식거리가 되는 것으로 자신의 사명을 완수할 뿐인 것이다.

"유희 준비는 끝났는가? 무엇으로 날 즐겁게 해줄 텐가?"

용경의가 앞으로 나서서 대표로 대답했다.

"우리는 당신의 칼놀림을 보고 싶소. 우리의 지배자로 어울린다고 생각한다면 여기서 그 도기(刀技)를 증명해 보이시오."

"그는 크게 우리를 비웃었지. 무척이나 유쾌한 듯했네. 그러고는 비웃는 목소리로 말하더군."

"차라리 물고기에게 헤엄치는 법을 가르쳐 달라고 하고, 원숭이에게 나무 타는 법을 가르쳐 달라고 하는 게 더 빠르지 않겠나? 하찮군!"

비웃음이었지만 그 누구도 감히 그 말에 토를 달지 못했다. 자신들을 추스르는 것만 해도 그들은 벅찼던 것이다.

'그'는 잠시 말을 멈췄다가 다시 말을 이었다.

"증명해 달라면 증명해주지. 하지만 자신이 보지 못한 것, 보지 못했던 것, 그리고 볼 수 없는 것을 보기 위해서는 대가를 치러야만 하지. 그 대가는 존재의 소멸. 과연 그만한 용기와 각오가 되어 있는가?"

"나는 아직도 그때 그 조소어린 눈빛을 잊지 못한다네! 깨어 있을 때는 물론이고 잠잘 때도 마찬가지라네. 아직도 그 눈빛이 어디선가 나를 주시하고 있다는 느낌을 떨쳐버릴 수가 없어. 그 눈으로부터 도망가기 위해, 아니 벗어나기 위해 백 년 동안 이 자리를 떠나지 않았지만 나의 심신은 아직도 그때의 눈빛을 떨쳐버릴 수 없다네."

갑자기 혈기방장하고 호쾌하기 그지없던 그가 순간 백 년은 더 늙어 보였다.

그때를 떠올리자 노인은 한없이 왜소해지는 자신을 느꼈다. 그런 그의 자신감 상실이 외부로 반영된 모양이었다.

"그 대가는 이미 각오했던 바였지! 희생 없는 결실을 얻을 수 있으리라 생각한 사람은 단 한 명도 없었으니깐! 재롱을 부려보라는 말에 분노도 하지 못한 채 우리는 약속된 진법인 이백사십사 군랑낭아살호진(二百四十四 群狼狼牙殺虎陣)을 펼쳤다네. 이름 그대로 조금은 비겁할지 모르는 진이었지만 그때는 아무도 그것을 비겁한 짓이라고 생각하지 않았어. 그리고 그자의 손이 천천히, 아주 천천히 위로 들어올려졌지."

이야기를 하다 말고 도제가 느닷없이 물었다.

"검진이나 도진의 무서운 점이 뭔 줄 아나?"

아무도 선뜻 그 화두에 답변하는 이가 없자 마침내 공인우등생 모용휘가 나서서 대답했다.

"다수로 소수를 상대한다는 점입니다."

그 대답에 도제는 고개를 끄덕였다.

"물론 다수로 소수를 상대하기 위한 가장 효과적인 유효하고 경제적인 동선(動線)을 창출할 수 있다는 점도 있지만, 그것보다 더 중요한 건 다수의 기세를 하나로 모아 소수의 기세를 압도적으로 압박할 수 있다는 점이라네. 무형의 기세가 버둥거리는 나비를 옭아매는 거미줄처럼 그 몸을 속박하는 것이지. 대부분 그 기세 때문에 싸워보기도 전에 지는 게 보통이라네. 그 다음은 그 결과를 확인하는 단순 작업일 뿐이지! 그러나……."

도제의 시선은 어느새 다시 백 년 전의 과거로 돌아가 있었다.

'그'는 마치 아침산책이라도 나온 사람처럼 여유로웠다. 도제는 아직도 그때의 한 수를 잊지 못한다.

아무렇지도 않게 가볍게 올려진 손! 그때는 그 손이 일으킬 가공할 결과에 대해 짐작한 이가 아무도 없었다.

올라갔던 손은 그저 올라간 만큼 다시 내려왔다.

그리고…, 붉은 길이 열렸다.

짙은 혈향과 함께 붉은 피로 이루어진 운무(雲霧)가 시야를 가득히 메우는 동안에도 도제는 한순간 무슨 일이 일어난 건지 인식할 수가 없었다.

팟!

따끔한 고통과 함께 오른쪽 볼에 긴 절상이 생겨나며 갈라진 피부 틈 사이로 피가 흘러나왔다. 언제 어디서 어떻게 당했는지 기억하려 해도 기억이 나질 않았다.

그러고 나서야 그는 비로소 이미 신체의 일부 중 하나가 존재하지 않는다는 것을 깨달을 수 있었다. 신기하게도 아무런 고통도 느껴지지 않았다. 뺨의 상처에서 오는 만큼의 고통도 느껴지지 않았던 것이다.

마치 몽중(夢中)에 일어난 일이라도 되는 양 모든 것이 현실과 동떨어져 보였다. 몸이 의지할 곳 없이 세상을 부유하고 있는 듯했다. 자신이 두 발 딛고 서 있는 곳은 현실이 아니라 꿈의 들판 한가운데인 것 같은 느낌이었다.

'어라? 악몽인가? 빨리 깨어나지 않으면…….'

그러나 그는 악몽의 가위눌림에서 결코 깨어날 수 없었다. 대신 눈앞이 캄캄해지며 전신의 신경을 태우는 듯한 충격이 그를 덮쳤다.

"그것은…, 그것은 사람의 기술이 아니었다네!"

아직도 곤히 자고 있던 자신을 벌떡 깨우는 가혹한 현실의 손찌검.

그때의 한 수만큼 두려운 한 수는 도제 용경의의 전 생애를 돌아봐도 두 번 다시 없을 것이다.

그것은 이미 기술, 초식이라 불릴 수 없는 어떤 것이었다. 그가 본 것은 그저 암흑의 칼날처럼 어두운 검은 섬광뿐이었다.

도제라 불렸던 노인은 그때를 회상하며 애써 침착을 유지하려 애썼지만 그의 시도는 번번이 실패로 돌아가고 있는 듯했다.

오한이 스멀스멀 대표단들의 몸을 타고 정수리 백회혈까지 기어올랐다. 공포는 활화산에서 분출되어 나온 시뻘건 초열의 용암이 되어 모든 사람들의 마음을 돌멩이처럼 집어삼킨 다음 한데 뭉뚱그려 녹여버렸다. 그것은 대자연의 재해와 같아 어떠한 저항도 무의미했다.

정지된 시간 속에 장식된 인형들처럼 사람들의 움직임이 멈추었다. 그 압도적인 신위에 아무도 선뜻 달려드는 사람이 없었다. 군랑낭아살호진의 핵을 맡고 있던 도제 용경의도 마찬가지였다.

'그'는 자신이 만들어 놓은 피의 길을 산책이라도 하듯 여유롭게 걸어갔다. 날카롭게 벼려진 칼들의 주인은 석상처럼 미동도 하지 않았다. 집단 최면이라도 걸린 사람들 같았다.

그의 산책이 멈춘 곳은 거대한 윤기 나는 검은 벽이 병풍처럼 서 있는 곳이었다. 그 앞에 우뚝 멈춰선 그는 명도를 감정하는 감정사처럼 조심스레 손끝을 통해 촉감을 느껴본 다음 손등으로 두드려 보았다.

그가 벽을 감정하는 동안 그의 등은 완전히 무방비 상태로 놓여 있었다. 자신의 배후를 상대에게 무방비로 내주는 것은 강호에서 가장 금기시되는 일이었고 거기에는 '나 죽여줍쇼!'와 마찬가지의 뜻이 담겨 있었다. 그자의 텅 빈 등은 향긋한 미녀의 다정한 손길보다도 더 무서운, 주체할 수 없는 유혹이었다. 기다리지 말고 얼른 공격하라고 도발이라도 하는 듯했다. 하지만 아무도 선뜻 그 허점을 비집고 들어가 공격하려는 이가 없었다. 도제 또한 명령 내리기를 망설이고 있었다. 아직 그들은 농밀한 혈향에 취한 채 공황 상태에서 빠져나오지 못하고 있었던 것이다.

아니, 딱 한 명 있었다. 그는 태도문(太刀門)이라는 당시 백도의 이름 있는 도문의 문주였는데 천겁령과의 싸움에서 다섯 명의 동생과 세 명의 아들을 잃은 사람이었다. 명(名)은 문석태, 별호(別號)는 사람을 놀라게 하는 큰 칼이라는 의미의 경인태도(驚人太刀)였다.

그리고 그는 그 별호만큼 좌중을 놀라게 했다. 보이지 않는 결계라도 펼쳐져 있는지 어느 경계선을 지난 그의 몸이 서른여섯 등분으로 깔끔하게 쪼개졌던 것이다. 비명도 없었고 튀는 피도 거의 없었다. 그런 모습을 보고도 놀라지 않는다면 그 사람의 심장은 철로 만들어진 것이 분명할 것이다. 푸줏간의 고기가 솜씨 있는 주방장의 원숙한 식칼에 썰려도 이렇게 깔끔하고 정갈하게 썰리지는 못할 것이다.

여전히 꿈의 연장 같은 이 상황을 사람들이 현실로 인식하는 데는, 아니 현실이라고 받아들이는 데는 많은 시간이 걸렸다. 그후로는 감히 그에게 덤비려는 이가 없었다.

'그'는 그 벽이 무척이나 마음에 든 모양이었다.

물론 사람들은 그 벽이 어떤 벽인지 잘 알고 있었다. 웬만한 도검으로는 상처 하나 나지 않는 무쇠보다도 단단한 벽이었다.

"여기까지 왔으니 기념서명이라도 하나 남겨야 할까? 주제를 모르고 날뛰는 시끄러운 개들을 조용히 시키기 위해서는 때론 주인의 위엄을 보여줄 필요가 있을지도 모르지!"

그가 천천히 손을 들어올려 바위 위에 가져다 댔다.

슈슈슈슈슉!

쇠보다 단단하다던 바위의 자존심이 산산조각나는 데는 많은 시간이 걸리지 않았다. 무슨 일이 있었는지 정확하게 파악한 사람은 아무도 없었다. 그저 그의 주위로 보이지 않는 날카로운 검기가 거미줄처럼 뿜어져 나왔다 신기루처럼 사라졌다는 것뿐이었다. 그리고 그것이 감각의 착각이 아니었다는 것을 증명하기라도 하듯 거울처럼 매끄럽던 검은 바위벽의 표면에 거미줄 같은 무수한 상처가 만들어져 있었다.

잠시 후 마침내 자신의 할 일을 마친 그가 그제야 뒤를 돌아보았다.

"응? 아직도 거기들 서 있었나?"

수치로 인해 얼굴이 벌겋게 달아올랐다. 하지만 말 한마디 대꾸할 수 없는 자신이 한없이 비참해졌다.

"아직도 계속해서 덤빌 용의가 있는가?"

"……."

응답 없는 메아리처럼 대답은 돌아오지 않았다.

"용의도 용기도 없는 모양이로군. 차라리 덤볐으면 좋았을 것을……."

물론 덤비면 모두 저 세상으로 보내주겠지만 귀찮아서 그만두겠다는 그런 투였다.

도제의 무릎이 털썩 접혔다. 그의 두 눈에서 통한의 눈물이 닭똥처럼 흘러내렸다. 태어나서 이런 수모와 치욕은 처음이었다. 그리고 자신이 이렇게 무능하고 무력하게 느껴지는 것도 처음이었다.

"이제 그만 올라가도 되겠나?"

그가 더 이상 무슨 할 말이 있겠는가.

"오, 올라가시오."

당시 이름 있는 도문(刀門)의 고수라는 고수는 몽땅 끌어모아 심혈을 기울여 만든 진법이었다. 그러나 그것은 발동되어 보기도 전에 처참하게 파괴되었다. 참담한 실패였다.

도진의 구성원 중에는 명문의 종사급에 해당되는 사람들도 한둘이 아니었다. 그러나 그들 중 어느 누구도 도제의 결정에 반발하지 않았다. 그저 하늘을 볼 면목이 없는지 고개를 푹 숙인 채 땅바닥만 뚫어져라 바라볼 뿐이었다.

사실 '그'의 행동은 지금 이 자리에서 몽땅 망가뜨려버리면 나중에 가지고 놀 장난감이 없어지니까 할 수 없이 남겨놓는다는 듯한 태도였다. '그'의 이런 행동이 불러일으킨 치욕감이라는 것은 말로 설명할 수 없는 것이었다.

"노부가 다시 고개를 들었을 때 그는 이미 그 자리에 없었지. 그때만큼 자신들이 초라하게 느껴진 적이 없었다네! 그리고 다들 약속했지."

그것은 말이 필요 없는 약속이었다.

'그때 그 자리에서 있었던 일은 불문에 붙일 것! 누구에게도 발설하지 말 것!'

만일 그때의 진실이 밝혀지면 체면과 명예를 중시하는 강호에서 얼굴을 들고 다닐 수 없었던 것이다. 하지만 아마 그 사실이 드러났다 해도 그 당시에는 그들을 비난하는 이가 없었을 것이다.

"……."

무거운 침묵이 거대한 돌덩이처럼 좌중을 내리눌렀다. 암울함이라는 장막이 그들 주위를 빙 둘러쳐져 있는 것 같았다.

"자네들도 눈치챘다시피 이게 바로 그때의 그 벽일세. 즉 이 벽에 남아 있는 것이 바로 그 상흔이라네. 백 년의 풍상 속에서도 아직까지 생생히 남아 있는 당시의 증거지. 노부는 요즘도 이걸 볼 때마다 그때의 일이 꿈이 아니었구나 하는 것을 되새기곤 한다네. 그만큼 그때의 일은 비현실적이었지."

눈과 귀와 심장 속에 새겨진 그 한 수를 노인은 두 눈에 흙이 들어가는 순간까지도 결코 잊을 수가 없었다.

"우리는 이것을 겁흔벽(劫痕壁)이라고 이름 부른다네!"

도제는 검은 벽을 손으로 가리키며 계속 말했다.

"사실 최초에 노부가 그에게서 느낀 감정은 공포보다는 경외감이었다네."

압도적인 한 수에 담긴 경이적인 신위! 그것은 그가 추구하는 극강(極强)의 도(道)와 일맥상통하는 면이 있었던 것이다.

"그가 떠나기 전에 남긴 말이 있었지. '이 한 수를 파훼할 수 있다면 언제든지 도전하라!' 그래서 나는 이곳에 앉아 이 벽을 지키며 초식의 파훼법을 찾고 있었네. 그리고……."

"그리고?"

"이런 말도 덧붙였지……. ㅇㅇㅇㅇ!"

백 년의 시간을 단숨에 도약해 되살아난 분노가 그의 마음에 불꽃을 일으켰다.

"'다음에 만날 때는 재미있는 놀이상대가 돼 있었으면 좋겠군!' 그

자는 그렇게 말했다네."

　겨우 그 정도 존재밖에 되지 않는 자신들의 현실을 깨닫는 게 얼마나 참담하고 가혹한 일이었을지 명백했다.

　빙검의 상식은 지금 크나큰 위기에 직면해 있었다.
　백 년의 시간을 뛰어넘어 공간 속에 남아 있는 검기(劍氣)!
　'그'가 새겨놓은 공포의 잔재는 백 년이 지나도록 비바람의 풍화에 굳세게 견디며 그 공포를 전해 내려오고 있었다. 빙검은 아직도 이 상흔 하나하나에서 전해 오는 전율스런 검기를 고스란히 느낄 수 있었다.
　실로 무시무시한 일이 아닐 수 없었다. 이 한 가지 단면만으로도 '그'가 얼마나 대단하고 무시무시한 공포로 점철된 인물인지 능히 짐작할 수가 있었다.
　챵!
　빙검이 느닷없이 검을 뽑아 쥐었다. 만년빙을 깎아 만든 듯 차갑게 빛을 발하는 푸른 검신을 타고 투명할 정도로 푸르스름한 검기가 맺혔다. 공기마저 얼어붙게 만드는 한기가 창백하게 빛나는 검극을 중심으로 사위로 뻗어나갔다.
　몇몇 관도들이 얼어붙는 한기에 몸을 움츠렸다.
　"호오!"
　도제의 눈에 이 '검잡이'에 대한 경탄이 잠시 떠올랐다.

　참(斬)

소리도 없이 검이 휘둘러졌다.

오석(烏石)의 벽에 또 하나의 검흔이 새겨졌다. 앞에 남긴 도흔들과는 비교도 되지 않는 수준의 것이었다. 지켜보던 관도들의 입에서 감탄과 경탄이 어우러진 찬사가 터져 나왔다.

그러나 정작 빙검 자신은 만족스럽지가 않다.

그 옆에도 몇몇 다른 도전자들의 검흔이 고스란히 남아 있었다. 아마 이 중에는 도제의 것도 있으리라.

깊이는 훨씬 얕았고 폭은 훨씬 더 두꺼웠다. 날카로운 맛이 부족했다. 원본과 대조해 봤다.

'그'가 남겨놓은 검흔에는 백 년의 시간을 뛰어넘은 불가해한 기운이 서려 있었다. 말로는 설명하기 힘들지만 각각의 상흔 하나하나가 살아 있는 것만 같았다.

아무리 백 년의 세월이 시간의 강물로 흘러갔다지만 졌다는 느낌이었다.

잠시 자신의 원수가 하는 꼴을 잠자코 지켜보던 염도가 몸을 움직였다. 빙검이 저런 행동으로 관도들의 탄성을 자아내고 있는데 자기도 가만히 있을 수 없다는 위기 위식이 든 것이다. 그리고 경쟁심도 발동되었으리라.

어쨌든 각설하고 얼음땡이가 자신의 콧김 닿는 곳에서 잘난 척하는 꼴은 두고 볼 수가 없었다.

염도가 겹흔벽 가까이 다가가자 먼저 주작단들이 뒤로 조금 물러났다. 그것은 오랜 경험에서 얻어진 생활의 지혜였다.

"흠!"

그는 빙검에게 도전적인 눈빛을 한번 보낸 다음 도제 용경의에게 포권하며 간략하게 예를 표했다. 같은 도객으로서 선배에 대한 예의였다. 그것은 무척 염도답지 않은 행동이었기에 그를 아는 몇 사람을 놀라게 만들기에 충분했다.

스릉!

그의 도집에서 불꽃을 응집시켜 만든 듯한 붉은 도신이 드러났다.

이윽고 일렁이는 불꽃색 도기가 도신 전체를 불태우기 시작했다. 홍염(紅焰)의 도극을 중심으로 뻗어나가는 열기에 몇몇 관도들이 주춤하며 뒤로 물러났다. 검염기(劍焰氣)였다.

도제의 눈이 또 한번 크게 떠졌다.

콰콰쾅!

천지를 뒤흔드는 폭음! 산이 흔들리고 대기가 진동했다. 빙검의 검이 누구보다 소리를 내지 않았다면 염도의 도는 누구보다도 큰 굉음을 일으켰다.

"콜록, 콜록!"

뿌옇게 솟아오른 먼지 구름이 사람들의 호흡을 잠시 곤란하게 만들었다. 주작단만큼 뒤로 물러나지 않은 사람들은 튕겨져 나오는 자잘한 돌멩이에 몸뚱이를 고스란히 헌납해야 했다.

"응? 아니 자네, 벽을 도끼로 찍었나? 무슨 도흔이 이 모양인가?"

도제가 눈을 동그랗게 뜨며 말했다.

척 보기에도 두 사람의 차이는 확연했다. 빙검의 검흔이 실처럼 가늘고 예리하며 깔끔하다면, 염도의 도흔은 거대한 도끼〔巨斧〕로 냅다 찍은 듯 굵고 깊고 거칠었다. 하지만 그 안에 담긴 거력만은 확실히 느껴졌다.

"역시 섬세하지 못한 아저씨라니깐!"

비류연이 투덜투덜 옷의 먼지를 털며 딱 한마디로 평했다.

두 사람의 우열은 끝내 판명되지 않았다. 너무나 성향이 틀린 무공이라 흔적만으로는 우열을 가릴 수가 없었던 것이다. 아무리 일도단애라 불리던 도제 용경의라 해도 그것은 마찬가지였다.

"그런데 이 검흔은 누구 것입니까? 오랜 전 것이 아닌 새로 생긴 것처럼 보이는데요?"

모용휘가 겹흔벽에 새겨진 검흔 하나를 가리키며 말했다. 폭은 넓고 정교한 맛은 없지만 무시무시한 힘과 기세가 담겨져 있었다.

"호오, 눈썰미가 좋군! 그건 마천각의 한 아이가 남긴 것이라네."

'마천각(魔天閣)!'

이 세 음절의 말에 좌중들의 눈이 번쩍 뜨였다. 그들이 앞으로 맞닥뜨려야 할 상대인 것이다. 시키지도 않았는데 사람들의 시선이 몽땅 그 검흔을 향해 쏠렸다. 적의 능력을 먼저 알 수 있다는 것은 그만큼 유리한 고지를 선점할 수 있다는 이야기와 같았다. 너나 할 것 없이 한 가닥 검흔을 기초로 상대방의 실력을 유추하기에 여념이 없었다.

"그런데 마천각의 대표단들은……."

염도가 조심스럽고 신중하게 질문했다.

"아! 그 애들!"

역시 제2관문마저도 무사히 통과한 것인가 하고 모두들 생각하고 있을 때 전혀 의외의 대답이 돌아왔다.

"걔네들! 묻혔어."

무척이나 평온한 목소리. 아주 간단하고 지극히 평범한 일상에 대한 문답의 한 부분 같았다.

"무, 묻혔다니요?"

처음에는 도통 잘 이해가 가지 않았다. 때문에 도제는 힘들게 그들의 이해를 도와야만 했다. 노인을 쓸데없이 혹사시킨다고 투덜거리며.

단 한마디로 이해할 수 있으면 얼마나 좋은가! 두 마디 세 마디 구구하게 하지 않아도 되니 말이다. 하지만 인간이란 혀를 놀려 말을 하게 된 이후 오해를 밥 먹듯 하는 동물이다. 때문에 원활한 의사소통을 위해서는 세세한 설명이 필요불가결할 때가 있다. 특히 독해력이 턱없이 부족한 인간들에게는 말이다.

도제도 수고를 감수하기로 했다.

"땅에 '파!' 묻혔다는 이야기라네."

"땅…이라니요?"

백도의 미래를 어깨에 짊어진, 그러나 별로 제대로 인식하고 있지 않은 것 같은 청년들은 아직도 이해가 되지 않는 모양이었다. 이렇게까지 상세하게 설명해줬는 데도 아직도 이해를 못한단 말인가? 이제 도제도 조금 짜증이 나는 모양이었다. 의사소통이 원활하지 않은 대화만큼 답답하고 짜증스러운 경험도 드물다.

"식자들은 매장(埋葬)이라고도 하지."

"허억!"

마침내 그들은 이해했다.

"어떻게 그, 그런 일이……"

젊은 동량들이 생명의 소중함을 역설하기 위해 항의했다. 노인의 반응은 시큰둥했다.

"약한 놈들이 이 강호에서 살아남을 가치가 있다고 생각하나? 허약한 놈은 쓸모없는 것과 일맥상통하지. 허약한 놈을 먹여 살릴 만큼 강호는 절약을 모르거나 무절제하지 않다네."

비정하지만 참으로 경제 원칙에 철저한 논리 전개였다.

"아마 저기쯤이었을걸?"

"허어억!"

좌중의 시선이 일제히 그의 손가락 끝으로 날아갔다.

그러고 보니 땅이 채 다져지지 않은 듯 보이기도 했다.

아마 한 명 한 명에게 자신의 안락한 묘 자리를 열(熱)나게 파도록 한 다음 깔끔하게 전원 매장시켜버렸으리라!

과연 피도 눈물도 없는 악마(惡魔)!

오만가지 상상이 그들의 뇌에 존재하는 방대한 사고구조 속에서 뛰어놀았다.

"지금껏 묻은 것만 해도 두 개 거대문파 세력쯤은 족히 될걸?"

"허어어억!"

심각성이라고는 귀 씻고 들어봐도 없는 목소리. 도제는 건성으로 그냥 찔러만 보고 있는 중인 것이다.

"사실 말이야, 그 시체들은 밤만 되면 희미한 이불보를 뒤집어쓴 허깨비가 되어 나와서 자기들만의 독특한 무공을 선보이지. 원한과 저주가 담긴 무공 시연이라네. 그들 원혼의 일초 일초에는 '그'를 무찌르기 위한 집념이 담겨 있지. 가끔 눈을 개안시킬 만한 초식들도 나온다네. 배울 게 정말 많지! 노부 또한 지난 백 년 동안 그것들을 보며 내 무공을 진전시켜 왔다네!"

이번에도 아니나 다를까.

"허어어어억!"

점입가경되는 경악성이 또다시 터져 나왔다.

"이럴 수가!"

"믿을 수 없어!"

"정말 놀랍군!"

"나도 가능할까?"

"그 신선함만큼은 높은 점수를 줘야 해!"

여기저기서 여러 가지 의견들이 돌출적이긴 하지만 적극적이고 능동적으로 튀어나왔다. 어쨌든 진지한 대화가 오가는 모양이었다.

갑자기 도제가 땅이 꺼져라 한숨을 내쉬었다. 노인의 관자놀이가 지끈거리고 있었다. 노환은 아니라는 데 전 재산을 걸 수 있었다.

"후우. 제발 좀 이런 거에 너무 간단히 속아 넘어가지 말게나. 노부가 혼자 재미있어서, 그리고 너무 어이가 없어서 계속 속이게 되지 않나!"

사형장의 죄수처럼 산발한 머리에 송충이처럼 굵은 눈썹, 황소의 목도 단숨에 벨 듯한 대도, 달빛을 받아 시퍼렇게 빛나는 칼날 같은 부리부리한 호목(虎目), 야성이 숨쉬는 곰 같은 거구.

도제 용경의가 좌중을 훑어보며 푸념했다.

"이봐! 젊은이들! 자네들은 노부가 잔혹무도한 살인마처럼 보이나?"

침묵!

일순 말을 잃은 좌중들은 내심 고개를 끄덕이면서도 생명유지를 위해 아무도 그 말에 대꾸하지 않았다.

"에휴."

도제는 다시 한번 땅이 꺼져라 한숨을 내쉬었다. 그의 한숨에 빈 소매가 펄럭거리는 듯했다.

"농담이라고 말할 생각이었는데……."

농담이 진실된 대답이 되어 돌아오면 사람은 무척 난처해진다.

"그런데 이 두 번째 관문의 시험은 무엇입니까?"

"뭐? 아아! 시험! 으음……."

생각할 필요도 없는 것을 생각하고 있다고밖에 표현할 수 없는 모습이었다.

"좋아! 이렇게 하지. 자네들 중 한 명이 저기 저 마천각의 아이가 남긴 도흔보다 솜씨 좋은 도흔을 남기면 인정해주겠네."

모용휘가 나서려고 하자 도제가 얼른 제지했다.

"어디서 검 나부랭이를 든 녀석이 도전하려고 하는 건가? 노부가 도흔이라고 한 말을 못 들었나?"

"도나 검이나 같은 칼 아닙니까? 구분을 두는 것은 옳지 못하다고 생각합니다."

끄응.

도제는 대답할 말이 궁색한 모양이다. 옹색한 변명은 체면상 금물이었다.

"마음대로 해라! 마음대로!"

마침내 도제는 항복하고 말았다.

"제가 한번 해보죠."

그때 새치기를 하고 나선 사람이 있었다. 그는 군웅회주 마하령의 직속친위대 신응대(神鷹隊)의 대주 폭풍도 하윤명이었다. 그의 절기인 표류도법(飄流刀法)의 위맹함은 삼성무제 공동우승으로 명성을 떨친 바가 있었다.

슈욱!

겁혼벽으로 다가간 하윤명이 망설이지 않고 발도했다.

카앙!

"실패군!"

결과를 보지도 않고 용천명이 말했다.

보통의 석벽이었다면 하윤명의 칼날이 스치고 지나가는 소리조차 들리지 않았을 것이다. 이만큼의 소리가 울려퍼졌다는 것은 그만큼 일도가 매끄럽지 못했다는 것을 뜻했다.

파르르.

애도를 움켜쥔 그의 손이 떨렸다. 벽은 예상보다 훨씬 더 단단했다.

"이보게, 젊은이! 자네는 어떻겠나? 자네라면 가능하겠나? 도에 마음을 둔 사람이라면 이 기회를 놓쳐서는 안 되지!"

사람들 사이에 섞여 멍한 표정으로 겁혼벽에 시선을 고정하고 있는 효룡을 향해 회의노인이 말했다. 나지막한 그 목소리에는 힘이 담겨 있었다. 그리고 힘은 한 사람의 마음에 파문을 일으켰다.

그러나 이 사실을 눈치챈 사람은 거의 없었다. 다수의 한 명이자 한시도 그의 곁을 떠나지 않고 있던 이진설이 대꾸했다.

"할아버지, 무슨 엉뚱한 말씀을 하시는 거예요? 이 사람은……"

말이 끝나기도 전에 효룡의 발이 움직이기 시작했다.

"효……."

이진설이 다급하게 손을 뻗었지만 빈 허공만을 움켜쥘 뿐이었다. 멀어져가는 그의 등을 쫓아가려 하지만 노인이 지팡이를 들어 제지했다. 가벼운 한 동작이지만 그녀는 모든 움직임의 가능성을 빼앗겨 버렸다. 울타리에 갇힌 양처럼 그녀는 옴짝달싹도 할 수 없었다.

산발한 머리카락 사이로 보이는, 초점이 맞지 않는 다른 세계를 향해 있는 눈동자를 들여다보면 아직 제정신으로 돌아온 건 아닌 듯싶다. 사람들을 헤치고 벽을 향해 걸어가는 효룡의 등을 바라보는 노인의 눈이 날카롭고 심원한 빛을 발했다.

"아직 무인으로서의 본능은 살아 있는 모양이군!"

회의노인의 목소리는 너무 작아 곁에 있던 이진설마저도 들을 수가 없다.

캉!

막 세 번째 도전자가 실패를 한 참이었다.

"뭐야? 병신 주제에 감히 어딜 나서려는 거야?"

사람들을 제치며 앞으로 나가려는 효룡을 밀치며 한 관도가 불평을 터트렸다. 그는 군웅회의 사람이었다. 때문에 비류연은 물론이고 그와 어울려 다니는 그 일당들 또한 마음에 들지 않았다. 군웅회에 있어 비류연이란 죽지 못해 어쩔 수 없이 살려두는 그런 존재였다.

그러나 그 남자의 다음 말은 이어질 수 없었다.

"어디 다음 말도 계속 지껄여 보시지요?"

사랑하는 여인만큼 강한 것은 없다고 했던가?

자신의 목을 싹둑 가위질할 기세로 애교스럽게 붙어 있는 두 자루의 쌍검에서 전해지는 서슬에 몸서리치며 남자는 울상이 되어 고개를 가로저을 수밖에 없었다. 세 치 혀를 가볍게 놀리면 어떤 모종의 꼴을 당할 수 있는지 좋은 교훈이 되었을 것이다.

'역시 너무 오랫동안 나쁜 환경에 방치해둔 걸까?'

독고령은 귀엽고 발랄하기만 하던 이진설의 과격무쌍한 행동에 어이가 없어 하며 고개를 살래살래 저었다. 환경이 사람을 만든다고 했다. 갑자기 자신의 사매가 심히 걱정되기 시작했다.

그러나 회의노인은 젊은 처자의 용감무쌍한 행동을 바라보며 흐뭇한 미소를 지은 채 고개를 끄덕였고, 두 발짝 옆에서 여차하면 그 남자의 아구창을 날릴 준비를 하고 있던 장홍 또한 쥐고 있던 주먹을 살며시 풀었다.

"자네도 한번 해볼 텐가?"

"……."

침묵으로 대답하며 효룡은 등에 멘 쌍검 중 하나를 뽑아 들었다. 지금 그를 움직이는 것은 뇌리 속에서 울려퍼지는 하나의 목소리였다. 거부할 수 없는 명령. 지금 그의 행동을 지배하는 것은 한 노인의 목소리였다.

"분명히 실패할 게 뻔해! 자신의 몸 하나 제대로 가누지 못하는 녀석이 뭘 할 수 있다는 거야?"

비아냥거리는 목소리가 등 뒤에서 들려왔다. 그러나 그 소리는 효룡의 귓바퀴를 타고 넘어가는 공허한 울림일 뿐이었다. 대신 몇몇의 친구들을 발끈하게 만들었다.

그 순간 효룡이 검을 휘둘렀다.

무아지경 속에서 펼쳐진 일검이었다. 그리고 그 일검은 그의 육체 가장 깊숙한 곳에 숨겨져 있는 한 무공을 끄집어냈다.

핏빛 붉은색 검기가 현란하게 번뜩이는 가운데 검은 석벽에 길다란 검흔이 새겨졌다.

순간 회의노인의 눈에서 기광이 번뜩였다.

"방금 그 혈광은 도대체 뭐였지?"

항상 효룡과 붙어다니던 장홍으로서도 처음 보는 검기였다.

불쑥 내뱉은 도제의 한마디도 장홍으로서는 쉽게 흘려들을 수 없는 말이었다.

"검을 들고 도법을 펼치다니 특이한 젊은이로군!"

그렇게 말하고 용경의는 효룡이 남긴 검흔을 찬찬히 살펴보았다. 만일 실력이 조금이라도 모자란다면 절대 통과시켜 줄 생각이 없었다.

"으음……."

한참을 뚫어지게 바라보던 도제가 마침내 입을 열어 말했다.

"이 정도로는 아직 멀었어!"

순간 좌중들 사이에 실망의 기색이 완연해졌다. 특히 가장 실망해서 풀이 죽은 것은 마음 속으로 그를 열렬히 응원하고 있던 이진설이었다. 지금의 효룡으로는 힘들다고 생각한 그녀였지만 한편으로는 천상계에 사는 모든 신들의 이름을 차례로 주워섬기며 그의 성공을 빌었던 것이다.

그때 도제의 입이 다시 열렸다.

"하지만 그 나이에 비하면 나름대로 꽤 훌륭하다 할 수 있지. 좀더 다듬으면 쓸 만하겠어."

"그, 그럼?"

염도의 되물음에 도제가 고개를 끄덕였다.

"합격이다!"

환성이 터져 나왔다.

비류연은 이런 일들에는 전혀 관심도 없는 듯 마치 검은 벽의 내부까지 꿰뚫어보기라도 할 것처럼 벽만을 바라보았다. 합격이든 통과든 그와는 전혀 상관없다는 그런 태도였다.

그가 나직한 목소리로 중얼거렸다.

"있을 수 없어……."

그 모습을 본 사람이 있었다. 용경의였다.

갑자기 그의 눈이 부릅떠졌다.

겁혼벽에 손바닥을 가져다대는 비류연의 등 뒤로 누군가의 그림자가 한데 겹쳐졌던 것이다. 갑자기 온몸에 소름이 쫙 끼쳤다.

'말도 안 돼!'

도제는 곧 자신의 생각을 전면 부정했다. 그런 일 따위는 있을 수 없었다. 방금 자신이 느낀 것은 착각이 분명했다.

세 번째 관문!
- 검묘(劍墓)

"그들은 과거의 족쇄에 사로잡혀버렸군요!"
두 번째 관문을 지나 세 번째 관문을 향해 발걸음을 옮기며 나예린이 말했다.
"……."

그녀와 보조를 맞춰 걷고 있던 비류연은 입을 다문 채 아무런 대답도 들려주지 않았다. 무척이나 드문 일이었다. 그의 입은 때론 휴식을 죄악으로 받아들이고 있는 게 아닌가 여겨지던 때도 있었던 것이다.

"아까부터 무얼 그렇게 골똘히 생각하고 있나요?"

질문을 던져 놓고 나예린은 스스로 놀랐다.

자신이 묻고 있다. 왜? 답은 곧 나온다. 궁금하니깐! 궁금하다? 왜? 알고 싶으니깐! 뭘?

'…그의 생각?'

이것이 호기심이라는 것일까?

호기심이라는 것은 그녀로서는 아직도 잘 적응되지 않는 무척이나 생경한 감정 중 하나였다.

"하늘이 참 푸르죠?"

비류연은 딴청을 부렸다. 푸른 하늘의 바람을 가르며 한 마리 매가 날고 있다. 굳세고 넓은 날개, 푸른 깃털. 우뢰매다.

"류연!"

그녀는 경고의 의미로 약간 언성을 높였다. 그러면서 그녀는 또다시 남에게 강요란 것을 하고 있는 자신에 대해 놀랐다.

이것의 동기 또한 호기심인가?

"…께끼……."

"네?"

처음의 말은 너무 미약해서 잘 알아들을 수가 없었다.

"풀리지 않는 수수께끼에 대해 생각하고 있었어요! 어쩌면 풀어야만 할지도 모를……."

"……?!"

그러고는 비류연은 다시 입을 다물었다. 처음으로 나예린은 비류연의 마음에 존재하는 벽을 느꼈다. 단단한 그 벽은 그녀의 접근을 허용하지 않았다.

갑자기 가슴 한 구석이 이유도 없이 욱씬 아파왔다.

결실이 익는 가을의 풍요로움이 산 전체를 뒤덮고 있었지만 오직 그곳만이 그 혜택에서 외면 받고 있는 듯했다.

그곳을 무엇이라 불러야 마땅할까? 급격한 경사가 느닷없이 끊기며 드러난 넓은 공터. 그곳은 풀 한 포기 자라지 않은 황량한 불모의 땅이었다. 왠지 불길한 느낌……. 그러나 이 불모의 땅에도 유일하게 자라 있는 게 있었다. 그 수는 무려 백여 개가 훨씬 넘어 보였다.

자라 있다?

사람들은 처음에 그것이 무엇인지 몰랐다. 그저 작은 나무가 이 사막 같은 황량함에 굴하지 않고 생명의 싹을 틔운 것인가 했다. 그러나 그런 것치고는 가지도 잎사귀도 달려 있지 않았다.

자세히 살펴봤다. 사람들의 눈이 크게 떠졌다. 그것이 무엇인지 마침내 알았던 것이다.

오랜 세월 동안 이 장소에 버티고 있었음이 분명했다.

이진설이 그 중 하나에 손을 가져가 이리저리 만져보았다. 피(皮)처럼 감싸고 있던 흙먼지가 파삭 소리와 함께 떨어졌다. 순간 강렬한 빛이 반짝였다.

"악!"

소녀가 황급히 손을 뗐다. 장승처럼 서 있던 효룡의 오른쪽 검미(劍眉)가 순간 꿈틀했다. 그러나 그것뿐이었다.

나예린과 독고령이 황급히 소녀의 곁으로 달려가 살펴보았다. 소녀는 울상이 되었다. 보석을 박아 놓은 것 같은 소녀의 눈이 새하얀 우윳빛 가는 손가락을 바라보았다. 새빨간 피가 베어진 상처 위에 이슬처럼 맺혀 있었다. 마치 홍옥(紅玉) 같았다.

나예린과 독고령의 시선이 '그것'을 향했다. 비류연의 시선도 그것을 향했다. 햇빛을 받아 선명하게 반짝이는 칼날. 그것은 검이었다. 그것도 백 년의 풍상에도 날이 상하지 않는 절세보검. 평범한 자의 소유일 리가 없었다. 사람들이 주위를 둘러보았다.

'그렇다면 이것들이 모두 검?'

그러나 이 검들은 완전하지 않았다. 반 토막으로 부러진 채 대지에 을씨년스럽게 박혀 있었다. 그래, 마치 묘비(墓碑)처럼…….

"이 묘지의 황량함이 마음에 드는가?"

그들 가까이 다가온 노인이 한 명 있었다. 어느새? 빛바랜 유삼, 가슴께까지 흘러내린 수염, 치렁치렁한 백발. 도제의 눈이 불꽃처럼 뜨겁고 낮처럼 격렬했다면 이 노인의 눈은 얼음처럼 차갑고 밤처럼 고요했다.

노인의 오른손이 있어야 할 소매는 텅 비어 있었다. 도제랑 똑같다. 유행이 아닌 것만은 확실했다. 노인의 얼굴을 확인하기 위해 시선을 옮긴 여관도 몇 명이 짧은 신음과 함께 황급히 고개를 돌렸다. 노인의 얼굴은 끔찍할 만큼 흉측한 검흔들로 뒤덮여 있었다. 비늘 대신 칼날을 두른 수십 마리의 뱀들이 꿈틀거리며 기어간 듯한 흔적. 감히 눈을 마주치기조차 오금이 저릴 정도로 두려운, 실로 무시무시한 얼굴이었다.

"노 선배님께서는 누구신지요?"

빙검이 정중하게 포권하며 인사했다. 심상치 않은 검기. 노인의 손에는 검이 없지만 노인의 마음에는 시퍼렇게 날이 선 한 자루의 검이 있었다. 빙검은 소름이 쫙 돋은 피부를 통해 그것을 절실히 느낄 수 있었다. 인사는 공손하지만 마음의 경계는 풀지 않았다.

"나 말인가? 난 이 묘를 지키는 평범한 묘지기일세!"

노인의 대답에 빙검이 어리둥절한 표정으로 반문했다.

"묘라니요? 이곳 어디에 무덤이 있단 말씀입니까?"

주위를 둘러봐도 둥글게 거북이 등처럼 흙을 쌓아올려 다진 봉분은 보이지 않았다. 묘비 또한 마찬가지였다.

"이 땅 전체가 묘지일세. 자네들의 눈에는 이 대지 위에 꽂혀 있는 저 많은 검들이 보이지 않는가?"

물론 보였다. 확실히 각양각색의 검들이 대지에 박혀, 세월의 풍상을 뒤집어쓴 채 자연의 일부처럼 서 있었다. 비스듬한 것도 있고 똑바른 것도 있고 모두들 제각각이었다.

"여기 있는 검들의 수는 정확히 108자루라네. 그리고 백 년 전에는 모두 주인들을 가지고 있던 검들이지."

당연한 이야기지만 그 안에 담긴 울림은 무척이나 불길한 것이었다.

"그, 그렇다는 것은……."

검은 무인의 생명과도 같은 것이다. 자신의 생명을 이런 외진 곳에 아무렇게나 내팽개치는 멍청이 검객은 구주(九州)를 샅샅이 뒤져도 찾을 수 없을 것이다. 무인이 자신의 검을 잃어버리는 경우는 단 한 가지뿐이었다. 더욱이 그 검들이 모두들 약속이나 한 듯 두 동강 나 있다면 더 이상의 설명은 무의미한 것일 것이다.

"…수많은 생명이 이곳에서 산화했군요."

갑자기 공기가 엄숙하게 변했다. 이들 모두 강호를 지키기 위해 스스로를 돌보지 않은 사람들이었다. 평화와 행복이란 누군가의 노력과 희생 없이는 얻기 불가능한 것일까? 아무도 이 질문에는 대답해 줄 수가 없다.

"노 선배님께서는 존성대명(尊姓大名)이 어떻게 되십니까?"

염도가 정중하게 물었다. 내심 이 노인이 누가 되었든 절대 놀라지 않겠다고 굳게 결심하며!

그러자 노인이 말했다.

"노부의 하잘것 없는 이름을 알아서 무슨 도움이 될지 모르겠네만, 굳이 밝히자면 노부는 섭운명이라고 한다네! …아는 사람들은 검치(劍痴)라고도 불렀지."

"헉!"

염도는 끝내 자신의 결심을 지키지 못했다. 그러나 옆에서 '말도 안 돼! 우라질!'이라고 자제력 없는 소리를 내지른 빙검보다는 훨씬 나았다.

검치(劍痴) 섭운명(葉雲鳴).

칼[劍]에 미친 바보[痴]라는 뜻을 가진 별호의 소유자. 그러나 누구도 그에게 미치광이라고 손가락질을 하는 사람은 없었다.

백여 년 전, 아무렇게나 깎은 나뭇가지 하나로 뭇 검도 고수들과 천하제일검을 다투었던, 그래서 별호도 일지번천(一枝翻天 : 나뭇가지 하나로 하늘을 뒤집는다)인 그를 향해 미치광이 바보라고 부를 수 있는 그자야말로 진정한 왕바보일 것이다.

백 년 전, 수많은 무용담을 남기며 강호를 풍미했던 검도계의 전설!

'도에 일도단애 도제 용경의가 있다면 검에는 일지번천 검치 섭운명이 있다.' 당시 강호를 떠돌던 말이었다. 그러나 두 사람을 비교할 때면 항상 사람들은 검치 섭운명의 손을 들어주었다. 당시는 아직 천무삼성(天武三聖) 중 필두인 검성(劍聖) 모용정천이 이름을 얻기 전이었다.

백 년! 수많은 검객들이 사람들의 뇌리에서 잊혀지기에 충분한 시간이었고 실제로 잊혀졌다. 그러나 지금도 호사가들의 입을 통해 검성 모용정천의 실력은 곧잘 백 년 전 전설의 검객 검치 섭운명과 비교되곤 했다. 이것만 보아도 그가 얼마나 뛰어난 검객이었는지 능히 짐작할 수가 있다.

'나 지금 살아 있는 거 맞아?'

지금쯤 저승의 이름 모를 명승지를 떠돌고 있을 거라 짐작되던 무덤 속 사람들을 너무 많이 만난다고 염도는 투덜거렸다.

듣고 싶지 않은 이야기!

"이 검들의 주인은 단 한 사람에게 저항하기 위해 이곳에 모였다네. 오직 한 사람에게 저항하기 위해서! 그리고 그제야 마침내 우리는 그를 너무 과소평가했다는 결론에 도달했지. 어둠 그 자체이며 공포와 절망 자체인 그를 말이야. 이미 한참이나 때늦은 결론이었지."

또다시 이야기가 시작되려 하고 있다. '그'에 대한 이야기다. 이제는 싫다. 두렵다. 더 이상은 이제 그만! 제발 멈춰 달라고 외치고 싶었다.

검치 섭운명이 비공답운 종쾌와 도제 용경의처럼 옛날 이야기를 시작하려 했을 때 천무학관 대표단들은 솔직히 귀를 틀어막고 싶었다. 듣고 싶지 않았다. 들으면 들을수록 희망보다는 절망만이 쌓여가는 그 이야기의 계속을 이제는 사양하고 싶었다.

더 이상 그 이야기를 듣다가는 자신감을 완전히 상실해버릴지도 모른다는 불길한 예감마저 강하게 들었다.

그제야 그들은 종쾌가 그들에게 한 경고의 진정한 의미를 깨달을 수 있었다.

'방심하면 잔상에 삼켜져버릴지도 모른다!'

그 경고를 소홀히 한 덕분인지 모르지만, 자신도 모르는 사이에 그들의 마음은 서서히 공포에 잠식되어 가고 있었다.

항상 주위로부터 칭찬과 선망, 질시의 시선을 받아오던 자신들이 이토록 하찮게 여겨지기는 처음이었다. 그러나 현실은 그들에게 억지로라도 그 벽을 넘을 것을 강요하고 있었다. 그러지 못하면 좌절만이 있을 뿐이었다. 그러나 아무리 그들이 젊고 사고가 유연하다 해도 한계가 있었다.

내심 멈춰주길 기도하고 있었지만 검치에겐 그럴 용의가 없었고 그들에겐 막을 권리가 없었다. 그래서 다시 시작되는 이야기를 무력하게 듣고 있을 수밖에 없었다.

"그가 여기 이 자리에 나타났을 때 우리들이 얼마나 놀랐는지 자네들은 알아야만 하네. 우리는 신기루나 허깨비를 보듯 그를 멍하니 쳐다보았지."

'그'는 인간이라 생각되지 않았다.

"알다시피 우리는 멸겁삼관의 세 번째 관문을 맡고 있었지. 세 번째이자 마지막이기도 했지. 그럼에도 그가 이 자리에 도착할 때까지 우리는 아무런 소리도 들을 수가 없었다네!"

몇몇은 그게 무슨 상관이지? 하는 표정을 지었지만 대부분의 사람들의 입에서는 경탄성이 터져 나왔다.

"아!"

윤준호도 예외는 아니었다.

검치는 그런 윤준호를 힐끗 보고는 말을 이었다.

"첫 번째 관문과 두 번째 관문은 이곳과 그리 가깝지는 않지만 소리가 도달할 수 없을 만큼 멀지도 않았지!"

그제야 대부분의 사람들에게 이해의 빛이 나타났다.

"사실 우리는 크나큰 싸움이 벌어지리라 예상하고 있었어. 그런 만큼 크고 시끄러운 소리가 들렸어야 했네. 그것이 병장기 소리든, 단말마 비명이든, 무엇이든 말일세. 그러나 산 전체가 침묵과 고요의 장막으로 덮여 있는 것처럼 아무런 소리도 들을 수가 없었네. 우리의 귀가 듣는 행위를 거부한 건 아니었어."

잠깐의 침묵.

"그의 등장은 마치 땅에서 불쑥 솟아난 듯했지! 그는 이미 등장한 것만으로도 우리들을 동요시켰고, 그럼으로써 보다 유리한 고지를 선점한 셈이 되었다네."

검치 섭운명은 당시를 회상하는 듯 어두운 표정으로 주위를 둘러본 뒤 말을 이었다.

"우리는 그 검진을 백팔멸겁검진(百八滅劫劍陣)이라 불렀지. 소림의 백팔나한진의 변식을 주축으로 하여 화산파의 매화검진과 무당파의 북두천강진, 혈검문의 혈쇄검진 등을 분석 연구해 만든 필살의 검진이었네. 당시 강호의 어떤 검진도 이 진법의 오묘함을 뛰어넘을 수는 없었을 걸세."

강호의 명망 높은 검객들과 박학다식한 두뇌들 수십 명이 수백 일 동안 침식을 잊은 채 머리를 맞대어 만들어 낸 검진이었다. 자부심이 없을 리가 없었다.

"거기에는 당시 꽤나 유명한 인물들이 몽땅 모여 있었지. 검호(劍

豪)의 칭호를 받을 만한 사람은 모두 모여 있었다고 보면 무방할 걸세. 그편이 이해가 빠르기도 하고. 그들이 사라지면 강호에 흩어져 있던 검호의 씨가 마를 그런 상황이었지!"

때문에 그에 대한 대비책도 따로 마련해야만 했었다.

"자네가 허리에 차고 있는 녹옥여래신검(綠玉如來神劍)의 주인도 있었지. 공허 대사라고 알고 있나?"

검치가 용천명의 허리에 걸려 있는 두 자루의 검 중 하나를 가리키며 물었다.

"그, 그분이라면 사부님의 사부님이신… 저의 사조님이십니다. 천겁혈세 때 입적하셨다는 이야기만 들었을 뿐 다른 상세한 이야기는 듣지 못했습니다. 소림 역사상 가장 뛰어난 무승 중 한 분이셨다는 것만……."

"그분의 가장 큰 장기는 사실 검이었다네. 그분도 그 자리에 함께 계셨어. 노부와 검진의 우측을 지켜주고 계셨지. 강호의 중생들을 위해 자신의 희생을 결코 마다하지 않던 훌륭한 분이셨는데……. 그러나 여래의 검광도 그의 손을 막는 것은 불가능했지."

용천명의 몸이 전율로 부르르 떨렸다.

그런 비사가 있었을 줄이야! 처음 듣는 이야기였다. 그러나 사문의 어른 중 누구도 그분의 일을 입 밖에 내는 사람은 없었다. 그 일이 결코 불명예스러운 일이 아니라 오히려 자랑스러운 일임에도…….

'설마 달마여래검의 무패 전설을 바꾸고 싶지 않았기 때문은 아니었겠지?'

사문의 어른들은 소림 최후의 희망이 꺼지는 것을 바라지 않았을 것이다.

충격 속에 허우적거리고 있는 용천명은 신경도 쓰지 않고 검치는 계속해서 말을 이었다.

"그분뿐만 아니었지. 당시 화산제일검이라 불리던, 현재 매화검선이라 불리는 유환권의 큰사형인 화산유일검(華山唯一劍) 곽열도 있었다네. 나와는 절친한 사이였는데…, 아까운 인재였지. 그날 술을 마시며 검의(劍意)를 나누던 많은 친구들을 난 너무 많이 잃어버렸어……."

화산파 제자인 주작단의 조천우와 화설옥, 그리고 윤준호가 짧은 경악성을 토했다. 태사부인 유환권의 대사형이라면 배분도 따지기 힘들 만큼 까마득히 높은 분이었던 것이다.

검치는 여기서 말을 멈추지 않았다.

"그곳엔 개방의 걸인검(乞人劍) 추성도 함께 있었지."

"예? 아니 개방에서 웬 검객이……."

노학이 눈을 동그랗게 떴다.

그가 알기로는 개방에는 검법이 없다. 거지들의 떼거지 집단 개방의 최고 무공은 타구봉법(打拘棒法) 36수라고 오래 전부터 정해져 있었던 것이다.

"아직 모르고 있었나? 그 유명한 검광 걸인검의 이야기를 정녕 모른단 말인가?"

"죄, 죄송합니다."

노학은 차마 모르는 걸 안다고 대답할 수가 없었다.

"휴우, 죽은 자는 그만큼 빨리 잊혀지는 법이지."

노인은 깊은 한숨을 내쉬었다.

"걸인검 추성은 무척이나 특이한 거지였지. 그는 거지였지만 검에 관심이 많았어. 그래서 타구봉법을 검술로 바꾸어 볼 수 없을까 하는 화두를 두고 평생을 연구했다네. 그리고 수십 년의 세월이 지난 후, 그 노력이 마침내 하나의 결실을 맺었지. 개방에 쌓인 잡다한 검술들과 강호의 유명한 검법 대부분을 몽땅 연구한 다음 만들었다고 했는데…, 이상하군. 분명 개방에는 추성이 남긴 삼십육초 검식이 있을 텐데? 그 이름은 '절견삼십육검식'이라고 하지!"

다른 이들은 물론이고 개방의 촉망받는 거지인 노학조차도 처음 들어보는 이야기였다. 아니, 엇비슷한 게 하나 있긴 있었다. 하지만 그건 부풀리기 좋아하는 어른 거지들의 실없는 소리인 줄 알고 있었는데…….

"설마 소문으로만 떠돌던 걸왕지검(乞王之劍)이…….'

"그건 좀 부풀려진 감이 있군."

'그런 좋은 게 있었으면서도 왕거지께서 숨기고 있었다니. 나중에 꼭 알려 달라고 해야겠다.'

노학은 결심했다. 그리고 이 결심은 후일 걸왕이라 불리게 될 한 거지의 인생에 있어 전환점이 된다.

섭운명이 이번에는 남궁상을 바라보며 말했다.

"자네 당랑거철(螳螂拒轍)이라는 말을 알고 있나?"

낭궁상이 얼른 고개를 끄덕였다. 그러고는 곧 비류연을 한번 훔쳐 보았다. 그는 비단 그 뜻을 알고 있을 뿐만 아니라 몇몇 친구들과 함께 직접 실천해 보기도 했었던 것이다.

"달려오는 수레를 저지하려는 사마귀라는 뜻이지요. 도저히 자신의 능력으로 불가능한 일을 시도하려는 무모한 사람들을 지칭하는 말로 쓰이지요."

그리고 그 대가는 무척이나 씁쓸한 것이기도 하다.

"우리가 바로 그러했다네."

'그'는 협박 따위의 하찮은 것을 입에 담는 유치한 짓은 하지 않았다. 그럴 필요조차 없었다. 그가 그저 그 자리에 서 있는 것 자체가 그대로 공포가 되어 그들에게 다가왔다. 어느 누구도 그 공포에 직면해 대항하지 못했다. 그들은 요람을 떠나지 못하는 어린애만큼이나 무력했다.

당시 상황을 이야기하는 검치의 목소리가 으스스하게 떨리고 있었다.

"이번에는 재미있을지도 모르겠군!"

108명의 검호(劍豪)로 이루어진 절세의 검진을 앞에 두고 '그'가 말했다.

사람 수는 두 번째 관문의 군랑살호진 구성 인원보다 반 이상 적었지만 기백이나 기세는 그 이상이었다. 그러나 '그'에게 그런 사실은 유흥을 위한 흥밋거리 정도밖에 되지 않는 모양이었다.

'이 압도적인 기백! 소문 이상이로구나!'

검치 섭운명은 한눈에 그 사실을 느낄 수가 있었다. 그러고는 곧 소문을 축소시켜 퍼트렸던 사람들의 목을 비틀어버리고 싶은 충동에 사로잡혔다.

믿을 수가 없었다. 갑자기 이 세상이 거짓으로 가득 차 있는 것 같았다.

어떻게 수십 명의 책사들이 밤낮을 뜬눈으로 지새우며 머리 싸매고 만든 두 개의 관문을 저리도 멀쩡히 통과할 수 있단 말인가?

'오늘 그를 이곳에서 보내면 강호의 명운은 필멸(必滅)이다!'

열여덟 개의 자물쇠가 굳건히 걸린 한철상자! 그것이 만일 저자의 손에 들어간다면……. 전율스런 공포에 섭운명의 정신이 비명을 질렀다. 그 일만은 무슨 일이 있어도 막아야 했다.

섭운명은 소리쳤다.

"108개의 검이여! 108인의 용사여! 우리는 결코 물러나지 않는다. 오늘 우리는 이 자리에서 저자와 함께 산화한다. 그대들이 지닌 용기와 긍지, 피와 생명으로 강호의 운명은 지켜질 것이오!"

와아아아아아!

피 끓는 의기가 담긴 함성이 터져 나왔다.

아무도 이곳에서 살아나가리라고 생각하지 않았다.

죽음을 각오한 자보다 무서운 것은 없었다.

그러나 세상은 잔혹했다. 세상에는 불가항력이라는 것이 버젓이 존재했던 것이다.

발검(拔劍)!

개진(開陣)!

발동(發動)!

108개의 새하얀 검신이 햇살을 반사하며 무수한 빛을 뿌려댔다. 검치의 신호에 의해 마침내 백팔멸겁검진이 발동되었던 것이다.

오행(五行) 팔괘(八卦)의 변화에 의거한 검진이 사나운 한 마리 맹수를 포박하기 위해 강철 이빨을 번뜩이며 영활하게 움직였다. 그러나 야수의 광폭함과 영리함은 인간의 상상을 초월할 정도로 고절했다.

"와라!"

야수가 자신의 방해물을 향해 발톱을 치켜들었다.

"그는 우리들이 완전한 포위망을 형성하는 것을 가만히 보고 있지만은 않았지. 그가 손을 뻗자 그의 손끝에서 어둠이 폭사되어 나왔다네. 그리고 질풍이 몰아쳤지."

검게 물든 태양빛 같은 광기어린 폭풍우. 하늘이 어둠으로 물들고 대지가 비명을 질렀다. 자갈과 흙먼지가 난폭하게 공간 속을 튀어다녔다. 눈조차 제대로 뜰 수가 없었다. 그것은 죽음과 절망을 몰고 오는 사신의 질풍이었다.

"보이지 않는 야수의 발톱이 공간을 찢어발기는 것 같았네. 마치 미쳐버린 풍신(風神)이 질풍의 칼을 들고 난동을 부리는 것처럼 격렬했지! 피가 튀고 살이 저며지며 수많은 생명이 스러졌지……."

바람은 칼날의 날개를 달고 사방을 휩쓸었다.

피와 비명, 그리고 죽음!

"…삼라만상이 피에 젖어 울부짖고 있는 것만 같았네……."

베어지고 베어지고 또 베어졌다.

암흑의 용권풍이 휩쓸고 지나간 자리에는 어김없는 죽음이 찾아왔다. 어둠 속에 번쩍이는 무형의 칼날은 그 무엇도 용서치 않았다. 검은 질풍은 어떤 명검보다도 날카로운 예기를 품고 있었다. 그것은 용서와 자비를 알지 못하고 죽음과 비정만을 알았다.

수많은 보검이 맥없이 반 토막으로 부러졌고, 주인의 생명과 함께 바닥에 떨어져 묘비가 되었다. 그 위로 다시 피의 비가 쏟아졌다. 대지가 꿀꺽꿀꺽 게걸스럽게 그들의 의기어린 피를 들이켰다.

"여기 꽂혀 있는 검들 모두가 다 그때 그들이 지니고 있던 애검들이었네. 이제 모두가 다 주인을 잃고 자신의 생명마저도 잃은 검들이지. 그리고 그 검을 묘비로 삼은 묘지가 생겨났네."

한 번 부러진 검은 다시 이어 쓰지 못한다. 이미 그 생명을 다했기 때문에 이어봤자 실전에서는 더 이상 효용가치가 없는 것이다.

"그리고…, 그 악몽의 한가운데서 노부 혼자만이 비겁하게 살아남았네. 아니, 그가 살려줬다고 해야 더 옳겠지! 자신의 업적을 알리기 위한 전령으로서 말일세."

아직도 그때의 치욕과 굴욕감을 잊을 수가 없다.

"자! 보게!"

검치가 자신의 허름한 장포를 훌렁 벗어젖혔다.

"……!"

비류연의 눈이 크게 떠졌다. 그뿐만이 아니었다. 나예린도 장홍도 이진설도 독고령도 마찬가지였다. 좌중들의 눈이 파르르 경련했다.

염도와 빙검을 비롯한 대표단 전원의 눈 또한 크게 부릅떠졌다.

가뭄의 계속되는 황량한 대지에 선 고목처럼 그의 몸은 깡말라 있었다. 하지만 중요한 것은 그것이 아니었다.

그들은 바로 조금 전에 그와 똑같은 흔적을 본 적이 있었다. 검치의 얼굴 전체를 덮은 검흔도 흉측했지만 그의 몸에 난 상처에 비하면 양반이라 할 만했다.

그의 상반신을 갈가리 찢어놓은 빽빽한 거미줄 같은 상처. 그것은 그들이 겹흔벽에서 본 것과 똑같은 형태의 상처였다.

그리고 그것은 백 년이 지나도 결코 사라지지 않는 패배자의 낙인이었다.

"이, 이럴 수가!"

빙검과 염도가 동시에 소리쳤다. 그들은 과거의 악몽 중 한 장에서 저 상처를 본 적이 있었다. 백골이 진토가 된다 해도 어찌 잊을 수 있겠는가! 그것은 그들의 전 생애를 통틀어 가장 괴롭고 슬픈 순간이었다.

둘은 동시에 서로를 쳐다보았고 이내 무언의 합의를 이루었다.

"이, 이 상처는……."

목소리가 심한 격랑을 일으켰다. 목이 잠겨 말이 제대로 나오지 않았다.

틀림없었다.

그들의 기억이 잘못되지 않았다면 그때의 상처와 그것은 판에 박은 듯 똑같았다. 백 년과 이십 년.

"서, 설마 '그'가 아직 살아 있다는 말인가?"

불안한 울림이 가슴 속에서 두방망이질치고 있었다.

그러나 이상한 점도 있었다. '그'가 만일 살아 있었다면, 정신이 혼미한 상태도 아닌, 한동안 맑은 정신상태를 보여줬던 그들의 사부님이 그들에게 경고를 해주지 않았을 리가 없었던 것이다.

'우리들의 무모한 복수극을 막기 위해서였을까? 아니면⋯⋯.'

답은 금방 나오지 않았다. 의혹은 여전히 남아 있었다. 하지만 할 수 없었다. 일조일석에 곧바로 얻을 수 있는 해답이 아니라는 것만은 확실했다.

"으음⋯⋯."

비류연은 일언반구도 하지 않은 채 묵묵히 관찰만을 계속했다. 그의 눈은 심연처럼 가라앉아 있었는데 그 누구도 현재 그가 무슨 생각을 하고 있는지 알 수가 없었다. 저 나예린조차도.

흩어진 조각들이 그의 정신 속에서 수많은 조합을 통해 합쳐졌다 흩어졌다를 반복했다. 그러나 아직 아무런 모양도 완성되지 않고 있었다.

"그렇다면 그 팔은 역시 그자가⋯⋯."

빙검이 검치의 헐렁한 소매를 가리키며 말했다. 그러나 답은 의외였다.

"아닐세! 이건 그자의 짓이 아닐세."

노인은 고개를 가로저었다.

"그러면⋯⋯?"

그 말고 감히 누가 검치 섭운명의 검 든 오른손을 가져갔단 말인가?

"날세!"

"예?"

어리둥절한 기색이 역력한 반문에 섭운명이 다시 한번 대답해주었다.

"날세! 범인은 검치 섭운명이지!"

"그런 천인공노……."

"…하지 않으신 분이……."

비분강개(悲憤慷慨)하려던 사람들은 화급히 입을 봉해야만 했다.

"이 오른손을 자른 건 바로 나 자신일세. 이 얼굴의 상처 또한 대부분 나 자신이 저지른 소행이지. 스스로의 부족함과 모자람에 절망한 나머지 저지른 객기라고나 할까? 지워지지 않는, 그리고 지울 수도 없는 광기의 흔적이지."

'그'에게 패하고 검치는 한동안 제정신이 아니었다고 한다. 그와 함께 달을 벗삼아 술을 마시며 검담(劍談)을 나누던 친구들과 존경하는 선배들을 그 자리에서 모두 잃었던 것이다. 더 이상 자신과 검을 주제로 이야기를 나눌 사람이 존재하지 않았다. 비통했다. 그리고 그들을 지켜줄 수 없었던, 아니 함께 죽을 수 없었던 자신이 원망스러웠다.

그의 오른손은 수전증이라도 앓고 있는 것처럼 계속 떨렸다. 검은커녕 술병조차 제대로 쥘 수 없었다. 검치는 자신의 오른손이 두 번 다시 검을 잡지 못하리라는 것을 알았다. 그리고 결코 자신이 그를 능가하지 못할 것이라는 사실도 알았다. 그는 이미 훌륭한 패배자였다.

분했다. 참을 수 없이 분했다.

끓어오르는 증오, 주체할 수 없는 충동. 모든 것을 파괴해버리고 싶었다.

그 순간 모든 증오가, 모든 원망이 그의 오른팔에 집중되었다.

쓸모없는 것!

그는 왼손으로 검을 잡아들고 단칼에 그의 오른손을 베어버렸다. 서걱 소리와 함께 맹수의 표호 같은 울부짖음이 그의 목을 통해 터져 나왔다. 그러고도 한동안 그는 암흑 속을 헤맸다. 무신 혁월린이 없었다면 아마 그는 그 깊은 어둠 속에서 빠져나오지 못했을 것이다.

"자신을 다스리지 못한 탓이지요. 패배가 당연했다는 것이랄까요! 자해라니……. 어리석음의 극치로군요!"

또다시 비류연의 입에서 인정사정없는 말이 튀어나왔다. 주위의 공기가 삽시간에 싸늘하게 변했다. 주위를 둘러보았다. 다들 해쓱한 얼굴로 연못의 붕어처럼 입만 뻐끔거릴 뿐 아무 말도 하지 못하고 있었다. 말문이 막힌 모양이었다.

"류, 류연!"

"자, 자네 어쩌자고……."

도대체가…….

호랑이 간이라도 삶아 먹었나? 사람들은 도대체 비류연이 뭘 믿고 저렇게 막 나가는지 이해할 수가 없었다. 그러나 비류연은 이번에도 어김없이 뻔뻔할 정도로 당당했다.

그 일관성 하나만은 칭찬해줘야 할지도 모른다. 아니면 맹렬히 비난해줘야 하는 것일까?

그러나 자살이야말로 이 세상에서 가장 비이성적이고 자기 통제 불능의 극치이며, 객기 충만이자 어리석음의 소치라고 생각하는 비류연으로서는 당연한 일이었다.

도제는 성격이 원래 그러니까 쉽게 넘어갔지만 이번만은 어림없다고 생각했다. 이번에야말로 검치 섭운명이 일지번천이라는 그 별호

대로 나뭇가지를 들고 비류연을 가만 놔두지 않을 거라고 생각했다. 말릴 생각도 없었다. 아니, 제발 그래 달라고 매달려 부탁하고 싶었다.

하지만 검치는 다수의 의견을 조용히 배반했다. 그러고는 쓸쓸한 미소를 지으며 고개를 끄덕였다.

"그래, 자업자득이었을지도 모르지……."

"나는 그에게서 공포나 경외보다는 질투를 느꼈다네! 그래, 노부가 느낀 것은 강한 질투심이었어. 인간의 몸으로 인간의 한계를 초월한 자에 대한 강렬한 질투 말일세!"

그것은 산 밑바닥을 기는 자의 산 정상에 오른 자에 대한 질투였다.

문제는 그 산이 노력만으로는 결코 오를 수 없는 산이란 것이었다. 신의 선택을 받은 자만이 오를 수 있는 산, 혹은 신을 거역하고 하늘을 거부한 자만이 오를 수 있는 그 산에 '그'는 오르고 검치는 오르지 못했다.

같은 한 사람을 만났지만 그들 세 사람이 느낀 감정은 모두 틀렸다.

비공답운 종쾌의 공포, 도제 용경의의 경외, 그리고 검치 섭운명의 질투!

"그러고는 스스로에게 실망하고 스스로를 패배자로 전락시켰지."

검치가 나직한 목소리로 말했다.

그들 세 사람이 그에게 느낀 감정은 모두가 틀렸지만 세 사람 모두 그의 잔상에 영혼이 사로잡혀 있다는 것은 같았다.

"그 이상의 이야기는 해줄 수 없지만 그후의 이야기는 해줄 수가 있네! 혈신이 기적적으로 패퇴하고 천겁혈세가 끝난 이후, 강호의 수뇌들은 한 가지 결론에 도달했다네. 그가 남긴 흔적을 강호상에서 제거하기로 말일세! 인간의 한계를 뛰어넘은 징표는 남아 있어 봤자 공포 이상을 낳을 수 없다는 결론이었지. 그러나 이 강호상에서 단 한 곳, 이곳만은 남겨두었네. 후일 등장할 인재가 '그'를 뛰어넘을 수 있을지 없을지 시험하는 장소로서 말일세. 무신과 무신마께서는 강호 무림에 그런 인재들을 길러내기 위한 토양을 마련하기 위해 천무학관과 마천각을 각각 세우고 백 년 동안 교육에 힘썼다네. 그리고 백 년 만에 천무봉의 봉인이 풀리고 자네들이 이곳으로 오게 된 것일세! 시험과 시련을 받기 위해서!"

검치의 말은 엄숙하기 그지없었다.

"아직도 천겁의 그림자는 완전히 씻겨 나가지 않았네. 뿐만 아니라 점점 더 어둠 속에서 그 힘들은 강대해져 왔네. 이제 자네들이 무엇을 할 수 있는지 보여주게! 자네들의 실력을! 과연 자네들이 이곳을 통과할 자격이 있는지 시험해 보겠네."

"그런데 한 가지 물어봐도 될까요?"

비류연이 말했다.

"물론 폐가 되지 않으니 뭐든지 물어보게나!"

섭운명은 흔쾌히 고개를 끄덕였다.

"으음……."

그러자 비류연이 곤란하다는 듯 뒤통수를 긁적였다. 남에게 오해를 사고 싶지는 않았던 것이다.

"저기, 폐가 된다는 생각은 추호도 한 적이 없는데요?"

그러자 검치 섭운명의 시선이 비류연을 향했다.

"재미있는 젊은이로군!"

무뚝뚝하던 노인의 검흔투성이 얼굴에 처음으로 유쾌한 감정이라 부를 만한 것이 떠올랐다.

이건 이것대로 상당히 괴기스럽다고 마하령은 생각했다. 물론 무례하다는 것은 알고 있었기에 입 밖에 내지는 않았다.

"'그'라고 남들이 쉬쉬거리는 그 남자. 에, 그러니깐 천겁(天劫) 혈신(血神) 위천무라는 이름을 가지고 있는 그는 도대체 어떻게 생겨먹은 작자입니까? 이렇게 계속 듣고 있다 보니 혹시나 손발이 합쳐서 열여덟 개는 아닌지 문득 걱정이 들어서요."

비류연은 그에 관해 좀더 알아야 될 필요성을 느꼈다. 그것은 어떤 예감 같은 것이었다.

검치는 그의 물음에 순순히 대답해주었다.

"스무 개라네!"

"네?"

이건 또 무슨 귀신 씨나락 까먹는 소리인가?

"뭘 그리 놀라나? 손가락과 발가락이 합쳐서 스무 개라는 이야기였네!"

별거 아니라는 투로 아무렇지도 않게 사람들을 당황시키는 노인장이었다. 검치의 이런 행동에 지켜보던 많은 사람들이 놀랐다.

"할아버지도 꽤 하시는군요."

비류연이 감탄하며 말했다.

섭운명은 잠시 고민했다. 그러고는 곧 결정을 내렸다.

"그의 얼굴을 제대로 본 사람은 아무도 없다네! 그의 인상착의를 알고 있는 사람은 현 무림에 아무도 없다고 해도 과언이 아니지. 우습게 들릴지 모르지만 백 년 전 그와 직접 대면한 노부 또한 그가 어떻게 생겼냐고 물으면 대답해줄 말이 궁하다네. 왜냐하면 그는 항상 얼굴의 반을 덮는 기묘한 모양의 은가면(銀假面)을 쓰고 사람들 앞에 나타났기 때문이지. 그 가면 밑을 본 사람은 아무도 없네. 그러나 다들 단 한 가지 기억하고 있는 사실이 있지."

그것은 이 노인뿐만 아니라 그를 만난 모든 이들에게 공통적으로 해당되는 일이었다. 그것은 간절히 원해도 결코 잊을 수 없는 기억이었다.

"그것이 무엇인가요?"

호기심이 격발된 비류연이 참지 못하고 물었다. 아까 전부터 자꾸만 이상한 예감이 그를 괴롭히고 있었다.

"그에게는 한 가지 특이한 신체적 특징이 있었지. 그것은 바로 은가면 밖으로 드러난 그의 두 눈이 때때로 황금빛으로 번뜩인다는 것이었어. 사람들은 그것을 금색의 마안(魔眼)이라 부르고, 그를 황금안의 마신(魔神)이라 부르며 두려워했지!"

'황금안?'

남궁상을 위시한 주작단들은 그것을 어디선가 자신들이 보았던 것 같은 느낌을 받았다. 그 황금빛 눈이라는 것이 그들에게는 전혀 생소하거나 생경하게 들리지 않았던 것이다. 그러나 상세한 기억은 나질 않았다.

나예린의 눈이 자연스럽게 비류연을 향했다. 앞머리에 가려 제대로 확인할 수는 없지만 그의 두 눈은 바람이 잠든 날의 호수처럼 고요했으며, 물론 아무런 기운도 발산되지 않고 있었다.

　나예린은 내심 실소를 터트리며 다시 고개를 원래대로 돌렸다.

　그렇다! 너무나 쓸데없는 기우였다. 자신의 돌연한 엉뚱함에 그녀 자신조차 어이가 없을 지경이었다.

　'내가 이렇게 실없었던가?'

거리와 실력의 상관관계
- 세 치

"이보게나! 재미있는 청년!"

재미있는 청년? 아마 비류연을 지칭하는 것이리라.

지명(?)당한 비류연이 노인을 쳐다보았다.

"자네는 자네의 실력이 어느 정도라고 생각하나?"

"흐음."

비류연은 갑자기 어려운 난제라도 만난 사람처럼 턱을 괴고 생각에 잠겼다.

"뭐 상대적으로 말하자면 현재 상태로는 세 치(약 9㎝)라고 할 수 있죠."

현재 상태라 함은 묵룡환을 차고 있는 상태를 말한다. 물론 검치는 그런 사실을 알 수가 없었다.

대표단 사람들은 무슨 말인지 몰라 어리둥절했다. 무공의 경지를 묻는데 세 치라니?

그러나 검치만은 놀란 표정이었다. 부르르 떨 정도의 경악이라 해야 더 옳을 것이다.

"세 치라고? 허허, 참으로 광오한 젊은이로군."

그것은 감탄이라기보다는 조소, 아니면 그저 농을 즐기는 것에 불과했다.

"전 정직을 신조로 삼고 있죠. 이런 시시한 일로 거짓말 따위는 하지 않아요. 뭐 못 믿겠으면 시험해 봐도 상관없어요. 굳이 그런 번거로움을 자초할 필요는 없다고 생각하지만요."

허위 사실을 유포하는 것도 아닌데 위축될 필요가 어디 있겠는가. 비류연의 목소리에는 자신감이 흘러넘치고 있었다.

"젊은이, 그 패기만은 높이 사줄 만하군. 그 패기와 당당함을 높게 사서 용서해주겠네."

자신의 자비심 깊은 자애로움에 노인 스스로도 놀랐다. 저 무모, 광오, 시건방의 삼중주에 황당해져버린 것인지도 모른다.

"믿음이… 부족하시군요."

애석하다는 투로 비류연이 말했다.

사실 세 치라 함은 검치 섭운명과의 간합(間合)을 이야기하는 것이다.

간합(間合)!

여기서 간(間)은 시간적인 개념을 가리키며 합(合)은 공간적 개념을 나타낸다. 간단하게 말해서 상대와 나 사이에 존재하는 시공간적 거리 간격이라 할 수 있다.

즉 비류연이 말한 세 치라는 것은 검치 섭운명의 검격(劍擊) 유효거리 세 치 안까지 들어가고도 그의 검을 받아낼 수 있다고 장담한 것이다. 쉽게 말해서 상대의 코앞에 서 있어도 안 죽고 살아남을 수 있다는 이야기로 어떤 상황 하에서도 검치 섭운명의 검이 그의 몸에 위해(危害)를 가할 수 없을 것이라고 선언한 것이나 진배 없는 이야기였다.

"사람은 자신이 내뱉은 말에 대해 책임을 져야 한다네! 정말 가능하다고 생각하는가?"

이번에 솔직히 잘못을 시인하고 용서를 빌면 용서해주자고 노인은 내심 작정하고 있었다.

"물론이죠."

그러나 대답은 한결같았다.

"요즘 젊은이들 중에는 꽤 재미있는 청년들이 많군. 그렇다면 어디 그 실력을 증명해 보이시게. 자네가 현재 도달한 경지가 어디까지인지 말일세."

검치의 실눈 안 깊숙한 곳에서 벼려진 검광과도 같은 것이 날카롭게 빛을 발했다.

이 두 사람의 대화를 알아들은 사람은 이 중에서도 극소수에 불과했다. 용천명도 그 소수 중 한 명이었다.

'설마? 그게 가능하다고 생각한단 말인가? 아무리 오른손이 없다 해도 조금 전의 신위로 미루어 짐작해 볼 때 일 장 안에 들어가기도 힘들었다. 모험을 한다면 다섯 자 앞! 그러나 그것은 생사를 건 모험. 안전은 보장할 수 없다. 그런데 세 치? 그런 터무니없는 만용을……!'

모용휘 또한 생각했다.

'무모해. 검치 섭운명의 검격 안에 그토록 다가간다는 것은 단순한 자살행위일 뿐! 가치가 없다. 안전거리는 일 장, 유효거리는 다섯 자! 생명을 걸면 넉 자까지 다가갈 수 있을지도…….'

이 젊은 기재는 새로운 눈으로 비류연을 바라보았다. 예기를 머금고 빛나는 그의 두 눈이 외치고 있었다.

'그 말에 대한 책임을 질 수 있는지 내 앞에서 보여다오.'

그것은 검치도 마찬가지였다.

"자네가 자신의 말에 책임을 질 수 있는 청년이었으면 좋겠군."

섭운명이 말했다.

"사람은 믿음이 부족해 항상 증거를 바라지요. 좀더 상대방을 신뢰하는 마음을 가지는 게 중요한 데도 말이죠."

비류연은 믿음과 신뢰가 부재하는 현 강호의 현실에 개탄했다. 그러나 섭운명은 꿈쩍도 하지 않았다.

"입을 놀리는 것은 누구라도 할 수 있지만, 몸을 움직이는 것은 누구나 할 수 있는 게 아니지. 노부는 누구나 할 수 있는 일을 하는 사람은 필요 없네. 하지만 누구나 할 수 없는 일을 할 수 있는 사람은 필요하지. 단지 그것뿐이네."

"그것도 그렇군요."

검치의 말에 납득했는지 비류연이 주위를 둘러보기 시작했다. 무언가를 찾는 눈치다. 뭐가 좋을까……. 그의 두 눈은 분명히 그렇게 말하고 있었다. 그때 비류연의 눈에 어떤 생물 하나가 잡혔다. 단풍 덮인 가을 산처럼 붉은 몸체, 눈에 보이지 않을 정도로 빠르게 날갯짓하는 네 장의 늠름한 날개, 사방을 감시하는 커다란 두 눈. 그것은 바로 잠자리〔晴蛉〕였다.

"여기 마침 좋은 게 있군요."

비류연이 자신의 가슴 앞쪽을 날아다니는 잠자리를 가리키며 말했다.

'무엇을 보여줄 건가, 류연?'

장홍의 꿰뚫는 듯한 시선이 비류연을 향했다. 이것으로 조금이나마 그 안에 숨겨진 비밀을 훔쳐볼 수 있다는 기대를 가지고.

'네까짓 게 감히!'

마하령의 표독스런 눈빛이 비류연을 향해 폭사되었다. 오늘 이 자리에서 그가 창피를 당한다면 그것만큼 그녀를 기쁘게 하는 것은 없을 것 같았다. 그녀의 눈이 모종의 기대로 가득 찼다.

그 외에도 염도, 빙검, 독고령, 주작단 등 수많은 시선이 비류연을 향해 집중되었다.

'류연……'

그리고…, 마지막으로 나예린의 눈에 담긴 은하수 같은 시선이 비류연을 향해 흘렀다.

자신의 한 몸에 집중되는 뜨거운 관심과 미움과 살의의 폭포수에 마음의 명경지수가 흔들릴 만큼 공부가 얕지는 않았다. 긴장이나 부끄러움, 혹은 중압감에 동요하면 동요할수록 일에 대한 성공 확률은 점점 더 멀어져 간다. 그런 잡다한 감정들은 쌓이면 쌓일수록 인간의 몸 속에 잠재된 무한의 가능성을 점점 더 한계 짓고 줄여 나가기 때문이다. 때문에 가끔은 강철 같은 의지력으로 마음에 철판을 깔 필요가 있다.

비류연은 이 마음의 고요를 지키기 위해 어떤 추가된 의지력을 소모할 필요가 없었다. 왜 숨을 쉬는 것과 다름없는 일에 다른 힘이 필요하겠는가!

비류연은 고요한 시선으로 잠자리를 바라보았다. 상하 좌우로 날갯짓하는 잠자리의 모습이 점점 더 느리게 다가왔다. 거북이의 한 걸음도 이보다는 훨씬 빠를 것 같았다.

위로 한 번, 아래로 한 번, 다시 위로 한 번.

잠자리의 날갯짓 한 동작 한 동작이 눈에 명확하게 들어왔다. 한 번의 날갯짓을 위해 잠자리의 어느 관절과 어느 근육이 움직이는지 등등의 미세한 부분 하나하나까지 감지해낼 수 있었다.

긴 앞머리 뒤에 가려진 비류연의 눈이 한순간 황금빛으로 빛났다. 그 순간 가볍게 늘어뜨려져 있던 그의 오른손이 천천히 움직였다. 거대한 심해 속에 가라앉아 있는 사람의 움직임처럼 매우 느린 동작이었다. 보는 이들이 답답하게 느껴질 정도의 둔중한 한 수.

그 손이 아주 천천히 잠자리의 아래 부분을 스치듯 지나갔다. 그리고 그 순간 그의 손끝에서 하나의 백광이 번뜩였다 신기루처럼 사라졌다.

그리고…, 아무 일도 일어나지 않았다.

"목적지는?"

"제가 듣기로는 이 근방 어디쯤이라고 들었습니다. 걸을 만큼 걸었고, 올라올 만큼 올라왔으니 곧 모습을 나타내지 않을까요?"

"도대체 홍매곡이라는 데가 어디야? 절세 기연이 숨겨진 비밀동부도 아닌 주제에 왜 이렇게나 복잡한 거야? 건방지군. 안내판 하나 없다니 정말 불친절해! 불친절!"

염도가 화산규약지회의 대회운영체제 전반에 대한 무성의함과 불친절성에 대해 가차없는 비판의 칼날을 휘둘렀다. 햇빛도 가릴 만큼 거대하게 자란 수림이 점점 더 깊어지고 있었다. 걷기 불편한 데다 때로는 짜증까지 유발시키는 짐승들의 길이 그들의 불만을 더욱 증폭시키고 있었다. 들쭉날쭉한 무성한 풀들과 얽히고 설킨 나무뿌리들 때문에 발밑이 불안정해 경공을 쓰기도 마땅치 않았다. 자칫 잘못하다가는 길 잃은 낙오자까지 양산할 수 있을 것 같았다.

"쩝, 첫 눈 오기 전에 도착할 수는 있는 건가요?"

비류연의 질문에 염도가 힐끗 아직 식지 않은 가을 태양을 쳐다보며 대답했다.

"만일 그분의 설명이 틀리지 않다면."

'도대체 뭘 보고 우리를 보내주셨을까?'

눈치로 찍어봐서는 빙검도 그 이유를 모르는 모양이었다. 아까 전부터 골똘히 생각에 잠겨 있는 저 삐쩍 마른 얼굴을 보니 분명했다. 염도는 묘한 안도감을 느꼈다. 둘 다 몰랐다. 만일 자신이 알아채지 못했는데 빙검이 알아챘다면……. 생각만 해도 창피한 일이었다.

꽤나 오랫동안 같이 다녔지만 여전히 의문투성이의 인간이었다. 도대체 그 정체가 뭘까? 염도는 아직도 이 의문에 대한 해답을 찾지 못했다. 정체불명의 인간이 두 명씩이나 자신의 곁에 있다니……. 절대 기분이 삼삼할 리 만무했다.

내심 투덜투덜거리며 산길을 앞장서 올라가는 염도의 뒤에서 회의 노인이 묘한 시선으로 비류연의 등을 바라봤다. 비류연은 나예린에게 뭐라고 말을 건네고 있었다. 전신의 감각을 날카롭게 모아봐도 그에게선 여전히 특별한 구석이 느껴지지 않는다.

'반박귀진?'

설마…… . 저 나이에 오르기에는 힘든 경지였다. 하지만…….

확실히 방금 전 선보인 한 수는 대단했다. 기억에 담아둘 만했다.

'그걸 제대로 알아본 사람은 없겠지만 말이야…….'

아마 검치 섭운명 정도였을 것이다.

"응?"

"엉?"

"엥?"

보여준다더니 도대체 무엇을 보여줬단 말인가? 문자 그대로 아무 일도 일어나지 않았다. 아니, 단 한 가지 일어난 일은 있었다. 비류연의 손이 스치고 지나간 그 잠자리가 서서히 날아가더니 손바닥을 펴고 있는 검치의 손바닥에 착륙했던 것이었다. 뭐 나름대로 대단한 일이라고 우긴다면 대단해질 수 있을지도 모르지만 그것뿐이었다.

검혼투성이 섭운명의 시선이 조용히 자신의 손바닥에 착륙한 잠자리를 건성으로 바라보았다.

'역시 말뿐이었는가?'

역시 입으로만 떠드는 것은 누구나 할 수 있는 일이었다, 라고 생각하던 그 순간!

"흡!"

그때 검치의 눈이 찢어질 듯 부릅떠졌다.

'······.'

긴 침묵이 이어졌다. 그 침묵에 동화된 사람들은 감히 말을 걸 엄두를 내지 못했다. 그리고 잠시 후!

굳게 다물어져 있던 검치의 입이 천천히 열렸다.

"가라!"

"네?"

염도가 되묻자 검치는 다시 한번 천천히 또박또박 말하며 자신의 말을 각인시켜 주었다.

"…가라! 너희들은… 합격이다."

검치 섭운명은 석상처럼 딱딱하게 굳은 채 자신의 손바닥에 날개를 내리고 앉아 있는 잠자리를 뚫어지게 바라보고 있었다.

'정말 믿을 수가 없군!'

스스로를 납득시키기 위해 무던히 애를 써봤지만 역시 힘들었다.

'내가 일 갑자(60년)나 걸려 겨우 도달한 경지를 그 젊은 나이에 벌써 성취했다는 것인가?'

어느 순간부터 잠자리는 그 주위의 시간이 얼어붙어 있는 것처럼 미동도 하지 않고 있었다. 생명이 생명으로서 갖추어야 할 최소한의 요소가 이 잠자리에서는 느껴지지 않았다.

'그놈은 괴물인가? 아니면······.'

쩌억!

검치의 손바닥 위에 올려져 얼어붙은 시간 속에 사로잡혀 있던 잠자리가 변화를 일으켰다. 미간 사이부터 꼬리 끝까지 두 조각으로 깨끗하게 갈라졌던 것이다. 갈라진 절단면은 마치 거울의 그것처럼 반질반질했다.

그들은 수림을 헤치며 계속해서 걸었다. 산은 가을을 맞이하여 형형색색 고운 빛깔을 띤 새 옷으로 갈아입고 있었다. 하지만 한 가지 부족한 것이 있긴 있었다.

아직 철이 아니라 화산의 자랑이라 할 수 있는 만개한 매화를 보는 행운을 누릴 수가 없었던 것이다. 이진설은 그것이 못내 아쉬운 모양이었다.

"하지만 소문에 의하면 화산 어딘가에 사시사철 매화가 피어 있는 신비한 골짜기가 있다고 들었는데요? 그 도원경의 아름다움은 필설로 형용할 수가 없으며, 그 신비한 향기는 사람의 정신을 마비시켜버릴 정도로 향기로우며, 그곳에는 매화의 정령이 살고 있다고들 하더군요!"

이진설의 말에 조천우가 웃으면서 대답했다.

"하하하! 저도 소문과 전설로만 들었지 실제로 그런 장소가 있는지는 본 적이 없답니다. 중원 오악쯤 되면 다들 그런 사람의 심상을 자극하는 신비한 전설 한두 개쯤은 있는 법이지요."

바로 그 순간 윤준호는 온몸에 벼락이 훑고 지나가는 듯한 전율을 느끼며 몸을 부르르 떨었다. 온몸에 소름이 돋고 있었다.

"서, 설마……."

코끝을 간질이는 단아한 향기. 다른 사람들에게는 즐거움일지 모르지만 윤준호에게는 맹독만큼이나 무서운 냄새였다.

'하지만 아직 계절이 안 되었을 텐데…….'

황금빛으로 빛나는 가을의 태양은 아직 차갑게 식지 않았다. 꽃망울을 터트리기에는 이른 시기였다.

홍매곡이라 했다. 분명 검치는 그들이 도착해야 할 장소의 이름을 그렇게 불렀다.

홍매곡(紅梅谷)…….

그러자 태사부님이 그에게 해주었던 옛날 이야기가 불현듯 생각났다. 사시사철 매화가 지지 않는 신비한 비경. 그곳의 이름이 또한 홍매곡이었다.

그냥 이야기 속의 한 토막이라고 생각하고 있었는데…….

윤준호가 맡은 냄새! 그것은 분명 아직은 꽃망울을 터트릴 리 없는 매화의 향기였다.

지하 감옥!

햇빛이 닿지 않는 음습한 지하.
이끼가 낀 두텁고 차갑게 생긴 철문.
습기로 인해 누렇게 녹이 슨 자물쇠 사이로 열쇠 하나가 끼워졌다.

곰팡내와 썩은 냄새가 안개처럼 떠돌고, 축축하고 눅눅한 공기가 자연스레 사람의 미간을 찌푸리게 만든다.

어느 누구의 침입도 허용되지 않는, 단 한 번의 면회를 위해서도 온갖 복잡한 절차를 거쳐야만 하는 뇌옥이었지만 노인에게는 아무런 장애도 될 수 없었다.

거무틱틱한 구릿빛 열쇠가 구멍 안으로 들어갔다. 곧 열쇠와 자물쇠가 맞물려진다.

"철컥!"

열쇠의 주인이 손에 힘을 주자 거친 소리가 울리며 자물쇠가 열렸다.

끼이이이익!

이윽고 귀에 거슬리는 소음과 함께 돌쩌귀가 비명을 질렀다. 철문은 묵직한 마찰음을 내며 서서히 열렸다.

"들어가시지요."

열쇠를 든 간수장은 자신이 할 수 있는 가장 정중한 자세를 취했다. 노인의 신분은 정확히 알 수 없었지만, 노인이 가져온 증명서류에는 자신이 감히 쳐다보지도 못할 높으신 분의 도장이 선명히 찍혀 있었다.

들어가긴 쉬워도 나오기는 어렵다는 금마뢰! 지금 그 금마뢰의 한 독방이 거친 음악과 함께 열렸다.

"누군가?"

이 어둡고 칙칙한 독방의 주인, 전 철각비마대 대주 구천학이 고개도 들지 않은 채 물었다. 그러나 방문객은 지긋이 쳐다보기만 할 뿐 대답이 없었다.

간수장이 얼른 독방 안의 횃대에 불을 붙였다. 오랫동안 어둠 속에 묻혀 있던 구천학은 너무 밝은 빛에 적응이 되지 않는지 심하게 눈살을 찌푸렸다.

"수고했네. 둘만 있고 싶으니 잠시 물러가 있게!"

"예!"

노인의 손짓에 간수장이 정중히 인사를 하며 물러났다.

"……."

귓가를 스치는 바람 같은 잠깐의 정적. 결코 편안한 숙면과는 가까워 보이지 않는 딱딱하고 차가운 철제 침대에 가부좌를 틀고 앉아 있던 구천학이 마침내 고개를 들어 오랜만의 방문객을 바라보았다.

방금 전 대답하고 물러난 목소리는 짧았지만 그 목소리가 간수장의 것이라는 것을 알아차렸던 것이다. 이 금마뢰에서 저토록 정중하게 울리는 간수장의 목소리를 듣는다는 것은 하늘의 별따기보다 어려운 일이었다.

가슴께까지 드리워진 회색 수염이 눈에 들어왔다. 그의 시선이 조금 더 위로 올라갔다. 그제야 그는 방문객의 인상착의를 확인할 수 있었다.

"누구신지……."

처음 보는 얼굴이었다.

노인이 허허 하고 웃는다.

"이렇게 하면 기억나겠나?"

노인이 오른손으로 얼굴을 한번 스윽 훔쳤다.

구천학은 하마터면 오랫동안 자신의 애창 겸 식사 도구로 애용하고 있던 젓가락을 반 토막으로 부러트릴 뻔했다. 그의 눈이 부릅떠졌다.

쿠당탕탕!

그는 서둘러 가부좌를 풀고 침대에 튕겨나오듯 굴러 내려와 바닥에 이마를 대고 고두례(叩頭禮)를 취했다.

노인은 그의 이런 행동에 전혀 상관하지 않은 채 뇌옥 안을 이러저리 둘러보고 있었다. 노인의 시선이 어둠의 저편을 꿰뚫었다.

치사한이 방문했을 때보다 뇌옥 안의 벽은 한층 더 빽빽하게 변해 있었다. 노인은 만족스러운 미소를 띠며 고개를 주억거렸다.

"솜씨가 많이 늘었구나."

"과, 광영입니다! 태존(太尊)!"

감격과 격동이 넘치는 떨리는 목소리로 구천학이 대답했다. 정말 우습고 말도 안 되는 황당한 일이지만 눈물이라도 날 것처럼 뿌옇게 눈앞에 수막이 둘러쳐졌다.

흑천맹 최고무력집단 중 하나며 공포의 대명사로 군림하고 있는 철각비마대의 전 대주 질풍묵혼 구천학의 눈에 눈물이라니…… 정말 말도 안 되는 일이었다. 그리고 있어서도 안 되는 일이었다. 그러나 불가항력이었다.

"허허, 비가 오는 모양이군!"

이런 지하의 독방에 웬 비? 하지만 구천학만은 이해했다. 그의 눈물을 자신은 보지 못했다는 배려인 것이다.

"오랜만이구나."

근엄하지만 자애한 목소리가 노인의 입에서 흘러나왔다. 나이를 짐작할 수 없지만 노인의 얼굴에 세월의 무게에 짓눌린 듯한 비틀어진 주름은 보이지 않았다.

"지, 직접 존안을 뵌 지 어언 십 년이 흘렀습니다."

"벌써 그렇게나 되었나……."

노인은 구천학의 우상이자 태양이었다. 만일 노인이 없었다면 철각비마대를 호령하던, 아니 한때 호령했던 지금의 구천학도 없었다. 노인의 가르침이 있었기에 그는 철각비마대의 대주로 발탁될 수 있었던 것이다.

"다름이 아니라 자네에게 부탁할 일이 있어 이렇게 찾아왔다네."

"부탁이라 하오시면……."

무소불위의 절대 권력을 지닌, 신이나 다름없는 이 노인에게 남에게 부탁할 만한 일이 있다는 것이 신기하기만 했다. 그저 명령만 내리면 모든 것이 일사천리로 진행될 텐데도 말이다. 그러나 구천학에게는 질문할 자격이 없었다. 단지 대답의 의무만이 존재할 뿐.

"명령만 하십시오. 신명으로 완수하겠습니다!"

이마를 차가운 돌바닥에 닿을 정도로 깊숙이 숙이며 구천학이 대답했다.

"자네가 가줘야 할 곳이 있네!"

노인은 짧고 간단하게 자신의 용건을 밝혔다. 노인의 태도는 담담하고 평온하기 그지없었지만 구천학은 결코 그렇지 못했다. 경청하고 있던 그의 얼굴이 점점 더 기묘한 빛을 띠며 변하기 시작했다.

구천학은 알고 있었다. 요즘 들어 자신이 느끼고 있는 감정이 무엇인지를. 그리고 어떻게 해야만 그 감정이 해소될 수 있는지도 역시 알고 있었다. 그는 깨닫고 말았다. 그자와 결착을 내기 전까지 이 기분은 끝나지 않을 것이라는 걸!

그리고…, 기회가 왔다.

"…할 수 있겠는가?"

자신의 용건을 모두 말한 노인이 물었다. 구천학은 고개를 숙여 다시 한번 최대한의 경의와 경애를 담아 오체복지했다.

"신명을 받들어!"

짧지만 그의 모든 의지가 함축된 말이었다.

노인도 만족스러운 듯 자애로운 미소를 지으며 고개를 끄덕였다.

"이제 자네는 석방일세!"

노인이 선언하듯 말했다. 그때였다.

"송구스럽지만 한 가지 부탁이 있습니다."

조심스럽게 말을 꺼내는 구천학의 얼굴은 무척 진지했다.

"뭔가? 특별히 필요한 것이라도 있나? 될 수 있는 한 최대한의 편의를 봐주겠네."

잠시 망설이던 구천학이 마침내 결심을 굳힌 듯 입을 열었다.

"저…, 이 젓가락, 가져가도 될까요?"

잠시 젓가락과 구천학의 얼굴을 번갈아 본 노인의 얼굴에 웃음이 어렸다. 홍소가 터져 나왔다.

쑥스러운 건 아는지 구천학의 얼굴이 벌겋게 달아올랐다.

방문자 무(無)

수감자 무(無)

출옥자 무(無)

그날 금마뢰 뇌옥일지에는 어떠한 기록도 공식적으로 남아 있지 않았다.

천무학관 대표단이 출발하기 일주일 전, 흑천맹 금마뢰에서 있었던 일이었다.

성대한 환영식

세 개의 관문을 통과하고 화산 천무봉 꼭대기에 다 올랐을 때 그들의 마음 속을 지배하고 있던 감정은 승리감이라기보다는 지독히 심한 패배감과 절망감이었다.

　평소 자신의 무공에 나름대로 자신이 있었던 그들이었지만, 자신들을 공깃돌 취급할 수 있을 만큼 넉넉한 무력을 지닌 사람들이 동시에 달라붙고도 이기기는커녕 뼈아픈 패배만을 일방적으로 당한 채 그 치욕을 평생에 남는 상처와 함께 가슴 속에 새겼다는 것을 알았던 것이다.

"우리가 앞으로 대비해야 할 상대란 게 그런 괴물이었단 말인가?"

　추위에 단련된 몸임에도 으슬으슬 어깨가 떨려왔다.

　자신들에게 그 끔찍한 것을 보여준 사람들이 미웠다.

"그게 과연 인간일까? 너무 과장해서 말하는 것 아닐까?"

　친우인 남궁상을 바라보며 현운이 말했다. 평소 쾌활한 성격을 지닌 그였지만 지금은 안색이 그리 좋지 않았다. 그뿐만이 아니었다.

진령을 포함하여 지금 함께 길을 걷고 있는 거의 대부분의 사람들 모두 안색이 밝지 못했다. 우울한 공기가 일행 전체를 감싸고 있었다.

"아마 그렇지는 않을 걸세……. 안타깝게도 말일세!"

남궁상은 고개를 가로저었다. 숨겨진 이야기, 감추어진 진실! 물론 그 자신도 오늘 자신이 겪었던 일과 들었던 사실들을 부정하고 싶었다. 그러나 모든 정황을 비춰봤을 때 그럴 가능성은 매우 희박했다.

"어쨌든 여기서 그자와 싸우는 건 아니잖아. 아직 현실화되지 않는 과거의 잔영에 부르르 떨 필요는 없다고 보네. 그때 그는 다시는 회복할 수 없을 만큼의 상처를 입고 도주했다고 역사는 전하지 않던가? 아마도 별일 없을 걸세."

그것은 자기 스스로에게 하는 말이기도 했다.

"그렇다면 오죽 좋겠나만……."

일부러 쾌활하게 말했건만 효과는 생각만큼 탁월하지 못했다.

"일단 눈앞의 일부터 생각하자구. 언제 다가올지 모르고, 다가올 가능성마저 희박한 이야기에 너무 목 매달지 말라구. 기우일 뿐일세."

"기우라……."

이야기를 하는 동안 어느새 그들은 홍매곡의 입구에 서 있었다.

마침내 천무학관 대표단들은 화산규약지회가 열리는 목적지인 홍매곡에 도착한 것이다.

그곳은 거대한 호리병 모양의 분지였다. 그러나 결코 좁지는 않았다. 주위에 여러 채의 웅장한 건물들이 열맛 채나 지어져 있음에도 전혀 좁다는 느낌이 들지 않았다. 병풍처럼 둘러싼 절벽으로부터 사방에서 작은 폭포들이 하얀 물보라를 일으키며 쏟아져 내리고 있었다. 폭포에서 떨어진 물보라들은 절벽 가장자리를 타고 또 다른 계곡으로 흘러갔다. 폭포 소리가 계곡 안을 가볍게 울렸다.

더욱 신비로운 것은 아직 가을철임에도 붉은 매화가 흐드러지게 피어 있다는 사실이었다. 하늘에 손짓하는 미인의 옥수처럼 우아하게 뻗은 나뭇가지에 분홍빛 눈송이가 살포시 내려앉아 있는 것만 같았다. 그것들은 때로 반짝이는 홍옥 가루가 뿌려진 것처럼 보이기도 했다.

계절과 시간을 잊고 흐드러지게 핀 매화, 농염하게 풍겨 나오는 짙은 향기. 신비롭고 경이로울 정도로 아름다운 광경이었지만 – 몇몇 여관도들은 깊이 감동해 눈가를 훔칠 정도였지만 – 윤준호에게는 기절할 만한 일이었다.

계절을 벗어나 핀 탓인지 향기가 미약해 아직 기절하고 있지는 않았지만 무척이나 어지러웠다. 이상하게도 두드러기는 돋아나지 않았다. 보통 때는 이런 적이 한번도 없었는데……. 어찌 된 일인지 자신마저도 신기하게 여겨졌다. 하지만 여전히 어지럽기는 마찬가지였다.

서둘러 혈도를 짚어 후각을 차단했다. 태사부님이 가르쳐준 비장(?)의 방법이었다. 그러나 심리적 영향 때문에 몸이 위축되는 것만큼은 피할 수가 없었다. 시야 가득히 흐드러지게 핀 매화가 그의 정신을 어지럽게 만들었다.

이 세상에 이런 곳도 다 있었구나 하는 생각마저 들었다.

"응?"

모용휘는 걷던 발걸음을 멈추고 사방을 둘러보았다. 그뿐만이 아니었다. 대표단의 사람들 모두가 걷기를 중단한 채 한 손에 각자의 무기를 움켜쥐고 주변을 훑어보고 있었다.

'살기?'

모두들 같은 것을 느낀 것이리라.

남궁상과 현운이 눈빛을 교환했다.

'하나, 둘, 셋, 넷……'

조용히 속으로 셈을 해본다.

'열넷?'

남궁상은 고개를 가로젓는다.

'열다섯!'

모든 이들이 시위하듯이 기운을 발출시키고 있었지만, 이런 분위기에 편승하지 않고 기척을 죽인 채 매복하고 있는 이가 하나 있다는 것을 발견한 것이다. 은밀한 만큼 위험하다. 상당한 실력의 소유자임이 분명했다. 그러나 남궁상은 그 미세한 기척조차 놓치지 않았다.

비류연과 염도의 맹단련으로 그의 감각은 기민해질 대로 기민해져 있었던 것이다.

"무례하군!"

무표정한 얼굴로 빙검이 말했다. 이어서 염도의 뒤틀려진 입가가 실룩거렸다.

"환영식이 꽤나 거창하군!"

이 거미줄처럼 사방에서 옥죄어오는 살기의 근원이 어디인지, 그

원인에 대해서는 이미 알고 있었다.

　일종의 시험을 겸한 기세 싸움이 벌써부터 시작된 것이다. 이 줄다리기에서 지는 쪽은 꼬리를 만 강아지가 되는 것이다. 체면이 걸려 있다. 먼저 걸어온 싸움. 물러설 수는 없었다.

　"마천각……."

　장홍이 조용한 목소리로 뇌까린다.

　"짜릿하게 환영해주는군! 선객의 호의란 것인가……."

　성대한 환영식! 신경 쓴 티가 역력하지 않은가! 그들이 드디어 발을 디딘 홍매곡은 첫 인사부터가 심상치 않았다.

　"재미있겠는걸."

　비류연이 씨익 미소 지었다.

검마(劍魔)와의 재회

파도처럼 밀려왔던 살기의 너울이 달에 당겨진 썰물처럼 빠져나갔다. 숨어 있던 열다섯의 그림자는 끝내 모습을 나타내지 않았다.

"인사가 끝났나? 아니면 1부 끝인가? 일단 안으로 들어와 보란 이야기인가?"

비류연이 조용히 뇌까렸다. 초대받았는데 안 들어갈 수는 없었다.

"가죠!"

그의 말을 신호로 사람들이 발걸음을 옮기기 시작했다.

소년은 무척 키가 작아 보였는데 얼굴이 아주 귀여웠다. 피부는 솜털처럼 부드럽고, 귀여운 얼굴에 박힌 두 개의 검은 보석은 아주 크고 맑아 보였다. 그리고 몸에는 바다처럼 푸른 비단옷을 감싸고 이곳저곳에 화려한 금은 장식이 달려 있었다. 물론 소년의 몸에 어울리지 않는 검이나 칼 같은 병장기는 보이지 않았다. 오색 수실로 만든 공이나 가지고 놀고 있으면 딱 어울릴 그런 모습이다.

그 소년은 홍매곡 입구 근처에서 한 아름드리 매화나무를 하염없이 바라보고 있었다.

"어머, 귀여워라!"

진령이 꺄악 비명을 질렀다. 그녀의 말에 화설옥이 정말정말 하며 맞장구를 쳐주었다. 동생으로 삼고 싶어! 라고 외친 것은 남궁산산이었다. 저 애를 동생으로 삼을 수만 있다면 남궁상 열과도 바꿀 수 있을 것만 같았다. 물론 이런 상황이 남궁상에게 썩 달가웠을 리는 없다.

때문에 '여기에 웬 소년이?'라는 당연한 생각 따위는 하지 못했다. 남궁상이 소년에게로 다가가 물었다.

"꼬마야! 여기 홍매곡의 총관님이 계시는 곳이 어딘지 아니?"

그제야 소년이 돌아보았다. 멀리서 볼 때도 귀여웠지만 가까이서 보니 더욱더 '귀여움'을 토하고 있었다.

'짜식, 귀엽긴 무진장 귀엽구만!'

여자들의 반응도 이해 못할 바가 아니었다. 남궁상이 다시 한번 물었다. 혹시나 질문을 잘못 들었을지도 모른다는 생각이 미쳤기 때문이다.

"꼬마야, 그……"

번쩍!

남궁상의 두 번째 질문은 끝까지 이어지지 못했다. 대신 그는 자신의 심장을 노리는 싸늘한 한광에 기겁하며 얼른 몸을 빼야 했다. 느닷없는 기습이었다.

"무, 무슨 짓이냐!"

일장 뒤로 몸을 날린 남궁상이 소리쳤다. 그의 가슴 앞섶은 날카롭게 잘려나가 있었다. 피하는 게 조금만 늦었으면 심장을 당했을지도 몰랐다. 조금 전까지 아무 것도 없었던 소년의 오른손에는 지금 은빛으로 빛나는 차가운 물건 하나가 들려 있었다. 그것은 철사처럼 가늘고 버드나무 가지처럼 낭창낭창했는데 그 안에 머금은 한광과 예기만은 범상치 않았다. 아무래도 특수하게 제작된 검인 것 같았다. 게다가 그것은 가늘고 날카로운 만큼 빠르기까지 했다.

잔뜩 뾰로통하게 부은 얼굴로 소년이 외쳤다.

"난 꼬마가 아니에요!"

소년의 시큰거리는 볼은 잘 익은 사과처럼 발갛게 익어 있었다. 꼬마라는 말이 그렇게나 듣기 싫었던 모양이다.

"꺄악! 귀여워어어어!"

뒤에서 여자들의 합창이 들려왔다. 방금 남궁상이 한번 죽을 위기에 처했다 살아났다는 시시한 사실 따위는 안중에도 없는 모양이었다. 게다가 그 합창 중에 진령의 목소리가 섞여 있다는 사실이 더욱더 남궁상을 못마땅하게 만들었다.

"에휴……."

남궁상이 절망적인 한숨을 내쉬고 있을 때였다.

"소유야! 무슨 일이냐?"

소년의 등 뒤로 몇몇의 무사들이 나타났다. 남자와 여자, 모두 범상치 않은 기도를 지닌 자들이었다. 그들 중 대부분은 조금 전에 느꼈던 기와 같은 기를 지닌 사람들이었다. 일부러 안면을 익히러 나왔다고는 생각하기 힘든 태도였다.

'계속해 보자는 건가?'

그렇게 해석해도 큰 무리는 없을 듯했다.

"아, 이(二) 사형!"

소유라 불린 소년이 선두에서 걸어온 청년을 보며 얼굴을 활짝 폈다.

곧 둘째 사형이라 불린 사내와 남궁상이 마주섰다. 눈빛이 매처럼 매서운 자였는데 자세히 보니 왼쪽 뺨에 사선으로 길게 검흔이 하나 나 있었다. 그 사내의 무기는 한 자루의 날렵하게 생긴 기형도인 것 같았다. 먼저 입을 연 쪽은 기형도를 지닌 사내였다.

"어디서 오신 분들이시오?"

묻는 태도가 무척이나 거만했다. 신경에 거슬렸는지 남궁상의 눈썹이 꿈틀거렸다.

알면서도 묻는다? 마치 일부러 도발하고 있는 것 같았다.

"상대에게 묻기 전에 먼저 자신의 이름을 밝히는 것이 예의가 아니었소? 마천각 사람들은 다들 이렇게 한결같이 무례하오?"

남궁상이 핀잔을 주었다.

"당신에게 그럴 자격이 있으면 그럴 것이오."

사내가 태연하게 대꾸한다. 남궁상도 지지 않는다.

"사형이 이렇게나 무례하니 사제가 저토록 무례한 것이겠지. 사제 교육이나 좀 똑바로 시키시오."

"무슨 일 있었느냐?"

기형도를 지닌 사내가 묻자 소년이 자초지종을 얘기했다. 이야기를 다 들은 사내가 주먹을 쥐고 소년에게 가볍게 알밤을 먹였다. 그러고는 호통 쳤다.

"이런 바보 같은 녀석!"

"죄, 죄송해요."

그제야 남궁상의 얼굴이 조금 펴졌다. 그러나 이어지는 사내의 말에 그 얼굴은 더욱 보기 좋게 구겨지고 말았다.

"내가 몇 번이나 말해야 알아듣겠느냐! 소심해지지 말라고 하지 않았느냐. 손을 쓸 때는 독하게, 한 치의 동정심도 담아서는 안 된다고 했지! 왜 목을 노리지 않고 가슴을 노렸느냐? 게다가 너의 마음이 한 호흡 망설이는 바람에 베는 것마저 실패하지 않았느냐!"

"죄송해요, 이 사형!"

자신의 목을 제대로 따지 못한 일로 사제를 꾸짖는 사내를 바라보는 남궁상의 기분이 좋을 리가 만무했다. 그의 속은 곧 분화할 화산의 용암처럼 부글부글 끓어오르고 있었다. 금세라도 폭발할 것 같은지 사내와 그 뒤에 따라온 몇 명도 긴장을 늦추지 않는 모습이었다.

"쯧쯧, 저런 간단한 도발에 저렇게 쉽게 넘어가서야!"

지켜보던 비류연이 딱하다는 듯 혀를 찼다. 그 옆에서 염도가 괴기스런 흉소를 흘리고 있었다. 저들은 나타났을 때부터 고의적으로 인솔자인 염도와 빙검을 무시하고 있었던 것이다. 빙검은 차가운 눈빛으로 사태의 추이를 지켜보고 있었지만 염도는 그렇지 못했다. 그의 성깔로는 그것이 불가능했던 것이다.

"흐흐, 이 애송이 놈들이! 시건방이 하늘을 찌르는구나!"

염도가 이를 뿌드득 갈았다. 도발에 넘어간 사람은 비단 남궁상 혼자만이 아니었던 것이다.

"에휴!"

옆에서 비류연의 나직한 한숨이 터져 나왔다.

"멈춰라!"

천무학관 대표단들과 마천각 대표단들이 신경을 곤두세운 채 기세 등등하게 대치하고 있을 때, 저쪽에서 호통과 함께 한 명의 노검객과 그의 수행원쯤으로 보이는 남자가 달려왔다.

"그만두지 못하겠느냐! 말썽은 금물이라고 하지 않았느냐!"

호통을 치는 노검객의 기세에는 사뭇 위엄이 넘쳐흘렀다. 범상치 않은 기백, 타인을 압도하는 기도가 노검객의 전신에서 흘러나오고 있었다.

과연 이 노검객의 말에는 거역할 수 없는지 몇몇 청년들이 기세를 죽였다. 이 노인에게 거역해서 좋을 것이 없다는 것을 아는 것이리라.

그런데 그 노검객은 꽤나 눈에 익은 사람이었다.

"어라? 할아버지!"

먼저 아는 척을 한 쪽은 비류연 쪽이었다. 그는 노인을 한번 본 적이 있었다. 분명 검마 초월이라 자신을 칭했던 노인이었다.

순간 노검객의 얼굴이 마치 실패한 문장이 실린 채 휴지통에 내던 져진 연서(戀書) 조각처럼 구겨졌다.

"으잉? 네, 네놈은!"

검마의 얼굴이 순식간에 수백 번의 풀무질에 달구어진 쇠처럼 벌 겋게 달아올랐다. 삽시간에 끓어오른 화기가 배출구를 찾지 못한 채 몸 안에서 방황하기 때문에 일어나는 현상이었다.

"노사님? 아시는 분입니까?"

검마 초월의 곁에 다가온 한 명의 청년이 작은 목소리로 묻자 검마는 기다렸다는 듯 버럭 소리쳤다.

"저딴 놈! 난 모른다!"

"???"

예상을 웃도는 격한 반응에 다들 어리둥절했다.

그런데 비류연이 알고 있는 얼굴이 또 하나 있었다. 극도로 인간관계가 좁기로 유명(?)한 비류연인데 알고 있는 사람이 하나도 아니고 둘씩이나 된다니 무척이나 신기한 일이었다.

비류연의 시선이 검마를 따라온 한 명의 중년인을 향했다. 꽤나 인상에 남는 사람이었기에 그는 확실히 기억하고 있었다.

그리고 그를 기억하는 사람은 비단 비류연뿐만이 아니었다.

처음에는 하인처럼 수수한 복장을 하고 커다란 삿갓으로 얼굴을 반쯤 가리고 있어 그와 직접 대면한 이들도 그를 알아보지 못했다. 비록 비류연 빼고는 모두들 먼 발치에서 봤지만 워낙 강렬한 인상이라 다들 기억들은 하고 있었는 데도 말이다.

그 사내는 그가 누구보다 존경해 마지 않는 인물의 부탁을 받고 이여행에 동참한 것이었다.

"혹시 전에 만난 적이 있지 않습니까?"

모용휘의 물음에 사내가 손사래를 쳤다. 그리고 태연한 목소리로 대답했다.

"하하하! 그럴 리가요. 사람을 잘못 보신 것 같군요."

사실 그는 정말로 모용휘를 만난 적이 없었다. 이번에는 비류연이 물었다.

"어라? 우리 전에 어디선가 어떻게 만난 적이 있었지 않나요?"

"하하하! 글쎄 사람을 잘못……."

고개를 돌려 비류연과 시선을 마주친 사내의 눈이 부릅떠졌다. 자신의 눈앞에 믿을 수 없는, 그러나 반드시 다시 한번 만나 자신의 두 눈으로 확인하고 말겠다는 결심을 새겨준 인물이 빙긋이 그때의 그 소름끼치는 미소와 꼭 닮은 미소를 지으며 서 있었다.

남자는 격동하는 자신을 다스리는 데 상당한 시간과 정성을 들여야만 했다.

'그래, 당연한 일이야, 당연한 일. 이미 예상하고 있었던 일이 아니던가. 그 정도의 실력을 지닌 자가 이 자리에 나타나지 않을 리가 없으니깐…….'

갑자기 마음이 조급해지기 시작했다. 자신은 이곳에서 하지 않으면 안 될 일이 있다. 그러기 위해서는 아직 정체가 드러나서는 안 되는 것이다. 마천각 제자들 중에 자신의 정체를 아는 사람은 아무도 없었다. 좀더 제대로 변장했으면 좋았을 것을 하고 사내는 후회했다.

"거참 이상하네. 분명히 어디서 본 것 같은데……."

긴가 민가 하기는 했지만 비류연은 그 일에 대해 더 이상 추궁하지 않았다. 그러고는 곧 그 일에 대해 잊어버렸다. 그러나 모용휘는 아직 의심의 눈초리를 지우지 않고 있었다. 사내의 숨겨진 의도를 간파라도 할 것처럼 날카로운 눈빛이었다.

"휴우……."

사내는 크게 안도의 한숨을 내쉬었다. 자신에게 의심의 눈초리를 듬뿍 안겨주던 천무학관 대표단들은 이미 숙소 안으로 들어간 상태였다.

'위험했어……!'

아직도 심장이 벌렁거리는 것 같았다.

'설마 들키지는 않았겠지?'

그분의 당부가 있었기에 벌써부터 정체를 드러내서는 안 되었다. 그는 그저 풀숲에 숨어 빠끔히 지켜보는 관찰자일 뿐. 자신의 신분은 지금 자신의 역할에 방해가 될지언정 도움이 되는 것은 아무 것도 없었다.

"좀더 주의해야겠어!"

사내는 조용히 다짐하듯 중얼거렸다. 그런 사내의 그림자 위로 조용히 석양이 내려앉았다.

열병(閱兵)한 군대의 창칼처럼 우뚝 솟아 있는 험산준령의 날카로운 그림자 뒤로 짙게 깔린 황혼의 석양빛은 황금색 불꽃처럼 아름다웠다.

"아름답군!"

얼음처럼 차가운 바람을 몰고 다니는 냉막한 인상을 지닌 사내가 아래를 굽어보았다. 얼어붙은 신월 같은 미소가 그의 입가에 맺혔다. 그러나 그의 차가운 두 눈동자는 웃음을 모르는 듯 여전히 침묵 속에 잠겨 있었다.

황혼의 하늘은 피처럼 아름다운 붉은 빛깔이라고 사내는 생각했다.

"봉황은 삼백 년에 한 번 불꽃 속에 몸을 던져 잿속에서 새롭게 다시 태어난다고 했던가?"

재생과 부활!

"영생의 불사조. 불꽃의 신조 또한 그러하거늘…, 지금의 강호는 너무나 낡았어!"

낡은 것은 새롭게 바꾸지 않으면 안 된다. 그 순간 사내의 두 눈에 강렬한 빛이 번뜩였다.

"이제 내가 너를 재생의 불꽃 속에서 다시 태어나게 하겠다."

굳은 의지가 담긴 목소리였다. 사내가 계속해서 외쳤다.

"낡은 과거는 이곳 회색 잿속에서 흐트러지고, 새로운 역사가 새벽의 여명 속에서 태어난다. 이제 과거의 이야기는 모두 이곳에서 종언을 고하고, 새로운 이야기가 시작되리라!"

푸드득! 날개 소리와 함께 한 마리 커다란 매가 날개를 접으며 그의 어깨에 앉았다. 그 기상이 사뭇 늠름하다. 매의 깃털은 사내의 눈에 비치는 석양에 붓을 찍어 칠해 놓은 것처럼 붉었다.

붉은 매……. 그 매의 이름은 적뢰(赤雷)였다.

무료한 은설란

한 여인의 섬섬옥수가 창문을 열었다. 밝고 시원한 햇살이 열린 창문을 통해 아녀자의 방에 허락도 받지 않고 난입해 들어왔다. 따뜻하고 포근한 오전의 햇살. 여인의 시선이 창 밖을 향한다. 여인은 이제 막 잠에서 깨어난 참이었다.

창 밖을 통해 보이는 널찍한 시가. 분주히 왕래하는 많은 사람들. 군데군데 눈에 띄는 병장기를 휴대한 무림인들. 언뜻 보이는 옷자락의 매화 무늬. 그러나 그 어느 것도 그녀에게는 별 감흥을 주지 못했다.

각자의 짐을 지고 거리를 바삐 왕래하는 사람들에게서 시선을 떼고 조금 위로 올려보자 지평선 저편에 병풍을 치고 서 있는 웅장하고 거대한 위용을 자랑하는 산맥의 형상이 드러났다.

그녀의 시선이 그 중 한 봉우리를 향한다.

산의 이름은 화산(華山)이라 했다. 중원에서는 모르는 이가 없는 유명한 산. 중원오악(中原五嶽) 중 하나인 서악(西嶽) 화산. 봉우리의 이름은 천무봉(天武峯)이라 했다.

은설란은 지금 좀 삐쳐 있었다. 새침한 표정으로 뾰로통해져 있다. 왜냐하면 화산규약지회가 열리는 천무봉까지 동행하지 못했기 때문이다. 그녀는 한노와 함께 이곳 매화루에 남겨져버렸다. 회의노인은 동행했음에도!

이해는 하고 있었다. 그녀를 데려가지 못하는 게 당연했다. 사실 이곳까지 함께 동행시켜준 것만 해도 나름의 파격이라 할 수 있는 일이었다. 자격도 없으면서 천무봉까지 동행이라니……. 현실적으로 절대 실현 불가능한 얼토당토않은 일이었다. 이곳까지 온 것만 해도 미인계를 앞세운 그녀의 억지와 비류연의 손 거듭으로 인해 가능했던, 파격에 파격을 거듭한 행사였던 것이다.

하지만 이성적인 이해는 가능해도 감정적으로 납득은 되지 않는다. 게다가 해결책이 보이지 않는, 무엇보다 불만스런 문제 하나가 지금 그녀를 괴롭히고 있었다.

"심심해!"

시름 어린 이마에 찌푸려진 미간을 한 아름다운 미녀의 한숨과 함께 섞여 나온 한마디. 볼이 움푹 들어가고 붉은 빛깔의 석류 같은 매혹적인 입술은 삐죽 튀어나왔다.

가을 정취가 물씬 풍기는 산들바람이 살며시 불어와 그녀의 귀밑머리를 흔들며 하얀 볼을 살짝 간질였다. 흑요석 같은 눈동자가 다시 한번 천무봉을 향했다.

그녀는 지금 저 봉우리의 어느 한 곳에 있을 많은 사람들의 얼굴을 떠올렸다. 자연스럽게 그녀의 입가에 미소가 맺혔다. 그러나 변덕스럽게도 금세 다시 시무룩해지고 말았다.

"냉랭할 정도로 과묵하지만 의외의 지고한 순진함 때문에 지켜보는 것만으로도 즐거운 나 소저도 없고……."

한 떨기 수선화를 지키는 날카로운 한 자루의 검 같은 무척이나 홍미로운 여인인 독고령도 없다. 그리고 항상 활기차고 힘이 넘치며 웃음을 잃지 않는 이진설도 없었다. 항상 남에게 미소를 전염시켜주는 아이였는데……. 물론 지금은 효 공자 때문에 마음고생을 하고 있지만 그녀라면 거뜬히 이겨낼 수 있을 것이라는 것이 그녀의 생각이었다.

'효 공자……. 아니, 갈 공자!'

효룡을 떠올리자 그와 혈육의 인연으로 얽혀 있는 한 남자가 자연스럽게 떠올랐다. 언제나처럼 또다시 마음이 울적해지면서 가슴 한 켠이 납덩이라도 얹은 것처럼 무거워졌다. 화사한 봄빛처럼 어려 있던 미소가 썰물처럼 빠져나가며 차가운 겨울의 창백한 백광이 여인의 얼굴 위에 드리워져 싸늘한 그림자를 만들었다.

다시 두 눈에 눈물이 그렁그렁 맺히려 하자 여인은 자신의 마음을 추스르며 굳세게 결의의 매듭을 다시 조였다.

'이제 울지 않기로 결심했잖아? 란, 울면 안 돼!'

스스로의 맹세와 결의 때문에 그녀는 눈물 없이 울 수밖에 없었다.

아직도 비통했던 상처의 아픔은 영원히 지워지지 않는 각인처럼 가슴 속에 남아 있었다. 이 슬픔은 야속하게도 쉽게 사라지지 않을 모양이었다.

그때 문 두드리는 소리와 함께 한 노인이 들어왔다.

은설란의 마부이자 보이지 않는 호위역 한노. 그는 그녀의 든든한 보호자이자 충실하고 적절한 조언을 해줄 줄 아는 의지되는 조언자이기도 했다. 때문에 그에 대한 그녀의 신뢰는 매우 컸다.

노인은 손에 세안물을 들고 있었다. 그렇게까지 할 필요가 없는데도 노인은 항상 자신의 맡은 바 역할에 충실했다. 필요 없다고 고사했지만 이렇게 하지 않으면 남들의 의심을 받을지도 모른다는 소리에 은설란도 마지못해 그냥 시중을 받고 있었다.

한노가 은설란의 비스듬히 돌려진 옆 얼굴을 바라봤다. 애써 밝은 표정을 지으려 애를 쓰지만 방금 전의 그림자가 채 가시지 않고 있었다. 노인의 눈에 근심의 빛이 떠올랐다.

'그나마 주위에 다른 소저들이 있을 때는 밝고 명랑했거늘……'

혼자 외로이 남아 있다 보니 자연 생각할 시간이 많아져, 애써 군센 잠금장치를 하고 마음 한 구석 깊숙이 묻어두었던 과거의 상처가 새록새록 되살아나서 어린 마음에 상처를 입히고 있는 모양이었다.

지켜보는 노인은 이 작은 아가씨의 안위가 걱정되지 않을 수 없었다. 슬픔의 무게에 짓눌려 자신을 망쳐버리지 않으면 좋을 텐데. 그러나 노인이 할 수 있는 일은 많지 않았다.

"소저! 날씨가 무척이나 화창합니다. 잠시 외출이라도 해보시는 게 어떻겠습니까? 제가 봉행(奉行)하겠습니다."

창가에 걸터앉아 열린 창문 너머에 펼쳐진 서럽도록 푸른 하늘을 바라보며 울적한 심사를 달래던 은설란의 시선이 자신의 등 뒤에서, 그리고 보이지 않는 그림자 속에서 둥지를 떠난 그때부터 항상 자신을 보호해주고 있는 듬직한 보호자를 바라보았다. 그녀의 눈에는 애정과 깊은 신뢰가 담겨 있었다.

안개 속에 흩어질 듯한 쓸쓸한 미소를 지으며 그녀가 고개를 끄덕였다.

"제가 걱정을 끼쳐 드리고 말았군요. 죄송합니다."

가볍게 고개를 숙이며 정중하게 사과했다. 잠시 감상에 빠져 자신의 동행자를 걱정에 빠트렸다는 것을 이 총명한 여인은 눈치 챘던 것이다.

"벼, 별 말씀을요!"

한노는 세차게 양손을 섞어 흔들었다. 이럴 때면 노인은 언제나 당황하는 자신을 발견하게 된다.

은설란은 금세 자신을 추슬렀다. 빠른 회복. 그만큼 자기 통제가 뛰어나다는 이야기일 것이다.

"좋은 날씨네요. 화산에서 불어오는 녹음 냄새 짙은 바람도 시원하고요. 친구들의 소식을 함께 전해주지 않아 섭섭하긴 하지만 어쩔 수 없죠. 그럼 한번 나가 볼까요?"

"예! 소저. 잘 생각하셨습니다."

노인은 살짝 허리를 숙였다.

그것은 그녀가 거대한 삼거리의 모퉁이를 돌 때였다. 외출할 때부터 어떤 목적지가 있었던 것은 아니었기에 정처 없이 발길 가는 대로 걷고 있었다.

지나가는 수많은 사람들의 번잡함 속에 묻혀 있는 것만으로도 가벼운 기분전환이 되었다. 그녀는 인파가 흐르는 대로 몸을 맡기며 움직였다. 물론 쓸데없는 소동을 피하기 위해 얼굴의 반은 면사로 가리고 있었다. 그러나 그녀가 발걸음을 옮길 때마다 수많은 시선들이 그녀를 향해 쏠린다는 것에는 변함이 없었다.

그때 거리 한쪽이 웅성웅성 소란스러워졌다.

자연 사람들의 시선이 그쪽을 향해 쏠렸다. 차마 입에 담기 민망한 욕지거리와 함께 쇠붙이 부딪치는 소리가 울려퍼졌다. 아무래도 무림인끼리 시비가 붙은 모양이었다. 사건의 진원지를 중심으로 수많은 인파가 인의 장벽을 둘러치고 있어 은설란은 그 안에 상황을 제대로 알 수 없었다.

5대 1의 불리한 싸움이었다. 한통속인 듯한 다섯 장한이 한 젊은이를 둘러싸고 있었다. 욕이 8할 이상 섞인 그들의 말을 몇 마디만 듣고도 은설란은 저 청년이 쓸데없는 시비에 휘말려 들었다는 사실을 금방 알았다. 아무래도 이 다섯 장한은 어젯밤을 뜨겁게 불태운 기루에 낼 화대가 부족한 가여운(?) 상황을 타개하기 위해 긴급 조달에 나선 모양이었다.

이들의 악행은 꽤 유명한 듯했다. 모인 군중들 사이에 있는 누군가로부터 그 중 우두머리가 화산파 1대 제자의 친구의 친구라는 이야기가 들려왔다. 화산파의 앞마당인 이 마을에서는 그 정도 신분으로도 텃세를 부릴 수 있는 모양이었다. 얼토당토않은 시비에도 청년은 아무런 대꾸도 하지 않았다. 청년이 조용하면 조용할수록 다섯 장한의 기세는 점점 더 흉폭해졌다. 청년이 자신들의 위세에 눌려 말도 못할 정도로 두려워하고 있다고 생각한 모양이다. 동정심 따위는 없다. 그들은 항상 저항할 수 없는 자를 핍박하는 것을 즐겨왔던 것이다. 그때 화강암처럼 굳게 닫혀 있던 청년의 입술이 움직였다.

거리가 먼 데다가 시끌벅적한 군중들 덕분에 은설란은 들을 수 없었지만, 청년의 주위에 있던 구경꾼들은 그 입술의 움직임을 정확히 볼 수 있었다.

"쓰레기들!"

청년의 입술은 분명 그렇게 말하고 있었다.

다섯 놈팽이들의 얼굴이 분노로 시뻘겋게 달아올랐다. 이렇게 무시당하는 것도 무척이나 오래간만의 일인 듯했다.

"주거어어!"

햇빛에 칼날이 위협적인 빛을 발했다. 그러나 폭발할 듯 긴장되었던 공기는 한순간에 고요해졌다.

정적(靜寂).

지켜보는 모든 이들이 입을 다물었다. 침묵은 강한 전염성을 띠고 퍼져 나갔다.

무슨 일일까? 그러나 가려진 인의 장벽 때문에 은설란은 저 안에서 벌어진 일들을 볼 수가 없었다.

사람들의 무리가 갈라지며 한 남자가 걸어 나왔다. 상처 같은 것은 어디에도 찾아볼 수가 없다. 청년은 아무렇지도 않은 표정으로 그 옆에 있는 객잔으로 발을 옮겼다. 덩달아 구경하던 점소이들이 얼른 고개를 숙이며 그를 영접했다. 직각으로 굽혀진 그들의 인사는 깍듯하기 그지없었다.

은설란은 면사 위로 드러난 눈을 크게 떴다. 저 발걸음, 저 뒷모습.

왠지 그 뒷모습이 눈에 익었다.

"저 사람은?!"

그녀의 큰 봉목(鳳目)이 흔들렸다.

"소저! 무슨 일이라도?"

은설란의 당황을 읽었는지 한노가 물었다. 그녀의 시선은 아직도 그가 사라진 방향을 향하고 있었다.

"소저?"

다시 한번 묻자 그제야 답한다.

"아, 아니에요. 방금 무척 낯이 익은 사람을 본 듯한 기분이 들어서요."

"아는 사람이라 하시면……. 혹시 과거에 누구랑 원한이라도 맺은 적이 있으십니까?"

이 아가씨라면 그런 일은 없을 것이라 예상되지만 인간사라는 것에는 만에 하나라는 것이 있어 혹시나 하는 마음에 물어본 것이었다.

"네에?"

어리둥절한 반문이 되돌아오자 한노는 일단 안심했다.

'그 사람이 여기 있을 리가…….'

어느새 그녀의 발걸음은 그 그림자가 사라진 곳 가까이로 다가서고 있었다. 호기심에 자석처럼 이끌려…….

"매화루와 무척 사이가 나쁠 것 같은 곳이로군요."

"확실히 그렇군요."

은설란이 올려다본 그곳에는 그녀가 머물고 있는 매화루와 쌍벽을 이룰 만큼 호화찬란한 객잔이 화려한 건축미를 뽐내며 서 있었다.

분명 매화루와는 이곳에서 규모와 이윤에서 불꽃 튀는 경합을 벌이는 치열한 경쟁자일 터였다. 두 객잔의 사이가 좋을 가능성은 백에, 아니 만에 하나였다.

"풍 · 매 · 객 · 잔?"

은설란은 이곳에 대해 아는 것이 없었지만 한노는 그렇지 않은 모양이었다. 주위를 둘러보자 여러 명의 무사들이 꽤 많은 수의 수레를 지키며 보초를 서고 있었다.

"소저, 이곳은 중원표국의 표사들이 묵고 있는 객잔입니다."

한노가 귓속말로 속삭였다.

'중원표국?'

물론 그곳이 어딘지는 그녀도 충분할 정도로 잘 알고 있었다.

중원제일표국, 이 한마디로 모든 설명이 가능한 곳. 그러나 그녀가 아는 한 그 사람과 중원표국 사이에는 아무런 접점도 없었다.

'그냥 단순한 숙박인가? 아니면 내가 사람을 잘못 본 것인가······.'

그냥 넘길 수는 없는 일이었다. 그녀의 마음 속에 의혹의 그림자가 점점 더 커져만 갔다.

사람의 호기심이 때로는 위험을 부른다는 사실을 이때 은설란은 잠시 망각하고 있었다.

'정말 저것이 일개 표국의 표사들이 지닐 위용인가?'

날카로운 시선, 엄중한 기상, 함부로 발출되지 않고 갈무리된 기운, 명령에 의한 일사불란함.

찬찬히 시간을 들여 유심히 살펴본 결과 수상한 점이 한두 가지가 아니었다. 그 기세의 엄중함 때문에 과연 중원제일표국이라고 감탄하고 끝낼 수도 있었다. 하지만 그러기에는 마음 한 구석이 묘하게 걸렸다. 가장 수상쩍은 점은 너무 고수급들이 많다는 것이었다. 가까이 다가가지 않아도 서 있는 모습 하나만으로 충분히 짐작할 수 있었다.

'도대체 무엇을 지키기 위해 저토록 많은 고수들이 필요하단 말인가?'

지키고 있는 짐을 확인해 보기 전까지는 그 해답을 찾을 수 없을 것 같았다. 그러기 위해서는 몇 가지 불법적인 일을 수행해야 할 필요가 있었다. 그 문제를 놓고 조용히 고민하고 있을 때였다.

계속해서 객잔 주위를 돌면서 물끄러미 지켜보는 사람이 있으면 당연히 저쪽에선 수상쩍게 여기게 마련이다. 게다가 은설란의 자태는 까마귀 속의 백로처럼, 진흙 속의 연꽃처럼 너무 눈에 띄었다.

표두 한 명이 험상궂은 얼굴로 위압감을 팍팍 풍기며 다가왔다. 은설란은 얼른 고개를 돌렸지만 이미 때는 늦었다. 한노는 모종의 일을 처리하기 위해 지금 그녀의 곁에 없었다.

"소저?"

뻐기듯 묻는 말에 그녀의 몸이 흠칫 떨렸다.

"이곳에 무슨 볼 일이라도 있소이까? 좀 전부터 쭉 지켜봤는데 좀체 이곳을 떠나지 않더이다."

위압감이 물씬 풍겨나는 목소리였다. 그녀는 자신의 부주의한 행동에 대해 반성했다. 그리고 조용한 목소리로 대답했다.

"특별한 볼 일은 없답니다. 잠시 사람을 기다리며 주위를 배회했을 뿐이지요. 제가 무슨 잘못이라도 했나요?"

"헉!"

험상궂던 표두의 얼굴이 순간 봄 햇살에 눈 녹듯 녹아내리며 가면이라도 바꿔쓴 듯 봄날 훈풍으로 뒤바뀌었다. 눈동자가 뭍에 여행 나온 지 사흘은 된 듯한 생선처럼 풀려버렸다. 그도 그럴 것이 은설란이 그의 질문에 대답하면서 면사를 풀고 화사하게 웃으며 대답했던 것이다. 사중화(邪中花) 은설란의 미소를 정면으로 바라보며 험상궂은 얼굴을 유지할 수 있는 남자는 많지 않았다.

그런데 그녀의 웃음은 지나칠 정도로 약발이 좋았다. 어느 정도냐하면 이 표두가 이성을 잃고 달려들고 싶을 정도였다.

그러나 보기에도 은설란의 전신에서 흘러나오는 기품은 지체 높은 집안의 고귀한 영애의 그것이었다. 한낱 무인 나부랭이가 예의도 잊고 집적거릴 수 있을 만큼 만만하지는 않았다.

'이번 표행에서는 일체의 개인 행동을 금한다. 절대 사고치는 일이 없도록! 조그만 사소한 일이라도 엄중하게 그 죄를 물을 것이다. 돈, 여자, 술, 도박. 모든 것에 금욕하라! 먼저 목숨이 아깝다는 전제 하에서! 물론 목숨이 아깝지 않은 용기 넘치는 자들을 만나보는 것도 기대하고 있다. 하지만 그건 나중의 즐거움으로 남겨두겠다.'

조금이라도 사고를 치면 나중에 혼백이 달아날 만큼의 오붓한(?) 시간을 보내게 될 거라는 협박성 다분한 경고였다.

'쳇! 하지만 이런 미인을 위해서라면 한번쯤 목숨을⋯⋯.'

집법관 대표두 격광은 물론 귀신처럼 무섭지만 눈앞의 선녀가 그 공포를 몰아내주고 있었다. 갑자기 남자의 마음이 쓸데없는 용기로 불타올랐다. 남자의 뱀 같은 눈빛에 은설란은 본능적인 혐오감을 느끼며 몸을 떨었다.

남자의 마음 속에서 이성과 욕망이 끝없는 싸움을 벌이고 있는 바로 그 순간. 곧 승부가 가려질 그 찰나였다.

"소오오저어어어!"

　거리 저편에서 헐레벌떡 한노가 뛰어오고 있었다. 그 정도의 고수가 저런 어정쩡한 자세로 뛰어올 리가 없건만……. 지금 그의 모습은 정말 먼 곳에서 육십 먹은 노인이 상전을 기다리지 않게 하기 위해 전심전력으로 뛰어오고 있다는 느낌이었다.

　이때 사내는 달콤하고 어두운 욕망에 빠지기 일보 직전이었다.

"아가씨. 오, 오래 기, 기다리셨습니다."

　그러고는 숨 돌릴 틈도 주지 않고 표두 곡성을 돌아보며 숨넘어가는 목소리로 호들갑스럽게 말을 토해내기 시작했다.

"그, 그런데… 저희 아가씨에게 무, 무슨 용무라도 있으십니까? 설마 저희 아가씨께 무슨 터무니없는 일이라도 일어났던 것은 아니겠지요? 이 늙은이가 잠시 눈을 돌린 사이에 불량배들을 만났다거나, 아가씨의 미모에 눈이 먼 색마가 저희 아가씨에게 집적거리려고 했다거나 하는 일은 없었겠지요, 무사님?"

　순간 그런 일은 없었지만 그럴까 하는 마음을 한구석에 품고 있던 곡성이 뜨끔한 표정을 지었다.

'이 늙은이 의외로 감이 날카로운지도…….'

　마음에 영 안 드는 그 늙은이는 여전히 그의 눈앞에서 한탄을 계속하고 있었다.

"만, 만일 무슨 일이 생기셨다면 나으리께 이 못난 늙은이는 드릴 말씀이 없습니다요. 흑흑흑, 나으리가 보시는 앞에서 책임 소홀을 이유로 스스로 자결하겠습니다. 흑흑흑."

노인의 목소리는 나이답지 않게 사방을 쩌렁쩌렁 울릴 만큼 컸다.

이렇게 되다 보니 주위의 시선이 이쪽으로 모이는 것도 당연.

일제히 집중되는 사람들의 시선에 표두 곡성도 난처해질 수밖에 없었다. 아무리 봐도 젊고 예쁜 귀한 댁 처자를 집적거리려 한 색한 – 틀린 평가는 아니지만 – 의 누명을 뒤집어쓰게 – 글쎄, 틀린 평가가 아니래두 – 된 것이다.

"무슨 일인가?"

소란스러움을 감지한 표국 사람 중 한 명이 저쪽에서 달려왔다.

'이거 안 좋군!'

곡성의 얼굴이 잔뜩 찌푸려졌다.

자신 때문에 이렇게 소란이 일어난 것을 알면 대표두가 자신을 문책할 것이 틀림없었던 것이다. 감봉 한두 달은 각오해야 할 일이었다. 그리고 이번 표행의 분위기상 그것보다 더한 처벌을 받을지도 몰랐다. 대표두 격광의 귀신 같은 얼굴이 뇌리에 스쳤다. 갑자기 오한이 드는지 몸이 으슬으슬 떨려왔다.

그는 수레 하나를 잘못 관리한 다섯 명의 표사가 중도에 어떤 일을 당했는지 아직도 명확하게 기억하고 있었다. 그런 일은 두 번 다시 사양이었다.

'제길, 똥 밟았다!'

아무래도 재수가 옴 붙었던 모양이다.

"아가씨! 흑흑흑! 정말 아무 일도 없으셨겠지요?"

어느새 면사로 얼굴을 다시 가린, 그래서 곡성으로 하여금 입맛 다시며 아쉬워하게 만든 은설란이 노인을 부축하며 말했다.

"자자! 난 이렇게 아무렇지도 않아요, 한노! 자자 일어서세요. 사람들이 본답니다."

다독거리며 상냥한 목소리로 말하자 그제야 거의 바닥에 주저앉아 있다시피 한 노인이 마지못한 기색으로 옷을 털며 일어났다. 눈물이 범벅이 된 눈이 우락부락한 사내를 향했다.

"이 늙은이가 아가씨를 뫼셔가도 무사님께서는 괜찮으시겠죠?"

안 된다고 말하고 싶지만 주변의 정황이 그렇지가 않았다.

"그, 그러시오."

"가, 감사합니다. 가시죠, 아가씨."

허리를 거의 직각으로 숙이며 깍듯이 인사한 노인은 얼른 은설란을 데리고 좌중들의 시선이 집중된 장내를 빠져 나왔다. 남겨진 곡성은 달려온 동료 표두에게 현 상황을 변명, 얼버무리기 위해 최선을 다하고 있었다.

그리고 한참을 걸었을까…….

세월의 무게에 짓눌린 듯 구부려져 있던 허리가 어느새 대나무처럼 꼿꼿이 펴지고, 순진하게 눈물을 흘리던 두 눈에는 어느새 날카로운 기광이 감돌고 있었다.

이 사람이 방금 전까지 그런 식으로 울고 불며 어린애처럼 난리를 쳤다는 것이 믿어지지 않을 정도였다.

"하마터면 들킬 뻔했군요!"

한노의 한숨 섞인 말에 은설란은 고개를 푹 숙였다. 그녀는 면목이 없었다. 한노가 걷던 걸음을 멈추었다. 앞서 가던 노인의 몸이 우뚝 멈춰서자 덩달아 여인도 제자리에 발을 멈추었다.

"감시가 심상치 않습니다. 충분히 조심하시길!"

정중하지만 날카로운 직언이었다. 노인은 뒤돌아보지 않았지만 그의 눈이 지금 숫돌 위에서 날카롭게 연마된 창날처럼 날카롭게 빛나고 있다는 것을 충분히 감지할 수 있었다.

"죄송해요. 심려를 끼쳐 드렸군요."

은설란은 가볍게 고개를 숙여 곤경에서 구해준 데 대해 심심한 사의를 표했다.

"별 말씀을요, 아가씨!"

노인의 얼굴은 어느새 다시 힘없고 순진한 마부의 얼굴로 돌아와 있었다. 노인과 여인이 다시 길을 걷기 시작했다.

"부탁드릴 일이 하나 있습니다."

노인은 듣지 않은 척 아무 일도 없다는 듯 계속해서 발걸음을 옮겼다. 은설란은 개의치 않고 말을 이었다. 아직 그녀의 의혹이 완전히 풀린 것은 아니었다.

"오늘 밤은 별이 밝을 것 같군요."

"……."

노인은 묵묵부답, 대답이 없다. 은설란은 개의치 않고 나직한 목소리로 말했다.

"해주실 일이 있습니다."

노인은 살짝 보일 듯 말 듯 고개를 끄덕였다. 그것으로 충분했다.

침투(浸透)

밤은 빛 속에서 볼 수 없는 많은 것들을 드러내 보이기도 하지만, 많은 것을 숨기기도 한다. 특히 오늘처럼 달빛이 미약한 밤은 모습을 숨기기에 안성맞춤이었다.

　노인과 여인은 온몸에 찰싹 달라붙는 검은 옷을 두르고 있었다. 이런 유의 검은 옷은 숨어 들어가는 자들의 기본 예복이라 할 수 있다.
　두 사람은 우선 경비가 가장 헐거운 곳으로 향했다. 눈여겨 봐둔 곳이 있었다. 역시 예상대로 표물들이 보관되어 있는 곳이 가장 경비가 삼엄했다. 그 경비를 뚫으려면 무척 많은 고생과 노력이 필요할 것이다. 그러나 다행히도 두 사람의 목표는 표물이 아니었다. 물론 표물의 정체를 알아내면 더욱 좋겠지만 그러려면 많은 위험이 뒤따를 것이라는 사실을 쉽게 짐작할 수 있었다. 그것들은 음습한 곳에 은닉된 부패한 시체처럼 왠지 위험한 냄새를 강하게 풍기고 있었다.
　담을 넘는 것에는 크게 문제가 없었다. 은설란은 남의 발목을 잡는 짓 따위는 하지 않았다. 그녀는 가녀린 교구(嬌軀)를 고양이처럼 민

첩하고 조용하게 움직였다. 얼굴만으로는 흑도사화라고 불릴 수 없다. 그에 상응하는 무공능력이 필요한 것이다. 만일 선택기준이 얼굴만이었다면 흑도사화가 아니라 지금쯤 흑도삼십육화라고 불리고 있었을지도 모른다.

알아본 바에 의하면 이 객잔 전체를 중원표국이 빌렸다고 한다. 그렇다면 저 안에 안전지대는 없다는 이야기가 된다. 주의할 필요가 있었다.

담을 넘어 들어오는 것까지는 아무런 문제도 없었다. 하지만 후원에까지 화톳불을 피워놓고 경비가 서 있는 줄은 짐작치 못했다. 하마터면 들킬 뻔했다. 한노가 미리 주의하라고 경고를 보내지 않았으면 발각되었을지도 몰랐다.

그녀는 조용히 후원 객실을 향해 신형을 움직였다.

'후원 3층 객실이라고 했던가……'

한노는 용의주도했다. 그는 낮에 풍매객잔의 점소이 하나에게 돈을 찔러주고 그녀가 원하는 정보를 얻어왔던 것이다. 이곳 풍매객잔의 최고 귀빈실은 후원 3층이라고 했다. 중원표국의 소국주와 몇몇 사람이 그 3층을 통째로 쓰고 있다는 것을 알려왔다. 그렇다면 그녀가 본 그 사람도 그곳에 있을 가능성이 높았다.

풍매객잔 후원 건물의 짙게 드리운 그림자에서 한 여인이 조용히 모습을 드러냈다. 얼굴은 복면으로 가려져 알 수 없지만 옷 밖으로 드러난 미끈한 굴곡이 여인임을 증명해주고 있었다. 뒤이어 같은 복면을 두른 남자가 모습을 드러냈다. 복면을 벗기면 이 사내가 실은 노인이라는 것을 알 수 있을 것이다. 은설란과 한노였다. 그들의 움직임을 눈치챈 사람은 아무도 없었다. 두 사람은 귀신처럼 홀연하고 밤처럼 은밀했다.

건물의 높이는 3층이었다.

은설란이 손가락을 들어 위를 가리켰다. 자신이 직접 올라가 보겠다는 뜻이다. 그러자 한노가 고개를 저었다. 위험해서 동의할 수 없다는 뜻이다. 그러나 은설란은 노인의 의사를 완강히 거부하고 자신의 의지를 관철시켰다. 연마된 보석처럼 빛나는 두 눈이 그녀의 의지를 대변해주고 있었다. 노인은 이제 무슨 이야기를 해도 그녀에게 통하지 않을 것을 알았다. 이렇게까지 억지를 부리다니 드문 일이었다.

'도대체 무엇이 그녀를 저렇게 만든 것일까?'

어떤 강력한 동기가 부여되어 있는 게 분명하다. 그러나 그는 자신의 현재 위치를 생각해 꼬치꼬치 캐물을 생각은 없었다.

한노가 고개를 끄덕였다. 그러고는 손가락으로는 아래를 가리킨다. 이곳에 남아 그녀를 보좌하겠다는 뜻이었다. 복면 밖으로 드러난 은설란의 두 눈에 감사의 빛이 어렸다.

꾸벅!

그녀는 가볍게 절하고 시선을 들어 자신의 목표 지점을 바라봤다.

'좋아!'

높이는 3층이었지만 그녀에게 그리 부담스런 높이는 아니었다. 그녀가 경공을 발휘해 가볍게 뛰어올라 1층 처마 위에 무사히 착지했다. 그러나 깃털이 살포시 내려앉은 것처럼 소리는 나지 않았다. 조그만 손짓에도 달그락거리던 돌기와도 침묵을 지켰다. 그 모습을 보며 한노는 순수하게 감탄했다.

은설란은 1층에 이어 2, 3층 처마도 가볍게 올라갔다. 그리하여 곧 목표 지점에 다다랐다. 그리고 밑에서 순찰 돌던 무사들이 혹시나 눈치챌까 봐 몸은 지붕 위에 바싹 갖다댔다. 달빛에 신형이 드러나지 않게 하기 위한 조치였다.

'이제 어떻게 해야 할까…….'

이곳 3층도 역시 방이 한두 개가 아니었다. 몽땅 뒤지고 다니기엔 시간이 많이 걸린다. 게다가 위험도 크다.

그녀는 일단 조용히 눈을 감고 자신의 청력을 극대화시켰다. 그녀의 가청대가 점점 늘어나기 시작했다.

먼 곳에서 조용하게 물이 흐르는 소리, 바람이 청명한 저녁 공기를 실어 나르는 소리, 귀뚜라미가 우는 소리, 화톳불이 타오르며 탁탁 불꽃이 튀는 소리, 사박사박거리는 사람들의 발소리. 달빛이 내리는 소리마저 들릴 것 같다는 우스운 생각이 들었다. 조용하던 밤이 그녀의 귀 안에서 시끌벅적하게 변하기 시작했다.

바로 그때였다. 그녀의 귀에 그녀가 바라던 종류의 소리가 들린 것은.

"준비는?"

"모든 것이 순조롭습니다."

"한 치의 착오도 용납되지 않는 일. 실수는 있을 수 없다."

"무, 물론입니다."

한 사람이 묻고 한 사람이 대답했다. 그러나 창문이 모두 닫혀 있는 탓에 정확하게 전달되지 않았다. 이래서는 내용을 알아도 목소리의 주인은 알아볼 수 없었다.

'한 번 해볼까?'

물론 위험했지만 그것을 무릅쓸 가치는 있었다. 그녀는 고양이처럼 가볍게 몸을 움직여 소리가 들리는 창문 가까이로 다가갔다. 그녀는 곧 2층 처마의 들보 중 하나를 손으로 잡고 그것을 중심으로 한 바퀴 회전했다. 매끄럽고 깨끗한 회전. 마치 무게가 존재하지 않는 것 같은 움직임이었다. 그녀는 곧 3층 처마에 대롱대롱 매달리는 모양새가 되었다. 그제야 그녀는 손을 놓았다. 그러고는 사뿐히 착지했다.

그런데 여기서 하나의 어긋남이 발생하고 말았다.

달칵!

아주 미약하게 기와가 흔들리는 소리. 은설란은 급히 숨을 삼켰다. 아무래도 그녀가 밟은 기와는 애초에 다른 것과는 달리 들떠 있었던 모양이었다.

극도의 긴장감 때문에 심장이 벌렁거렸다. 식은땀이 그녀의 등을 적셨다. 그녀는 석상처럼 몸을 뻣뻣이 굳힌 채 미동도 하지 않았다. 대신 전신의 신경을 최대한 예민하게 끌어올렸다. 그러고는 끌어올려진 모든 감각을 몽땅 쏟아부어 창문 너머를 감시했다.

'설마 들키지는 않았겠지?'

초조함이 심장을 조여왔다. 갈증 때문에 목이 타는 듯했다.

한참을 주시해 보았지만 창문 너머에서는 별다른 움직임이 발견되지 않았다.

'휴우······.'

그제야 그녀는 안심하며 밟고 있던 발을 기와로부터 살짝 떼어냈다. 이번에는 전혀 소리가 나지 않았다. 대화가 들리는 방의 벽에 몸을 붙인 그녀는 조용히 귀를 기울였다. 조금 전 지붕 위에서 들었던 젊은 남자의 목소리가 다시 그녀의 귀에 잡혔다.

　"…하지만 보고에 의하면 이미 수레 하나를 잃었다고 하더군!"

　창 밖으로 '털썩' 하는 소리가 들린다. 부하로 보이는 인물이 바닥에 부복한 모양이었다. 무언가 잘못을 저지른 것이겠지……. 그러나 그것이 어떤 종류의 잘못인지는 그녀로서도 짐작할 수 없었다.

　"죄, 죄송합니다. 제 불찰이었습니다. 설마 그곳에서 느닷없이 산적들이 불화살을 쏘며 나타날 줄은……."

　"구차한 변명, 더 이상 듣고 싶지 않네!"

　젊은 남자의 목소리가 단호하게 부하의 변명을 잘랐다. 감정의 기복이 느껴지지 않는 무심한 목소리라고 은설란은 생각했다. 그리고 잠시 의아해 했다. 그가 알던 그 사람의 목소리가 이렇게나 무감정한 목소리였는지 돌이켜본 것이다. 결론은 '아니다'였다.

　'내가 잘못 안 건가?'

　그때 다시 소리가 들려왔다. 아무래도 부하인 듯한 사람이 두 손 모아 싹싹 빌고 있는 것 같았다.

　"며, 면목 없습니다."

　대답하는 남자의 목소리는 무척이나 심하게 떨리고 있었다. 그가 진심으로 자신의 상관을 두려워하고 있다는 사실을 창문 건너에서 엿듣던 그녀로서도 충분히 느낄 수 있을 정도였다. 이들은 신뢰보다는 공포로 이루어진 상하관계였다.

"작전 2단계의 진행 상황은?"

다시 무감정한 목소리의 사내가 물었다.

"이미 연락은 완료했습니다. 심어놨던 간세의 신원확인 또한 끝났습니다. 1주일 후 첫 반입분이 옮겨질 것입니다."

주인을 향해 꼬리를 흔드는 충견처럼 재빠르게 대답한다.

'반입분? 1주일? 간세?'

이해할 수 없는 말의 편린들이 그녀의 의혹을 자꾸만 증폭시킬 뿐이었다. 그러나 아직 핵심은 보이지 않았다.

"좋네! 실수가 없도록 만전을 기하도록! 붉은 꽃이 만개한 화산의 장관을 꼭 보고 싶으니깐 말일세."

"존명!"

부하가 깊숙이 부복하며 대답했다.

'붉은 꽃?'

왜 그 말이 그토록 불길한 울림을 내포하고 있는지 그녀는 이해할 수 없었다. 그러나 그녀는 본능적으로 그 사실을 느끼고 있었다.

대화가 끝났다.

탕! 방문 닫히는 소리가 창문 밖에 붙어 있는 그녀의 귀에까지 들렸다. 아마 부하로 보이는 듯한 사람이 물러난 모양이었다.

은설란은 지금 심한 갈등으로 고민하고 있었다. 목소리만으로는 확신할 수가 없었다. 역시 얼굴을 직접 확인하지 않으면 안 된다. 그러나 그러기 위해서는 많은 위험을 감수해야 했다. 만일 그 남자가 그녀가 짐작하는 사람이라면 그녀의 무공으로는 부족할지 모른다.

'돌아갈까?'

그때 그녀의 등 뒤에서 검은 그림자 하나가 불쑥 솟아올랐다.

창백한 달빛이 길 잃은 여행자의 길잡이처럼 미약한 어둠을 밝히고 있었다.

톡!

톡!

톡!

남자가 한 걸음을 걸을 때마다 길에 붉은 점이 하나씩 차례로 찍혀 나갔다. 길바닥에 찍힌 붉은 점도 밤의 어둠 속에 빛나는 창백한 월광 아래서는 단지 검은 점으로 보일 뿐이었다.

"크윽…, 빨리 알리지 않으면……."

너무 방심했다. 상대를 너무 얕잡아 봤다. 걸음걸음을 내디딜 때마다 전신의 신경과 근육이 비명을 지르고 있었다. 복부가 불에 덴 듯 화끈했다.

나무 위에 한 명, 지붕 위에 한 명, 골목 사이에 한 명. 세 명의 추격자는 이미 제거했다. 밤은 그들의 죽음을 은밀히 덮었다. 그러나 아직도 많은 사냥개들이 자신의 피 냄새를 맡으며 뒤를 쫓고 있다는 사실을 그는 알고 있었다.

하지만 어떤 인물에게 입은 처음의 상처 때문에 불리한 싸움을 할 수밖에 없었다. 때문에 도망치기 위해서는 커다란 대가가 필요했다. 팔뚝과 허벅지에 난 상처가 바로 그것들이었다.

"젠장, 조무래기들이……."

추격자는 전문가들이었다. 단순한 표국의 표사들이 보일 수 있는 능력이 아니었다. 오랜 세월을 이 어둠 속에 몸 담았던 그는 알 수 있었다. 은설란의 짐작대로 그곳에는 세인의 눈에 가려진 뒷면이 있었다. 그러나 지금 그의 곁에 그녀는 없다.

'천면은신이라 불리던 내가 방심해서 이런 꼴이 되다니……. 꼴좋군.'

상처에서 피가 꾸역꾸역 밀려나왔지만 그의 입가에 맺힌 자조 섞인 쓴웃음은 지워지지 않았다.

만일 그녀에게 무슨 일이라도 생긴다면 그분을 뵐 면목이 서지 않는다. 어떻게든 그녀를 구해내지 않으면 안 된다. 지금으로서 그가 쓸 수 있는 방법은 단 하나뿐이었다.

"빨리 알리지 않으면……."

그의 발걸음이 향하는 곳에 어둠을 집어삼키는 거대한 봉우리가 신월(新月 : 초승달)의 달빛을 받아 창칼처럼 희미하게 빛나고 있었다.

긴 밤!

은빛으로 반짝이는 별의 성좌가 화산(華山)이 이고 있는 밤하늘의 어둠을 찬연하게 수놓았다. 그 백열광의 어우러짐이 일으키는 아름다움은 감탄성을 자아낼 만큼 황홀한 것이었지만, 대자연의 아름다움도 나예린에게 비할 바는 못 되었다.

얼음처럼 차가운 순백의 봉황!

별빛을 장식처럼 두르고 나예린은 조용히 서 있었다.

틀어올린 검은 머리칼은 밤의 빛깔보다 더욱 짙었고 그 위로 윤기가 흘렀다. 별빛과 달빛이 앞 다투어 그녀의 머릿결을 타고 땅바닥으로 흘러내렸다.

밤의 성좌, 그 중심을 이루는 북극성의 별빛이 그녀에게로 흡수되기라도 하는 것처럼 점차 그 빛을 잃어갔다. 밤의 한가운데서 오직 나예린 혼자만이 빛나고 있는 듯했다.

아쉬운 점이 하나 있다면 그녀의 전신에서 풍기는, 세상과 그녀의 존재 자체를 격리하려는 듯한 거리감과 차가움이었다.

그녀의 신비스런 두 눈동자에서는 무심함이 흘러나오고 있었다.

마치 회색으로 덧칠해진 무채색의 세상을 바라보고 있는 듯한 눈빛이었다.

나예린은 시선을 돌려 한 무리의 사람들을 바라보았다.

사저인 독고령이 보이고, 이진설도 보였다. 그리고 그 옆에 효룡도 보였다. 그 외에도 몇 사람이 더 있었다.

이렇게 많은 사람들과 어울린다는 것은 예전 같았으면 상상도 하지 못했던 일이었다. 그러나 그 상상도 못했던 일이 지금은 가능했다. 그 이유는 무엇인가?

나예린의 시선이 한 곳을 향했다. 그 무리의 중심에 비류연이 있었다.

오늘로 이곳 홍매곡에 온 지 이틀째가 되었다.

해가 지고 어둠이 찾아오자, 사람들은 친분이 있는 사람들끼리 몇몇 집단으로 나뉘어 끼리끼리 모였다. 물론 마천각과 천무학관의 사람들은 엄격하게 거리를 두고 떨어져 있었다.

그들 사이에 화합과 공존이란 아주아주 멀고 먼 이야기였다. 어제도 보자마자 시비가 붙지 않았던가. 아직 그 앙금이 완전히 풀린 것은 결코 아니었다. 서로 호시탐탐 그 앙금을 털어낼 기회를 엿보고 있었다. 물론 그 방법은 지극히 비평화적이고 무대화(無對話)적인 방법이 될 것이다.

흑과 백, 정과 사. 그들에게는 태어날 때부터 이렇게 두 가지 색밖에 없었다. 흑과 백이 섞인 회색 따위는 존재하지 않는 색이었다. 더욱이 그 회색이 은빛으로 빛나길 바란다는 것은 꿈에서나 가능한 이상론이었다.

인간의 자아는 8세가 되면 기초 부분이 고정된다고 한다. 그러니 20년 이상 주입시켜 온 상식을 하루아침에 파괴하고 새로운 상식을 받아들이라는 것은 무리한 요구일 것이다.

일석점검이 끝난 이후의 시간은 무얼 하든지 자유였다. 위쪽에서는 흑도와 백도의 젊은이들이 모닥불을 피워놓고 둥글게 모여앉아 대화를 통해 서로를 이해하고 화합하기를 바라는 모양이지만, 지금 이 상태로 보자면 싸움이나 안 나면 기적이었다.

지금 그들이 묵고 있는 곳은 임시로 배정된 숙소라고 했다. 그것은 곧 다른 식으로 숙소가 바뀔 거라는 것을 암시했다.

회의노인은 어찌 된 일인지 이 홍매곡에 들어선 이후 보이질 않았다. 비류연은 그 사실에 대해 별달리 신경 쓰지 않았다.

비류연의 주위에도 사람들이 모여 있었다. 장홍, 효룡, 이진설, 독고령, 모용휘, 남궁상, 진령……. 그리고 나예린. 모용휘가 이곳에 끼어 있다는 것은 무척이나 놀라운 일이었다. 아마 이진설이 조르지 않았으면 혼자서 자기 수련에 몰두했을 것이다. 언제나 그랬던 것처럼.

그러나 모용휘는 물론이고 여기 모여 있던 사람들 중 그 누구도 이것이 기나긴 밤의 시작이 될 줄은 이때까지만 해도 티끌만큼도 예상치 못하고 있었다.

"바람이 혈향을 머금고 있군요."

비류연이 모닥불을 한번 들쑤시며 말했다. 불티가 떨어지는 꽃잎처럼 날렸다. 내용이 심상치 않음에도 '어라? 바람이 차네.' 정도의 어투였다.

자연 사람들의 시선이 비류연을 향했다. 그러나 그는 태평스럽기만 했다.

"산의 밤은 차죠. 손님께서는 여기 와서 불이라도 쬐시지요."

그러자 다섯여 장 떨어진 풀숲이 들썩거렸다. 긴장감이 일순간에 높아졌다. 비류연이 지적하기 전까지 아무도 그 기척을 눈치채지 못했던 것이다. 겨우 5장의 거리에서 그들의 이목을 피한다는 것은 평범한 실력으로는 불가능했다.

비류연은 여전히 태평했다.

부스럭!

작게 나뭇가지 흔들리는 소리가 나며 한 노인이 비틀거리며 걸어나왔다. 노인의 몰골은 말이 아니었다. 팔뚝과 허벅지, 다리, 어느 곳 하나 성한 곳이 없었고 수십 개의 상처에서는 피가 줄줄 흘러나오고 있었다. 그러나 다행히 사지에 난 상처들 중에 치명상은 없는 것 같았다. 가장 심한 것은 배 쪽의 상처였다. 왼손으로 복부를 움켜잡고 있었는데 그 틈 사이로 피가 심하게 흘러내렸다. 비릿한 혈향이 코를 간지럽혔다. 안색은 시체처럼 파리했지만 두 눈만은 횃불처럼 밝게 타오르고 있었다.

"노인장께서는!"

가장 먼저 노인을 알아본 것은 나에린이었다. 그녀의 목소리에 담긴 울림의 의미를 알아챈 비류연이 그제야 고개를 들어 손님의 얼굴을 확인했다.

"야밤에 등산이라니 좋은 취미네요. 그런데 마차는 어디다 두셨나요?"

산을 오르는 데 하루가 걸렸다. 십여 명의 추적자를 뿌리치는데 밤을 모두 소비하고 다시 낮을 소비했다.

이미 부상당한 상태에서 맞닥뜨렸는지라 그도 멀쩡하지는 못했지만 십여 마리의 사냥개들은 더더욱 무사하지 못했다. 그의 사지와 어깨에 입힌 상처의 대가로 그들은 모든 생명을 내놓아야 했던 것이다. 그리고 노인은 부상당한 몸을 이끌고 기다시피해서 이곳 홍매곡까지 올라온 것이다. 초인적인 의지력이라 할 만했다.

초대받지 않은 손님은 바로 은설란의 마부 한노였다.

"뭐라고요? 지금 뭐라고 하셨습니까?"

가장 먼저 다급한 음성을 토한 이가 모용휘라는 점은 무척이나 의외였다. 그가 이런 일에 – 물론 다급한 일이긴 하지만 – 이런 식의 반응을 나타낸다는 것은 지금까지 계속되어 온 그의 행동방식으로 미루어보아 무척이나 일반적이지 않은 일이었던 것이다. 본인도 당황스러웠으리라.

"은 소저께서 납치당하셨다고 말씀드렸습니다."

한노가 다시 한번 설명했다. 한순간 사람들의 시선이 약속이라도 한 듯 피가 흘러나오는 노인의 복부와 사지를 향했다. 갑자기 끔찍한 최악의 상황이 그들의 머리 속에 떠올라 몇몇 사람들을 몸서리치게 만들었다.

"누구의 소행이죠?"

이 중에서 가장 침착한 것은 의외로 경조부박(輕佻浮薄 : 방정맞고 경박하다)하다는 소리를 자주 듣는 비류연이었다.

"아직은 모릅니다."

한노는 솔직히 대답했다.

"잡혀간 곳은요?"

"풍매객잔입니다."

"어, 풍매객잔이라면……."

윤준호는 풍매객잔이 어떤 곳인지 잘 알고 있었다. 게다가 지금 거기에는…….

"중원표국의 표행이 머물고 있는 곳이지요!"

한노가 윤준호를 대신해 대답했다.

툭툭!

다시 상처에서 흘러나온 피가 방울져 바닥에 떨어졌다. 그러나 노인은 아무렇지도 않다는 표정으로 꿈쩍도 않고 반듯하게 서 있었다. 말 붙이기도 힘든 그런 분위기였다.

"흐흠……."

중원표국이라면 비류연도 알고 있었다. 며칠 전에 꽤 시끄러웠으니깐.

"호오? 그럼 할아버지께선 그 중원표국을 의심하고 있다는 건가요?"

"그럴 리가! 중원표국이라고 하면 중원제일표국으로 더욱 유명한 정도제일표국! 말도 안 되는 일입니다."

남궁상이 반론을 펼쳤다.

"냄비 안에 뭐가 들었는지는 뚜껑을 열어봐야 아는 법! 일단 자초지종을 들어보죠."

그제야 한노는 자신이 겪은 자초지종을 소상히 설명하기 시작했다.

그렇게 긴 밤이 시작되었다.

술시초(戌時初 : 약 1900시경) 화산 천무봉 홍매곡

"설마 구하러 갈 생각인 건 아니겠지?"

"응?"

장홍의 물음에 비류연은 의아한 시선을 보냈다.

"무슨 문제라도?"

"후우, 설마 했는데 아무래도 진짜로 구하러 갈 생각인 것 같군."

한숨 섞인 말에 비류연은 고개를 끄덕였다.

"미인의 생명은 무거운 법이지!"

그럼 미인이 아닌 생명은? 하고 물어보려다가 장홍은 그만 두었다. 말싸움이나 하고 있을 틈이 없었던 것이다.

"왜 그러나? 무슨 문제라도 있나?"

비류연이 다시 한번 물었다.

"몰라서 묻나? 화산규약지회 참가자들은 특별한 일이 없는 한 이곳 홍매곡을 벗어날 수 없네. 그것이 규칙이라구. 자네도 어제 함께 듣지 않았나!"

장홍의 말은 사실이었다.

'이미 천무봉에 오른 이상 화산규약지회가 끝날 때까지 외부와의 접촉은 일절 금합니다. 참가자 분들은 이점을 명심하시고 천무봉의 경계를 벗어나지 않으시길 바랍니다. 이 금기를 어긴 이에게는 응분의 대가가 돌아갈 것입니다. 일조점검은 묘시정(卯時正 : 약 0600시),

일석점검은 유시정(酉時正 : 약 1800시경)입니다. 인원 점검에 이상이 없도록 만전을 기해주시기 바랍니다.'

이런 말을 들은 게 바로 어제 일이었다. 화산지회 참가자들은 함부로 이곳을 벗어날 수가 없다. 이를 어길 시에는 응분의 알 수 없는 대가를 치르게 해주겠다는 게 바로 운영자 측의 입장이었다. 최악의 경우 자격을 박탈당할 수도 있다는 이야기인 것이다.

그러나 비류연은 별로 대수롭게 여기지 않는 모양이었다.

"특별한 일? 이것보다 특별한 일이 있을 수 있나? 미인의 생명이 걸린 일이라네. 특별한 일 중에서도 초특급으로 특별한 일이라 할 수 있지. 내 말이 틀렸나?"

물론 비류연의 말에도 틀린 부분은 없었다. 미인(?)의 생명은 소중하다! 그는 지극히 당연한 말을 하고 있었다.

유구무언! 장홍은 꿀 먹은 벙어리가 될 수밖에 없었다.

"항상 긴급 상황 발생시의 예외는 인정되어야 하는 법!"

비류연이 확신에 찬 목소리로 말했다.

과연 가능할 것인가? 야밤에 산을 오르내리는 것 하나만 해도 쉬운 일이 아니었다. 그러나 비류연은 할 생각인 모양이다.

"정 내키지 않으면 따라오지 않아도 돼! 미인의 생명과 친구와의 우정 따위는 일신의 안위보다 중요치 않다는데 내가 어찌 강요를 할 수 있겠는가!"

"약삭빠른 녀석!"

거절할 수 없는 제안!

장홍의 투덜거림에 비류연이 씨익 웃었다.

"예린! 나와 함께 가주겠어요?"

장홍에게 말하던 것과는 사뭇 다른 어조로 비류연이 물었다. 하지만 그렇게까지 진지한 모습은 아니었다. 대수롭지 않게 생각하는 일을 주제로 진지하고 심각하게 말할 하등의 이유가 없는 것이다.

놀랍게도 나예린은 망설이지 않고 고개를 끄덕였다.

"친구의 위험을 보고 그냥 지나칠 수는 없죠."

그 대답에 독고령은 휘둥그레진 눈으로 자신의 사매를 바라보았다.

변했어!

그것만은 확실했다. 친구라니. 그것도 흑도의 인물을…….

친구!

나예린이 어느 순간부터 좀처럼 입에 담지 않았던 말이었다.

"나도 간다!"

독고령이 선언했다.

"사저?"

나예린이 독고령을 바라보았다. 그녀는 사저의 성격을 잘 알고 있었다. 이 독안(獨眼)의 봉황은 정해진 규칙을 어기는 이런 식의 행동을 결코 좋아하는 성격이 아니었다.

"아름다운 꽃을 늑대들 무리에 혼자 놔둘 수는 없지. 나의 검이 너를 보호할 것이다."

독고령이 자신의 애검을 검집째 들어올리며 말했다.

그때였다.

"저도 갈래요!"

갑자기 떼를 쓰며 튀어나온 이는 바로 이진설이었다. 이 말에는 다들 곤혹스러운 표정을 지을 수밖에 없었다.

"설아! 우리는 놀러가는 게 아니다. 이 일은 위험한 일! 어리고 미숙한 너를 데려갈 수는 없다."

독고령이 충고조로 말했다. 그러나 소용이 없다. 이 아가씨도 고집이란 게 있었다. 이진설은 눈을 똑바로 뜨고 허리를 꼿꼿이 세운 다음 또박또박한 목소리로 말했다.

"물론 저도 이 일이 얼마나 위험한 일인지 알고 있어요. 하지만 전란 언니가 좋아요. 란 언니가 위험에 빠졌다니 저도 도움이 되고 싶어요. 발목을 잡는 일 같은 건 하지 않을게요. 저도 데려가주세요! 안 데려간다고 하면 억지로라도 쫓아갈 거예요."

당돌한 녀석.

그녀가 저렇게 말한 이상 반드시 그렇게 하리라는 것을 독고령은 잘 알고 있었다. 갑자기 골이 지끈지끈 아파왔다.

"사저, 함께 데려가도록 하지요."

"하지만……."

못마땅한 시선으로 독고령은 이진설을 바라봤다. 진설은 두근거리는 기대에 가득 찬 눈망울로 그녀를 빤히 쳐다보고 있었다. 마치 한 마리 다람쥐 같았다.

말괄량이 녀석.

자신도 사매도 이 녀석에게는 너무 약해서 탈이다. 한숨이 절로 쏟아져 나왔다.

"그래, 함께 가자꾸나!"

마지못한 대답.

"와아아아아아!"

환호성이 터져 나왔다. 그러고는 첫눈 맞은 강아지처럼 폴짝폴짝 뛰어다녔다. 그 경쾌 발랄한 모습에 독고령은 쓴웃음을 지을 수밖에 없었다.

"일을 하려면 사람이 필요하겠지!"

비류연은 되도록이면 자신이 나서지 않고 남을 시킨다는 주의였다. 차도살인지계(借刀殺人之計)가 아니라 차도요리지계(借刀料理之計 : 남의 손에 든 칼로 요리를 한다)라고나 할까……. 꼭 필요하지 않은 일에 방정맞게 나서는 것은 엄청난 낭비라는 게 평소 그의 생각이었다.

"궁상아!"

"네, 대사형!"

"노학이는 어디 있냐?"

"저녁 먹고 자고 있지 않을까요?"

"벌써?"

"거지는 밥 먹고 바로 자야 된다고 하던데요. 먹은 밥이 아까워서요."

거지는 역시 거지, 개방은 역시 개방이었다. 개방 방도도 아무나 하는 게 아닌 것이다.

"불러와!"

비류연은 딱 한마디만 했다.

남궁상이 얼른 숙소를 향해 뛰어갔다. 노학은 이제부터 수면을 통해 보전해두었던 음식물을 다른 일에 소모해야 할 것이다.

"그럼 나도 가볼까!"

비류연이 향한 곳은 염도와 빙검이 묵고 있는 숙소 방향이었다.

드디어 필요한 인원이 모두 모였다.

이 중에서 남궁상과 진령은 원하지는 않았지만 그 자리에 있었다는 죄 하나만으로 이 일행에 동참하게 되었다. 그 옆에 필요에 의해 억지로 끌려나온 노학의 모습이 보였다. 윤준호도 있었다. 그는 마을 지리를 알기 위해 꼭 필요한 인재였다. 소심한 그답지 않게 상당한 용기를 낸 것으로 보였다.

이들 중 가장 놀라운 사람은 단연 염도였다. 이 붉은 머리칼 거구의 중년사내는 떨떠름한 표정을 감추지 않은 채 사람들 사이에 서 있었다.

비류연이 느닷없이 염도를 끌고 왔을 때 사람들은 모두 비류연이 왜 자살행위를 사람 허락도 없이 저질렀는지 의아해 했다. 그리고 모든 계획이 분쇄됐다고 생각했다.

자초지종을 설명했더니 서슴없이 도와주기로 했다고 비류연이 말했을 때도 마찬가지였다. 저 소태 씹은 얼굴이 선뜻 승낙한 사람의 얼굴일 리는 없었다. 그런데 염도는 놀랍게도 정말로 그들과 함께 행동할 뜻을 표한 것이다. 처음에 농담인 줄 안 것도 무리는 아니었다.

"지금 시각은?"

"술시초와 술시정 사이입니다."

비류연이 묻자 남궁상이 대답했다.

사람들은 왜 남궁상이 후배인 비류연에게 깍듯한 존댓말을 쓰는지 이해가 가지 않았다. 그러나 존댓말을 쓰는 것은 진령도 마찬가지였다. 그들 사이에는 남들이 모르는 끈이 있는 게 분명했다. 그리고 그것은 아는 것보다 모르는 게 행복한 그런 종류의 진실일지도 몰랐다.

"흐음, 술시초라……."

이제 여섯 시진도 채 남지 않았다. 시간은 턱없이 부족하다. 그러나 비류연은 조급해 하지 않았다.

"좋아! 내일 동이 트기 전까지 돌아오면 되겠지!"

어디 산책이라도 나가는 말투였다. 과연 이 일의 어려움을 알고나 있는 건가 하는 의문이 문득 드는 한노였다.

"움직일 수 있나요?"

"물론!"

비류연의 질문에 한노가 선뜻 대답했다.

"노인장이 무리는 안 하시는 게 좋아요."

"난 멀쩡하오!"

거센 반발이 돌아왔다. 그러나 사지에서 땅바닥으로 아까운 피들을 뚝뚝 쏟아붓고 있는 모습으로는 설득력이 없었다.

노인네의 객기는 무모할 정도였다.

"그건 할아버지 주장이시구요!"

그 순간 비류연의 몸이 빠르게 움직였다.

파바밧!

동시에 그의 손가락이 한노의 수혈을 짚었다.

"무, 무슨……."

그러나 노인은 끝내 말을 잇지 못하고 무너졌다. 남궁상이 재빨리 뒤에서 노인을 부축해 땅바닥에 뉘여 놓았다.

"전 짐은 들고 가지 않는 주의라서요."

냉정하기 짝이 없는 말이었다.

술시정(戌時正 : 약 2000시경) 화산 천무봉 한 공터

천무봉에는 길이 두 개 있다. 하나는 그들이 세 개의 관문을 뚫고 올라온 길이며 다른 하나는 이곳에 물품을 반입하기 위해 인력을 투입해 닦아놓은 대로였다. 이 길은 화산파와 각 맹에서 차출되어 온 인원들이 몇 조씩 짝을 이루어 경계를 서고 있었다. 조용히 이곳을 빠져 나가기란 불가능했다.

그들은 할 수 없이 짐승들이 다니는 길을 찾기로 했다. 은밀하지만 대신 험했다.

'과연 그런 곳을 이용해 시간에 맞출 수 있을 것인가?'

모두의 머리 속에 똑같이 박혀 있는 하나의 의문이었다.

여인이 그곳에 있었던 것은 언제나 그랬던 것처럼 우연이었다. 그녀는 단지 남들이 쉬는 시간에 쉬지 않고 조금 더 열심히 노력을 경주했을 뿐이었다.

출중한 미모, 완벽한 몸매, 빼어난 무공.

그러나 그녀는 자만하지 않는 성격이었다. 물론 그 노력은 사람의 이목이 미치지 않는 곳에서 펼쳐졌다.

그녀 정도로 완벽한 여성이라면 누구 하나 부러울 것 없을 정도임에도 그녀는 결코 자만하지 않았다. 세상에는 자신보다 뛰어난 사람

이 가래로 긁을 정도로 많다는 것을 잘 알고 있었던 것이다.

그날 밤도 역시 그러했다.

그런데 그날 하나의 접촉이 있었다. 그 접촉은 후일 그녀의 운명을 크게 바꾸어 놓는 계기 중 하나가 되었다.

여인은 너울거리는 불꽃의 강렬한 색깔이 좋았다. 그래서 붉은색 옷을 즐겨 입었다. 한 마리 불새처럼 그녀의 몸은 항상 진홍의 비단으로 감싸여 있었다.

그녀의 검에 대한 탐구심은 끝을 알 수 없을 정도로 깊었다. 또한 그녀의 검법은 흑도 후기지수 중 여중제일이라 칭해지고 있었다. 무공으로만 따지자면 흑도사화 중 으뜸이라 불리는 사중화 은설란조차도 그녀의 적수가 되지 않는다고 했다.

진홍(眞紅)의 검희(劍姬) 석류하(石榴霞)!

사람들은 그녀를 그렇게 불렀다.

그런 호칭을 듣는다는 것이 기분 좋은 일이기는 했지만 그렇다고 알 수 없는 우월감에 들뜰 만큼은 아니었다.

그녀는 그런 여인이었다.

그런 그녀가 비류연 일행의 하산 경로에 있었던 것은 역시나 우연인 게 틀림없었다.

"누구냐!"

낭랑한 소리와 함께 검집에서 검이 뽑히며 붉은 장포가 펄럭였다. 그 기세에 달려오던 비류연 일행이 멈추었다.

'이런!'

이것은 석류하로서도 비류연 일행으로서도 예기치 못한 일이었다. 돌발상황. 이런 변수는 항상 일을 꼬이게 한다.

[어떻게 할까요?]

염도가 전음을 보내왔다.

"당신들은……."

그녀의 말이 끝나기도 전에 비류연이 짧게 신호를 보냈다.

선수필승(先手必勝)!

이럴 때는 재빠른 자가 승리하는 법이다. 그 신호를 받고 염도가 질풍처럼 빠르게 움직였다.

그는 무척이나 빨랐다.

물론 석류하는 자신의 검이 천하제일이라고 생각한 적은 없었다. 강호는 넓고 기인이사는 모래알처럼 많다. 자신보다 훨씬 뛰어난 검기(劍技)를 소유한 사람도 수없이 많다는 것을 알고 있었다. 하지만 그녀는 그 누구에게도 쉽게 당하지 않을 자신이 있었다. 그녀의 검은 최강은 아니었지만, 평범하지는 않았다. 보다 정확히 표현하자면 비범하다고 해야 할 것이다. 게다가 그녀는 항상 자신하고 있었다.

자신은 항상 준비되어 있다. 검집에서 언제든지 발출될 수 있는 날카로운 검처럼!

그러나 그것은 큰 오산이었다.

'저 사람들은?!'

그녀는 저들을 본 기억이 있었다. 어제 그들이 홍매곡에 들어오는 것을 그녀도 지켜보고 있었다. 이름은 물론 거의 대부분 기억하지 못했다. 그러나 아는 사람도 있었다. 칠절신검 모용휘. 그는 마천각에서도 상당히 유명한 인물이었다. 소문으로만 듣고 실물을 보지 못했었는데 어제 이후 그 얼굴까지 기억할 수 있었다.

그리고 빙백봉 나예린! 그녀를 향해 집중되는 남자들의 뜨거운 시선을 석류하도 느낄 수 있었다. 벌써부터 마천각 남자들 사이에서는 그녀의 이야기를 중심으로 묘한 기류가 흐르고 있는 모양이었다.

사실 나예린에 대한 추종자들은 마천각 내에도 음성적으로 존재하고 있었다. 우연한 기회에 천무학관과 교류를 가졌던 소수의 사람들을 주축으로 해서 이루어진 추종자들이었다. 요즘은 상당히 큰 세력으로 성장했다는 이야기도 언뜻 들은 듯했다. 게다가 무엇보다 검후(劍后)! 그분의 제자! 그것만은 정말 질투가 날 정도로 부러운 일이었다. 이 부분만은 질투심을 참을 수가 없었다. 검후 이옥상은 그녀가 가장 존경하는 인물이었다.

그리고 마지막 가장 인상에 남는 인물.

염도(焰刀) 곽영희!

천하오검수의 일좌인 빙검 관철수와 천하오대도객의 일좌인 염도 곽영희는 흑백을 막론하고 유명인사였다. 그녀로서도 눈여겨볼 수밖에 없었다.

물론 그녀는 검을 익힌 사람으로서 빙검에게 더 시선이 가기는 했지만 염도는 개성이 너무나 독특하게 두드러진 사람이라 시선이 안 갈래야 안 갈 수가 없었다.

적염, 적미, 적발의 붉은색 일색!

두 사람의 옷만 놓고 본다면 부녀 취급을 당했을지도 모른다. 물론 얼굴을 보면 금방 아니라는 것을 알 수 있겠지만, 두 사람 다 눈에 확 띄는 붉은색 비단으로 온몸을 두르고 있었던 것이다. 그런 오해를 사도 억울할 건 없을 것이다.

염도에 대한 솔직한 첫 감상은 그다지 강해 보이지는 않는다는 것이었다. 날카로운 한 자루의 칼 같은 빙검과는 무척이나 대조적인 모습이었다.

그 별로 강하지 않아 보이던 염도의 신형이 순간 눈앞에서 희끗했다. 그녀의 반응은 좀 늦었다.

그녀가 놓쳤던 염도의 움직임을 다시 감지한 것은 그가 자신의 석자 앞까지 다가왔을 때였다.

석류하가 황급히 검을 휘둘러 염도의 진로를 막아섰다. 그러나 그녀의 검이 염도의 진로를 막아서는 것보다 염도가 그녀의 품 안으로 뛰어드는 것이 더 빨랐다. 너무 멀리 있어도 사람을 벨 수 없지만 너무 가까이 있어도 사람을 베는 것은 불가능하다.

'이런!'

그러나 석류하는 그냥 당하지 않았다. 비어 있던 왼팔로 등 뒤의 단검을 뽑아 역수로 재빠르게 베어 들어갔다. 붉은 어금니가 살광을 토하며 허공을 갈랐다.

턱!

그러나 염도는 예상이라도 한 것처럼 너무도 수월하게 그 수를 막아냈다. 그녀의 좌수 주먹이 염도의 마디 굵은 손에 의해 완전히 포장되었다.

"미안!"

파바바박!

때를 놓치지 않고 염도가 재빠르게 석류하의 전신혈도를 짚었다. 그녀의 몸이 빳빳하게 굳어지며 상대를 향해 겨누고 있던 우수의 검이 땅으로 떨어졌다.

염도가 왼손으로 재빨리 그 검을 잡아 그녀의 검집을 향해 던졌다.

스르릉!

마치 빨려 들어가는 것처럼 한 치의 오차도 없이 검이 검집 안으로 빨려 들어갔다. 그녀의 단검 또한 마찬가지였다.

제압완료(制壓完了)!

더없이 깨끗한, 군더더기 하나 없는 움직임이었다.

아혈마저 제압당했기에 석류하는 눈만 깜빡일 뿐 아무 말도 할 수가 없었다.

분노, 당황, 황당.

거센 충격에 석류하는 제대로 된 사고가 불가능했다.

"끄응……."

염도는 인상을 팍팍 구겼다. 엉겁결에 눈이 번쩍 뜨이는 미인을 안고 있었지만 그다지 썩 좋은 기분이 아니었다.

일단 제압은 했지만 그 뒤처리가 문제였다. 나중에 고자질하면 죽도 밥도 안 되는 것이다.

"어떻게 하지? 그냥 여기 놓고 갈까?"

자신이 저질러 놓고도 염도는 어쩔 줄 몰랐다.

"어떻게 그렇게 잔인한 말을 할 수 있는 거죠?"

나무라는 말투.

너무한다는 듯 비류연이 염도를 쏘아보았다.

"밤의 산이 얼마나 추운 줄 알아요? 우리 사부가 말씀하시길 미인은 찬 데 두는 게 아니라고 했어요!"

천벌 받을 짓은 용납하지 못한다는 기세였다.

"그럼……?"

"메고 가죠!"

점혈당해 있던 석류하의 눈이 크게 떠졌다. 비류연이 한마디 더 덧붙였다.

"게다가 일단 함께 가면 공범이 되잖아요. 죄는 공유하면 공유할수록 공유한 사람들의 입을 무겁게 만드는 신비한 마력을 지니고 있죠."

비류연의 입에 엷은 미소가 떠올랐다.

'게다가 그러면 고자질하기도 곤란해지겠죠!'라는 말은 굳이 덧붙이지 않았다.

그런데 문제는 그것 하나만이 아니었다. 또 다른 문제가 그들도 모르는 사이에 따라왔던 것이다.

그것은 다들 석류하의 일로 온 신경이 그쪽으로 쏠려 있을 때였다. 이진설은 문득 자신의 뒤에 누군가가 서 있는 것을 깨달았다. 처음에는 동료인가 했다. 그러나 다음 순간 그녀는 흠칫했다. 지금 제압된 석류하를 중심으로 모여 있던 일행 모두가 눈에 들어왔던 것이다.

비류연, 예린 언니, 독고 언니, 남궁 공자, 진령 언니, 염도 노사, 노학, 모용 공자, 장홍, 윤준호, 그리고 자신 이진설. 손가락으로 하나씩 되짚어 봐도 빠진 사람은 없었다. 갑자기 머리 꼭대기에 찬물을 뒤집어 쓴 것처럼 오싹해졌다.

'히이익! 서, 설마 귀신?'

등줄기를 타고 싸늘한 전율이 흐르고 소름이 돋았다.

그녀는 아직 어린 티를 완전히 벗지 못한 소녀였다. 소녀치고 귀신을 선호하는 이는 없다. 본능적으로 혐오하고 기피하고 꺼려한다. 이진설도 마찬가지였다. 확실히 지금 그들이 서 있는 이 장소가 귀신출몰에 안성맞춤인 장소라는 것은 부인할 수가 없다. 갑자기 소피가 심하게 마려웠다.

'요, 용기를 내! 진설!'

스스로를 열심히 격려했다. 그러나 뒤를 돌아볼 용기는 나지 않았다. 착각이 아닌 것만은 분명했다. 지금도 그녀는 자신의 등 뒤에서 어른거리는 묵직한 존재감을 느낄 수 있었던 것이다.

혀가 굳은 듯 말이 잘 나오지 않았다. 이건 무공과는 별개의 문제였다. 그녀는 다른 동료들을 부르기 위해 좀더 많은 용기를 짜낼 필요가 있었다.

"저, 저기요······."

이가 떨리며 딱딱 부딪쳤다. 목소리는 모기 소리만큼이나 작았다.

하지만 몇몇 사람이 그 소리를 듣고 이진설 쪽을 바라보았다. 그들의 눈에 창백한 얼굴을 한 채 식은땀을 흘리며 서 있는 이진설의 모습이 보였다. 그들의 시선이 의문부호로 가득 차 있었다.

"제, 제 드, 등 뒤에 뭐, 뭐가 있나요?"

사시나무 떨리듯 떨리는 목소리로 이진설이 물었다.

약간 이동하는 시선. 그제야 사람들은 그것을 볼 수 있었다.

사람들의 눈이 휘둥그레졌다.

차가운 산바람에 날리는 산발한 검은 머리. 펄럭이는 옷자락. 유령을 방불케 하는 모습으로 서 있는 그 그림자의 정체는 바로 효룡이었다.

"어, 어떻게 여기에?"

그제야 뒤를 돌아본 이진설이 의아함이 가득한 목소리로 외쳤다.

아직 제정신을 차리지도 못한 그를 이런 위험하고 중대한 일에 데려갈 수 있을 리가 없었다. 아무리 천의무봉한 무모함을 자랑하는 비류연이라 할지라도 마찬가지였다. 그래서 효룡은 숙소에 떼어놓고 왔었다. 지금쯤 자고 있으리라 생각했다. 그러나 그것은 오산이었다.

그는 무의식중임에도 그들의 뒤를 몰래 따라왔던 것이다. 더욱 놀라운 점은 여기까지 올 때까지 아무도 그의 존재를 눈치 채지 못했다는 사실이었다. 물론 석류하의 일로 신경을 딴 데 분산시키고 있었기는 했지만 말이다.

'제정신이 아니라도 몸은 무공을 기억한다는 건가?'

무척이나 흥미로운 사실인 것만은 틀림없었다. 그러나 지금 중요한 것은 현재 일행에게 짐이 하나 더 생겨났다는 것이다.

"어떻게 하죠?"

이진설이 당황한 목소리로 물었다.

"이미 되돌아가기는 늦었어!"

장홍이 말했다. 게다가 되돌아가서 돌려놓는다 해서 또 따라오지 말라는 법이 없었다. 귀찮더라도 이제는 이 짐을 업보려니 하고 안고 갈 수밖에 없다. 그들에게는 지금 고민하는 시간조차 아까웠다.

"여기까지 온 것을 보니 앞으로도 잘 따라올 수 있겠지."

그리하여 마침내 비류연은 결론을 내렸다.

"데려가죠!"

그리고 야밤의 산악질주가 시작되었다.

은설란은 어디에?

해시정(亥時正 : 약 2200시경) 섬서성 화음현 화산 천무봉 입구 근처

그 짧은 시간에 신월의 달빛 하나만을 횃불 삼아 그 험한 천무봉을 내려온 것은
기적이나 다름없는 일이었다.

기록으로 남긴다 해도 아무도 믿지 않을 것이다. 몇몇 사람은 몇
번인가 발밑의 나무뿌리에 발이 걸려 성대하게 데굴데굴 구르기도
했다. 그러나 겨우 한 시진만에 천무봉의 산중을 돌파하느라 녹초가
되어버린 그들이라 해도 한가롭게 쉴 새는 없었다. 잠시 호흡을 가다
듬은 구출대는 곧장 은설란이 납치되었다는 풍매객잔으로 향했다.
아니, 하려 했다. 하지만 그 전에 선결해야만 하는 문제가 있었다.

"풀어줘요!"

비류연이 명령하자 염도가 들쳐메고 있던 석류하를 내려놓고는
혈도를 풀어주었다.

이런 봉변은 처음 당해 보는 석류하가 싸늘한 눈초리로 그들을 쏘

아보며 말했다.

"이게 어찌된 일인지 설명해주실까요?"

냉기가 풀풀 날리는 목소리였다. 거의 짐짝 취급을 당한 그녀였다. 태어나서 이런 참혹한 대접은 처음이리라. 그녀의 분노도 이해 못하는 바가 아니었다.

비류연은 잠시 고민했다. 보통 이런 경우에는 두 가지 방법이 있다.

협박 또는 회유!

협박에는 주먹이 빠르고, 회유에는 설득이 빠르다. 물론 가끔 주먹이 빠른 회유도 있지만 지금 상황에서 적용시킬 만한 방법은 아니었다.

별로 생각할 건덕지도 없었다.

대상이 보통의 사내였다면 협박을 쓸 수도 있었겠지만, 이런 미인에게 그런 난폭한 방법은 쓸 수가 없다. 효과야 물론 뛰어나지만. 사실 생각하기도 전에 결론은 이미 나 있는 것이나 다름없었다.

비류연의 마음 속에 있던 바늘 눈금이 협박에서 회유로 찰칵 옮겨졌다.

이제 '어떻게?'라는 방법론적인 문제만 남게 된 것이다. 비류연이 시선을 들어 모용휘를 바라보았다.

'이건 쓸 수 있을지도 몰라!'

비류연은 그렇게 생각했다.

"무례를 용서하십시오, 석 소저!"

모용휘가 정중하게 사과했다. 역시 쌓아놓은 품격, 가닥이 있기 때문이라 그런지 그의 말은 잘 먹혔다.

용모수려, 무공출중, 성적우수, 박학다식, 가문빵빵. 어느 한 군데 빠지는 데가 없는 거의 십전의 완벽함, 이 세상에 존재하는 것 자체가 반칙 같은 그런 남자였다. 그만큼 그의 말에는 무게가 있었고, 타인을 감화시키는 기도가 있었다.

　때문에 비류연도 그 유용성을 참작해 모용휘를 이용하고 있는 것이다. 일종의 분위기 조성이라고 할 수 있었다.

"제가 듣고 싶은 것은 사과가 아니라 이유예요."

　석류하의 차가운 시선이 좌중들을 향해 꽂혔다.

"그건 도움이 필요하기 때문입니다."

"도움이요?"

"예, 저희들은 지금 소저의 도움이 절실히 필요합니다."

　그럼, 그럼!

　듣고 있던 비류연이 고개를 끄덕였다.

　암, 필요하다. 그녀가 입을 굳게 다물어줄 도움이 그들에게는 절실히 필요한 것이다.

"요즘은 도와줄 사람을 자체적으로 납치하는 게 유행인가 보군요."

　그녀의 혀는 그녀의 검보다 날카로운 듯 보였다.

"그 일은 정말 면목 없게 되었습니다. 돌발상황이라 그런 식의 대처밖에 하지 못했던 것을 용서해주십시오."

"……."

　그녀는 대답하지 않았다. 다시 모용휘가 끈질기게 말을 이었다.

"소저께서 저희들을 도와주셨으면 합니다."

"제가 왜 천무학관 사람들을 도와야 하는 거죠? 그럴 만한 이유가 있나요? 그것도 저를 이런 곤경에 빠트린 사람들을요?"

조용하지만 차가운 한기가 풀풀 날리는 그런 말이었다. 물론 그녀가 저토록 냉정하게 나오는 것도 무리는 아니었다. 그녀는 조금 전 거의 보쌈에 가까운 꼴을 당했던 것이다.

"이것은 저희 천무학관의 일이 아니라 마천각의 일이기 때문입니다."

"그게 무슨 소리죠?"

"즉 소저의 도움을 필요로 하는 사람은 천무학관 사람이 아니라 마천각 사람이라는 것이지요."

"그런 무슨 말도 안 되는! 절 희롱하시는 겁니까?"

석류하가 큰소리로 외치며 반박했다.

"하지만 사실입니다. 그 사람은 지금 모처에 감금되어 도움의 손길을 바라고 있습니다. 저희는 그분을 악적의 손아귀 속에서 반드시 구하고 싶습니다."

"누, 누구죠? 그 사람은?"

사뭇 진지한 모용휘의 태도에 석류하의 목소리도 많이 누그러져 있었다.

"바로 사중화 은설란 소저입니다."

그 소리에 석류하의 눈이 경악으로 한껏 커졌다.

"설란 언니가 납치되다니요. 그게 도대체 무슨 소리죠?

석류하의 반응은 생각 이상으로 격렬했다.

"아시는 분인가요?"

모용휘가 되물었다.

"물론 알고말고요. 그녀는 저와 가장 절친한 사람 중 하나예요. 그녀를 제가 모를 리 없죠. 애당초 함께 흑도사화라고 불리기도 했으니 깐요."

"그렇군요."

그제야 모용휘는 납득이 간다는 듯 고개를 끄덕였다.

"그런데 어떻게 란 언니가 이곳에 있는 거죠?"

"자세한 내막은 저희도 잘 모릅니다. 단 한 가지 그분을 수행하던 분께서 생명을 걸고 그분이 납치되었다는 이야기를 전하러 왔기에 도우러 달려온 것이죠."

그러면서 모용휘는 자초지종을 설명하기 시작했다.

해시말(亥時末 : 약 2300시경) 풍매객잔 심처

"뭐? 없어?"

검은 그림자 하나가 고개를 끄덕인다.

"너는?"

질문을 받은 또 하나의 그림자가 고개를 좌우로 흔든다. 역시 흔적이 발견되지 않았다는 것이다.

"이 객잔의 수상한 점은?"

비류연이 다시 물었다.

"이곳의 터줏대감 같은 곳이에요. 화산파와도 긴밀한 관계를 맺고 있는 걸로 알고 있어요."

윤준호가 자신이 아는 한도 내의 정보를 토해낸다.

"이제 어쩌죠?"

최대한 낮춘 목소리로 남궁상이 물었다.

해시정(亥時正 : 약 2200시경) 풍매객잔 앞

과연 듣던 대로 풍매객잔의 경비는 삼엄했다. 더 정확하게는 풍매객잔에 머물고 있는 중원표국의 표물에 대한 경비였다.

"뭐야, 저 녀석들? 황금덩어리라도 싣고 온 건가? 왜 저렇게 눈에 불을 켜고 있는 거야?"

염도가 언짢은 얼굴로 투덜거렸다.

병장기를 휴대한 표사들이 두 명씩 조를 이루어 객잔 주위 여기저기에 배치되어 있었다. 화톳불이 여기저기에서 활활 타오르며 어둠을 몰아냈다. 그러나 표차가 있는 곳은 의외로 화톳불이 적었다.

"글쎄요……. 하지만 수상하긴 확실히 수상하군요."

과유불급!

사람은 때로 적당해질 필요가 있다. 다만 대충과 적당은 다르니 착각하지는 말자.

"뭔가 구린 게 있을 거야."

너무 지나친 것만으로도 남들의 이목을 끌기에 충분했다.

"뭐 벗겨보면 알겠죠. 일단 잠입해 보죠."

해시말(亥時末 : 약 2300시경) 풍매객잔 심처

은설란의 흔적은 풍매객잔 어디에도 남아 있지 않았다.

다행히 들키는 불상사는 없었다. 하지만 샅샅이 구석구석 뒤져보아도 그녀의 존재는 발견되지 않았다.

특히나 은설란이 이곳에 없다는 것을 확신할 수 있는 이유는 객잔 내부에는 경비의 눈길이 그다지 삼엄하지 않다는 것이다. 인질이 있는 곳에는 반드시 감시자가 있다. 그러나 확인해 본 바로는 그런 장소가 아무 데도 없었다. 감시자가 없다는 것은 반대로 감시할 대상도 없다는 이야기와 일맥상통한다.

의심은 가지만, 심증이 있어도 확증은 없다. 애매한 진퇴양난의 상황에 빠지고 말았다. 이런 와중에도 달은 계속해서 천좌를 운행하고 있었다.

"우리가 잘못 안 건 아닌가?"

장홍의 얼굴에 초조의 빛이 나타나 있었다.

"혹여 이곳에서 잡혀갔다 해도 꼭 이곳에 가둬두라는 법은 없지. 게다가 내가 알기로 객잔은 잠자기에는 좋아도 피납자를 감금해두기에는 좋은 장소가 아니거든!"

과연 그 말 그대로였다. 비류연은 행동을 결정하는 데 있어 망설이지 않았다.

"아마 여기 없을 가능성이 십중팔구야! 하지만 만에 하나라는 것이 있으니 최종확인 작업을 거치도록 하지!"

그의 최종확인 작업은 조금 거칠었다.

"살려주세요! 살려주세요!"

잡혀온 사내가 울상이 되어 외쳤다. 그 소리가 너무 컸기에 사람들의 눈살이 살짝 찌푸려졌다. 물론 염도가 기를 이용해 – 그는 이를 통해 빙검뿐만 아니라 자신도 그 기술을 쓸 수 있다는 사실을 뽐내려 했다 – 방음막을 펼쳐놨기에 소리가 새나갈 염려는 없지만 기분 문제라는 게 있는 것이다.

비류연이 재빠르게 사내의 입을 틀어막은 후 귓가에 대고 속삭이듯 말했다.

"조용히 해주세요. 제가 당신의 아가리를 확 잡아 찢어버리고 싶어질지도 모르니까요!"

아주 조용하고 부드러운 저음의 목소리였다. 하지만 그 안에 담긴 내용만큼은 부드럽지(?) 않았다.

한순간 사내의 몸이 부르르 떨리더니 울부짖음이 뚝 멈췄다. 역시 진심은 상대에게 언제나 전달되는 법이었다.

"좋아요. 착한 아이군요."

비류연이 흡족한 웃음을 지으며 고개를 끄덕였다.

"묻기 전에 먼저 알려둘 게 있네. 일종의 충고라고 생각해주게! 본인은 성질이 좀 급해서 말이야. 사람이 거짓말하는 꼴을 눈뜨고 못 본다네. 무척이나 거짓부렁을 증오하지. 본인이 미리미리 충고해주는 이유를 알겠는가?"

뺨을 통해 느껴지는 차가운 소도의 한기에 몸서리치며 사내는 고개를 저었다. 식은땀에 몸이 절어가고 있었다. 소도를 들고 있는 손의 주인 염도가 은근한 어조로 계속해서 말을 이었다.

"본인은 자네가 무척이나 마음에 든다네. 때문에 앞길 창창한 젊은 이의 미래를 요절내는 일 따위는 정말 하고 싶지 않다 그 말일세!"

스윽!

살기를 한껏 두른 차가운 소도의 칼날이 사내의 볼을 살짝 긋고 지나갔다. 뜨거운 피 한줄기가 사내의 볼을 타고 흘러내렸다. 사내는 너무 두려워 오줌을 지릴 것만 같았다.

"본인의 말이 무슨 뜻인지 알겠는가?"

사내는 필사적으로 고개를 끄덕였다.

"자자! 장난 그만 쳐요. 오늘 죽인 사람만 해도 벌써 여섯 명째라구요. 더 이상 죽이는 것도 지겨운 것 같아요. 그냥 눈알을 뽑고, 고막을 파괴하고 혀를 자른 다음, 사지의 근육을 자르는 것으로 용서해주자구요. 불쌍하잖아요!"

아무렇지도 않게 툭 내뱉은 비류연의 말이 더 무서웠다. 허풍이라는 것을 뻔히 아는 채로 듣고 있던 주위 사람들의 솜털이 쭈뼛쭈뼛 솟을 정도였으니 당사자가 느낀 공포야 오죽 하겠는가! 사내의 얼굴색이 시커멓게 변했다가 다시 새파랗게 변했다가 또 다시 하얗게 탈색되는 것을 보니 확실히 효과만점이었던 모양이다.

"묻겠다. 어제 이곳에 잡혀온 소저가 어디 갇혀 있는지 알고 있나?"

염도가 질문을 시작했다.

"모릅니다! 저는 정말 모릅니다."

"미인이라서 금방 기억할 수 있을 텐데?"

염도도 그것은 인정하는 모양이었다.

"잡혀온 소저라니요? 게다가 미인이라니요? 전 정말 금시초문입니다."

사내는 울먹거리며 외쳤다.

"사실일까요?"

남궁상이 염도를 보며 물었다. 지금 그들의 눈앞에 내동댕이쳐져 있는 사내는 잠자다 변의를 참지 못하고 측간으로 행차했다가 그들에게 붙잡힌 중원표국의 표사였다. 사내의 눈은 검은 천으로 가려져 있었다. 얼굴 팔고 다녀서 좋을 것 없다는 것을 비류연은 잘 알고 있었던 것이다.

"사람의 마음을 어찌 알겠나!"

설혹 상대가 거짓을 토해낸다 해도 현재의 그들로서는 알 방법이 없었다.

"거짓을 말하고 있을지도 모르니 조금 더 손을 봐볼까?

염도의 말에 사내의 얼굴이 창백해졌다.

"좋은 생각이네요. 일단 눈알 뽑기부터 시작하죠. 혀를 뽑으면 말을 못하니 곤란하잖아요."

비류연이 생글거리며 거들었다.

'저거 정말 진심 아냐?'라는 생각이 들 정도로 비류연의 연기는 실감났다.

"좋은 생각이군!"

백지장처럼 하얗게 변한 사내의 이빨이 달달달 떨리며 딱딱 세차게 부딪쳤다.

"이 자의 말이 사실인가요?"

비류연이 나예린을 보며 물었다.

용안(龍眼)!

나예린에게는 그것이 있었다.

"제, 제발 살려주십시오. 저에게는 토끼 같은 자식 둘과 여우 같은 마누라가 하나 있습니다. 제가 아는 대로 다 불겠습니다. 그러니 부디 자비를!"

사내의 목소리는 간절, 또 간절했다.

비류연과 나예린의 시선이 마주쳤다. 그러자 그녀가 고개를 가로 젓는 것이 아닌가!

참이 아닌 거짓이라는 이야기였다. 그녀의 신묘한 용안을 속일 수 있는 것은 이 세상에 그다지 많지 않았다.

비류연은 솔직담백하게 분노했다. 염도가 그 분노를 대행했다. 우악스런 손길이 그의 멱살을 움켜쥐었다.

"호오? 감히 어디서 거짓부렁이냐? 죽고 싶어 환장했구나! 뭐 굳이 묏자리를 파는 놈에게 자비를 베풀어줄 생각은 없지만 말이다. 어느 부분이 거짓부렁이었는지 순순히 불어보실까? 물론 먼저 네 눈깔이 몇 개인지 시험해 보는 것도 좋겠지!"

그러나 사실 그의 말은 진실이었다. 그는 그가 알고 있는 모든 사실을 나불거렸다. 그는 성심성의껏 배반자와 밀고자의 역할에 충실히 임한 것만은 틀림없었다. 다만 한 가지 빠진 부분이 있을 뿐이었다.

"저, 정말입니다. 전 살고 싶습니다. 살고 싶은 놈이 왜 미쳤다고 거짓을 고하겠습니까? 제가 받은 급료에는 충성료가 포함되어 있지 않습니다. 그러니 믿어주십시오!"

사내가 절규했다. 알 수 없는 이유에 의해 자신의 참됨이 거부당했다. 억울했다. 그러나 비류연은 가차없이 매몰차게 고개를 가로저었다.

"아니! 넌 방금 분명히 거짓을 고했다. 순순히 거짓으로 고한 부분을 아뢰어 보실까?"

"저, 정말입니다. 전 사실만을 말했을 뿐입니다."

눈물, 콧물 범벅이 된 사내가 외쳤다.

"거짓말!"

비류연이 단호하게 소리쳤다.

그제야 사내는 이 남자가 자신이 거짓을 고한 것에 대해 어떤 방법으로 확신을 가지고 있다는 사실을 알았다. 그러나 도대체 뭐가 거짓이란 말인가? 아는 것도 제대로 없어 몽땅 그대로 고해 바쳤건만…….

설마!

사내는 갑자기 북해의 얼음을 깨고 그 심층부에서 퍼올린 찬물을 뒤집어쓴 듯한 표정을 지었다. 가슴 한구석이 싸늘해졌다.

'어, 어떻게 알았지?'

방금 나불거린 말 중에 딱 하나 거짓을 고한 것이 있었던 것이다. 코앞에 벽처럼 버티고 있는 사내가 내뿜는, 자신의 전신을 옭아매고 있는 농도 짙은 살기는 거짓을 용납하지 않을 것이 분명했다.

사내는 마침내 체념하고 말았다.

"그, 그렇습니다. 사실…, 흑흑흑!"

사내의 눈에 눈물이 글썽거렸다.

"사실 여우 같은 마누라 말고도 기녀 춘월이 사이에 숨겨둔 자식이 한 명 있습니다. 이번 표행에 지원한 이유도……. 흑흑흑! 다 제가 죽일 놈입니다. 꺼이꺼이!"

목 놓아 울려는 것을 재빨리 입을 틀어막아 간신히 제지했다. 짭짤한 물이 그의 손까지 느껴졌다.

비류연이 다시 한번 나예린을 돌아보았다.

그녀는 물론이고 지켜보던 모든 이들이 이 느닷없는 추문 섞인 고백에 어이없는 표정을 짓고 있었다.

나예린이 살짝 고개를 끄덕였다. 참이라는 이야기였다.

즉 알아도 전혀 도움이 안 되는, 고작 몇몇 질 나쁜 이들이 사람 등쳐먹을 때나 유용하게 쓰일 정보였다.

"시간 낭비했군."

비류연이 지나가는 말투로 한마디하자 다들 동의한다는 듯 고개를 주억거렸다.

시시한 참회 시간이 끝났다.

남자는 참회의 눈물을 폭포수처럼 바닥에 떨구었지만, 쓸데없는 데 시간만 낭비한 그들은 무척이나 바빴다.

"이제 어떻게 하죠?"

모용휘가 다급한 목소리로 물었다.

아까 전부터 좌불안석하는 기색이 역력했다. 은설란의 납치가 항상 차분하고 재미없을 정도로 냉정 침착하던, 동요를 모르는 부동심의 사나이 칠절신검 모용휘를 지금 동요시키는 쾌거를 올리고 있었다.

모용휘는 너울거리는 월광의 장막 속에 감싸여 흐르던 그녀의 눈물을 생각했다.

'그런 것, 두 번 다시 보고 싶지 않아!'

지금도 그녀가 어딘가에서 보이지 않는 위협으로부터 두려움에 떨고 있을 것을 생각하니 그의 가슴이 찢어지는 듯 아파왔다. 침착하라고 여러 번 되뇌어 보지만 효과는 미미했다.

"반했나?"

비류연의 가벼운 한마디에 모용휘는 펄쩍 뛰었다.

"무, 무슨 소린가? 반하다니? 난 전혀 그런 생각은 한 적이…, 난 그저 인연이 닿은 사이로서 걱정이 되는 것뿐이지……. 그러니깐…, 내가 말하고 싶은 것은……."

감정조절이 잘 안 되는지 모용휘의 얼굴이 벌겋게 달아올라 있었다.

'그래도 귀여운 면도 좀 있었군!'

이 바른생활 결벽증 환자도 차가운 무쇠와 얼음만으로 만들어진 인간은 아니었던 것이다.

비류연이 피식 웃으며 말했다.

"잘 익은 사과 같은 그런 얼굴로 그렇게 말해 봤자 설득력이 별로 없다고!"

어쨌든 다음 방법을 강구해야 할 때였다.

비류연이 노학을 바라보았다. 이제부터 이 거지가 필요했다.

행방을 찾아서…

자시초(子時初 : 약 2300시경) 섬서성 화음현 개방 서악분타

곤하게 자던중 황급히 깨워졌다.
개방 서악분타주 오개에게는 마른하늘에 날벼락이었다. 불시에 들이닥친 방
문객들 때문이었다.

강호 곳곳에 그들의 때가 안 묻은 곳이 없고, 냄새가 안 밴 데가
없다고 큰소리치는 개방인만큼 이곳에도 당연히 개방분타가 있
었다.

서악분타라는 이름이 붙은 것은 이곳이 화산파와 그 주변만을 관
리하는 분타이기 때문이었다.

분타라 해도 번듯한 건물이 있는 것은 아니고, 풍광 좋은 다리 밑
에 나뭇가지들을 얼기설기 엮고 그 위에 거적때기를 덕지덕지 붙여
만든, 바람이 부는 데도 쓰러지지 않는 게 신기한 그런 조잡한 것이
었을 뿐이었다. 그런데 그 얼기설기 덕지덕지가 옆으로 붙고 앞으로
붙기를 반복해 지금은 꽤나 큰 장소를 차지하고 있었다.

이곳은 누가 뭐래도 구대문파의 하나인 화산파의 구역(?)이기 때

문에 분타도 조촐하기 그지없었다. 실제 가지고 있는 힘도 그에 비례해 적었다. 그래도 유지되고 있는 것은 화산과 일종의 연락통로 역할을 하며 정보 교류의 장이 되어 왔기 때문이다. 이권에는 전혀 개입하지 않았다. 때문에 다른 분타보다는 위상이 훨씬 낮았다.

오개는 아주 못마땅한 시선으로 노학을 쏘아보고 있었다. 아직도 잠에서 두들겨 깨워진 것이 못마땅한 모양이다. 그러나 노학의 결은 사실 분타주인 오개보다도 높았기에 불평도 못한다. 노학도 아주아주 쬐끔 미안하기는 했다.

"아마 그들은 사람의 눈을 피하고 싶었을 거야. 그녀만한 눈에 확 띄는 미녀를 옮기는 데 오랜 시간을 소모했을 리가 없어. 왜냐하면 눈·에·띄·니·깐!"

비류연이 주위를 둘러보며 말했다. 그는 어느새 이 구출대의 우두머리가 되어 있었다. 모두가 그의 말에 귀를 기울였고, 그런 연후에 행동했다. 이 일은 무척이나 자연스럽게 이루어졌다.

"아마 그들은 마차를 이용했을 가능성이 높아!"

"그렇지!"

장홍이 동의했다. 지금까지의 사건추리 중에는 크게 흠잡을 만한 부분이 없었다. 무엇보다 지금 그들의 가장 큰 적은 시간이었다. 말다툼 따위로 소모할 시간은 없었다.

"최근 일몰시각은 유시정(酉時正 : 약 1800시경). 그렇다면 표적은 더욱 좁아지지. 이곳에 마차의 움직임에 대한 정보가 있나?"

비류연이 노학을 쳐다보자 그는 다시 오개를 쳐다보았다. 오개는 순간 당황했다. 너무나 당연한 것을 물어보는 것이 아닌가…….

'그래, 뭐! 살다 보면 모를 수도 있지!'

오개가 말했다.

"여기가 어디라고 생각하십니까?"

"개방(丐幫)."

당연한 대답이 돌아왔다.

"이곳에서 저희 거지들의 굶주린 시선을 피할 수 있는 것은 많지 않지요."

물론 있단다. 비류연이 만족스러운 듯 고개를 끄덕였다.

"자정 이후의 마차 경로, 특히 금일 일몰시각 이후에 움직인 마차에 대한 정보를 몽땅 가져와요! 최대한 빠르게!"

시간과의 싸움이었다. 시간이 너무 지체되고 있었다. 동이 트기 전에 다시 천무봉으로 올라가야 했다. 일조인원점검에 늦었다가는 경을 칠 것이 분명했다.

그날 화산의 그늘 안에 둥지를 틀고 있던 거지란 거지들은 그들이 태어난 이래로 가장 숨가쁜 반 시진을 보내야만 했다.

지시가 내려지자 즉각 새끼거지 한 명이 금일 마차이동에 관한 보고서를 들고 왔다.

보고서라고는 해도 세간에서 말해지는 문자에 의해 기록된 보고서는 아니었다.

새끼거지가 가지고 온 보고서를 윤준호가 어깨 너머로 슬쩍 봤지만 알 수 없는 기호들만이 빼곡히 들어차 있었다. 그러나 그것은 이 자료의 비취등급(秘取等級)이 높아 기록시 암호사용이 필수였기 때문이 아니었다.

개방에서 문장에 재능이 있다는 것, 혹은 지적(知的)이라는 것은 종이 위에 있는 흰 것과 검은 것의 차이를 구별해낼 수 있다는 이야기였다. 즉 글을 읽을 줄 안다는 것이다. 이 경지보다 윗등급으로 '공자님의 현신'이라고 불리는 등급이 있는데 이들을 읽을 수 있을 뿐만 아니라 놀랍게도 쓸 수도 있는 족속들이었다.

개방의 소분타에서 글을 읽을 수 있는 사람은 극히 드문 인적 자원이었다. 독해 가능이라는 것은 선택받은 자의 특수 능력인 것이다.

그나마 화산 쪽에는 체면상 혹독한 교육을 통해 까막눈을 좀 줄인 형편이지만 전문용어로 오십 보 백 보였다.

때문에 대부분의 정보는 가능한 한 기호로 기록된다. 많은 사람들이 열람 가능하도록 하기 위해서였다. 물론 많은 사람들에게 열람될 필요가 없는 정보들은 별개의 특수한 방법에 의해 따로 기록, 분류된다.

개방 분타주가 되기 위해서는 읽고 쓰기 시험에서 반드시 통과해야만 했다. 그리고 이 시험은 대부분의 거지들이 가장 치를 떨고 학을 떼는 시험이며, 최후의 고비라고도 불린다. 정보란 문자 없이는 이루어지지 않기 때문에, 지역 정보를 관장하는 중책을 맡고 있는 분타주는 반드시 익히고 있어야 한다는 것이다.

예외적으로, 가끔 무골일변도의 통뼈무골 거지들이 힘만 믿고 위로 올라가는 경우도 있다. 그럴 경우 이들은 대부분 육체노동 담당이 된다.

오개 역시 그 역경과 고난과 시련의 읽고 쓰기 시험을 당당히 통과

한 지식인 거지였다.

"금일 본 현 내 마차이동기록은 고급 마차 45대, 중급마차 63대, 하급마차 123대, 상중(上重) 수레 89대, 중중(中重) 수레 130대, 하중(下重) 수레 204대로 마차 총 231대, 수레 총 423대입니다."

오개의 보고에 모두들 놀란 표정을 지었다. 실로 개방의 정보력은 놀라웠던 것이다.

분타주 오개는 자랑스러움에 어깨가 으쓱해졌다.

"새벽녘 이동에 관한 정보도 있나요?"

"물론입니다. 마차 감시는 일일 열두 시진 상시로 운용되고 있습니다. 특히 야밤의 이동은 매우 드물기 때문에 인원만 있으면 감시하기가 오히려 수월하죠."

비류연은 그 대답이 만족스러운 듯 고개를 끄덕였다.

"좋아요. 그럼 자정부터 금일 술시초까지 풍매객잔에서 출발한 마차는 모두 몇 대죠?"

비류연이 물었다.

"풍매객잔 말씀입니까?"

"물론 알고 있겠죠?"

"당연합니다."

그곳은 이곳 거지들의 10대 보고 중 하나였다. 구걸(求乞)의 필수 방문지 중 하나인 그곳을 모를 리가 없었다.

"그럼 자정부터 오늘 일출까지의 풍매객잔으로부터 이동한 마차나 수레가 있나요?"

자정이라고 말한 것은 한노와 은설란이 풍매객잔에 잠입했을 때가 그쯤이었기 때문이었다.

"으음…, 없습니다!"

보고서를 항목별로 훑어본 오개가 대답했다.

"다행이군요! 아마 야심한 새벽에 움직이는 마차는 사람들의 이목을 끄니 피한 것이었겠죠. 그럼 일출부터 시작된 이동은?"

해가 뜨자마자 새벽같이 이동했을 가능성도 배제할 수는 없었다.

"네! 일출 이후부터 보고된 풍매객잔에서 출발한 마차는 25대입니다. 중원표국이 통째로 빌린 탓에 수레의 이동은 보고되지 않았습니다."

"그 마차 중에서 외부로 빠져나간 마차가 있는지 알 수 있나요?"

"물론입니다. 외부 이동 마차는 항상 감시하고 있지요. 으음, 어디 보자……."

다시 오개의 손이 보고서를 들추었다. 혹시라도 외부로 나간 마차가 있으면 귀찮은 일이 발생할지도 모른다. 그 속에 은설란이 타고 있었다, 따위의 끔찍한 상상은 하고 싶지도 않았다. 모두들 긴장한 시선으로 오개를 바라보았다.

"으음…, 없습니다!"

그제야 여기저기서 안도의 한숨이 터져 나왔다.

"아마 피납자를 외부로 내보내기에는 시간이 부족했던 것 같군요."

그렇다면 수색 범위는 이 지역 안으로 축소되는 것이다. 그것만으로도 일단은 큰 성과였다.

그러나 25대의 마차는 아직도 너무 많았다.

"거기서 기루나 술집으로 향한 마차를 뺀다면?"

오개가 서둘러 보고서를 훑어보고 대답했다.

"에에…, 15대입니다."

600대가 넘던 마차와 수레가 단 15대로 좁혀졌다. 그러나 여전히 엄두가 안 날 정도로 많은 숫자였다.

"그 중에서 전용 마차가 있나요?"

다시 비류연이 물었다.

"전용 마차라면……?"

"그래! 납치를 주도하는데 마차협회의 마부들이 모는 영업용 마차를 탈 리가 없겠지. 그건 흔적이 너무 많이 남아."

노학이 호들갑스럽게 외쳤다.

"으음, 총 8대가 있습니다. 그 중 3대가 한 장소로 향했으니 장소로는 6곳이라고 할 수 있겠군요."

"3대가 한 곳에?"

비류연의 눈이 번쩍 떠졌다.

"각 마차가 움직인 곳에 대한 정보도 있나?"

"네, 물론입니다."

오개의 시선이 다시 보고서를 향했다. 움직인 곳들은 모두 숫자로 표시되어 있었다.

제1번은 분타, 제2번은 화산파, 제3번은 관가, 이런 식의 분류가 되어 있었다. 담당 기록자는 따로 있는 모양이었다. 보고서는 기호와 숫자를 병용해서 쓰고 있었다. 모르는 사람도 유사시에 읽기 가능하도록 만들어 놓은 것이다.

"그 세 대의 마차가 움직인 곳은 어딘가?"

"으음…, 엥?"

오개의 눈이 크게 떠졌다.

"무슨 특별한 점이라도 있는 건가?"

염도가 물었다.

"아, 아닙니다. 그냥 좀 의외의 결과라서요."

"어디인데?"

"에에…, 2번 세 개. 셋 모두 화산파입니다."

갑자기 모두의 얼굴에 실망이 드리워졌다. 어떤 정신 나간 납치범이라도 피납자를 화산파에 맡겨두는 짓은 하지 않을 것이기 때문이다.

"아마 표행을 왔으니 이곳 터줏대감인 화산파에 인사차 들렀겠지요."

그것이 관례라는 것이었다. 노학의 말을 오개가 이었다.

"셋 모두 풍매객잔에서 제공한 전용마차를 이용했군요."

더욱더 용의선상에서 멀어져 버린다. 노학이 시선을 돌려 비류연을 쳐다보았다. 이제 어떻게 하느냐고 그 눈은 묻고 있었다.

지금의 이들에게 여섯 곳은 너무 많았다. 한 곳도 벅찰 지경인 것이다.

'인원을 나눠야 하나?'

모용휘가 초조한 마음으로 생각했다.

그러나 비류연에게는 아직 질문이 남아 있었다. 뿐만 아니라 그는 웃고 있었다.

"예린, 도둑이 제 발 저리다는 말 알고 있어요?"

"예!"

나예린이 고개를 끄덕였다. 그러고는 이해했다.

"아!"

비류연이 고개를 끄덕였다. 그러고는 오개를 향해 말했다.

"그 여섯 장소 중에 오늘 갑작스럽게 경비가 강화된 장소가 있다면 그걸 알 수 있겠죠?"

"무, 물론입니다. 하지만 그러기 위해서는 다른 보고서를 찾아봐야 합니다. 사람도 불러모아야 하구요."

비류연이 웃으며 고개를 끄덕였다.

"지금 당장 필요해요. 한 식경(밥 한 그릇 정도 먹을 시간 – 약 30분) 안에 처리하는 게 좋을 것 같네요."

"그렇지 않으면 두 번 다시 밥을 먹지 못하는 사태가 일어날지 모르니깐 말이야."

염도가 으스스한 목소리로 거들었다.

"넵!"이라고 외치며 오개가 부리나케 한쪽으로 달려 나갔다. 그러고는 한동안 바깥이 꽤나 소란스러운 듯했다.

오개가 다시 돌아온 것은 정확히 그로부터 한 식경이 지난 후였다.

"훌륭한 시간 관념이구먼. 자네, 오래 살겠어!"

염도가 씨익 웃으며 덕담을 해주었다. 물론 오개는 전혀 기쁘지 않았다.

비류연이 물었다.

"조사해 봤나요?"

"옙! 해봤습니다!"

"결과는 나왔겠죠?"

"옙! 나왔습니다!"

염도의 기세에 위축되었는지 거의 부동자세로 오개는 대답했다.

"딱 한 곳, 그런 곳이 있었습니다."

사람들의 눈이 모두 오개를 향해 일순간 집중되었다.

"그곳의 이름은?"

"옙! 화평장(和平莊)입니다."

"화평장?"

비류연이 말꼬리를 높이며 물었다.

"예! 마을 외곽에 위치한 꽤나 오래된 장원입니다만……"

오개가 잠시 뜸을 들였다가 다시 말했다.

"그곳을 향했던 전용마차는 아무래도 화평장의 소유인 것 같습니다. 마차는 그곳에 들어간 이후 나오지 않았다고 합니다."

"흐흠……"

"이곳에서도 상당히 입지가 오래된 평범한 장원입니다만……"

그러자 비류연이 대답했다.

"평범한지 아닌지는 가보면 알겠죠!"

악몽(惡夢)

한 노인이 꿈을 꾼다.

덥다! 덥다! 덥다!
한 노인이 생각한다.

땀이 흐른다. 비가 오듯이.
갈증이 난다. 입 안이 뜨겁다. 목구멍이 타는 듯.
사방에서 그를 삼켜버릴 듯 이글거리는 뜨거운 열기가 다가온다.
뚱뚱한 몸을 돌려 도망간다.
넘실거리는 붉은 불꽃의 파도가 그를 덮친다. 삼켜버린다. 불태우려 한다.
뜨거워! 뜨거워! 뜨거워!
외친다. 울부짖는다. 비명을 지른다.
그러나 성대가 불에 타버렸는지 목소리가 나오지 않는다. 달구어진 석탄을 삼킨 것처럼 목구멍 안이 뜨겁다.
몸을 돌린다. 달린다. 도망간다.

불꽃이 뒤에서 쫓아온다. 땀을 비 오듯 흘리며 그는 계속해서 달린다.

화르르르륵!

갑자기 눈앞에서 붉은 불꽃이 타오른다. 불꽃의 벽이 높게 치솟아 오르며 자신의 갈 길을 막는다.

이번에는 오른쪽으로 몸을 돌린다. 다시 달린다. 도망간다.

화르르르륵!

또 다시 자신의 앞길에 불꽃의 기둥이 솟아오른다. 뜨거운 열기가 자신의 영혼마저 불태울 것 같다.

뜨겁다. 뜨겁다.

다시 뒤로 돌아 달린다. 사방에서 덮쳐오는 열기 때문에 질식할 것만 같다.

또다시 자신의 진로를 가로 막으며 불꽃의 장벽이 솟아오른다.

다급하게 사방을 둘러본다.

전후좌우!

사방이 모두 불꽃의 벽으로 둘러싸여 있다. 불꽃의 감옥에 갇혀버렸다. 도망쳐야 한다.

무한한 열기가 그에게로 다가온다. 질식할 것만 같다. 뜨겁다. 영혼마저 불타버릴 것만 같다.

그때 불꽃을 헤치며 무엇인가가 나타났다. 점점 다가온다.

그것은 사람의 모양을 하고 있지만 사람이 아니다. 타오르는 불꽃의 머리칼을 지닌 그것은 전신에 이글거리는 화염의 옷을 두르고 있다. 그것은 불꽃 귀신이다.

도망가야 한다. 그러나 다리가 바닥에 달라붙은 듯 움직일 수 없다.

불꽃의 귀신이 씨익 하고 웃는다. 전신에 두른 화염이 더욱더 세차게 타오른다. 붉은 귀신이 손가락을 들어 그의 왼팔을 가리킨다.

고개를 돌려 바라본다.

불타고 있다. 활활 불타고 있다. 그의 왼팔이 새빨간 불꽃에 휩싸여 타고 있다.

"크아아아아아아아아악!"

찢어지는 비명을 지르며 노인은 자리에서 벌떡 일어났다.

꿈…이었다.

노인은 거친 숨을 몰아쉬었다. 식은땀이 흥건하게 침대를 적시고 있었다.

노인의 왼팔이 불꽃에 재가 되어버린 꿈이 현실화된 듯했다.

뚱뚱한 노인의 왼팔 소매는 텅 비어 있었다.

다른 한 노인이 꿈을 꾼다.

붉은 혈광을 발하는 두 눈이 피에 절은 보석처럼 빛난다.

보석의 주인. 산발 괴인이 그 자리에서 무너지듯 쓰러진다. 두 개의 도가 괴인의 손에서 땅바닥으로 떨어진다.

말도 안 돼! 하고 외치고 싶다. 괴인은 저토록 간단히 쓰러질 존재가 아니다.

산발 괴인을 쓰러뜨린 사내의 모습이 드러난다.

젊다.

20대 중반도 채 되지 않은 것이 분명했다.

얼굴은 보이지 않는다. 앞머리가 발처럼 드리워져 있기 때문이다. 갑자기 알 수 없는 두려움이 엄습한다. 말도 안 된다. 겨우 저런 애송이 따위에게 공포심을 느낄 하등의 이유가 없었다.

문득 손을 내려다본다. 손이 자기 혼자서 세차게 떨리고 있다.

사내의 발걸음에는 망설임이 없다. 사내의 손이 서서히 올라간다. 그리고 그의 손가락이 서서히 펴진다.

천천히! 천천히! 시간이 무척이나 느리게 흐르는 듯하다.

지금이 기회다.

도망가야 해! 도망가야 해!

필사적으로 외쳐보지만 소용이 없다.

몸이 가위에라도 눌린 듯 꿈쩍도 하지 않는다. 조금 있으면 저 손가락이 완전히 펴진다. 그러면 정말 죽는다.

그러나 몸은 움직이지 않는다. 흠칫 놀라 자신의 발 아래를 내려다본다.

소리 없는 비명이 터져 나온다.

그림자가 꿈틀꿈틀 요동치며 땅속으로부터 검은 손이 튀어나온다. 검은 손이 그의 다리를 잡는다. 손은 한둘이 아니다. 모두가 다 자신의 손에 죽어간 자들의 원념이 서린 손이다. 그 중 가장 크고 가장 억센 손이 하나 있다. 일렁이는 암흑의 심연 속에서 팔의 주인이 모습을 드러낸다. 핏빛처럼 붉은 안광이 빛을 발한다. 방금 전 사내의 손에 쓰러진 산발 괴인의 얼굴이 그곳에 있었다.

살려줘! 살려줘! 살려줘!

그러나 아무런 소용이 없다. 핏빛 안광으로 빛나는 그 두 눈에서 원한 서린 피눈물이 흐른다. 입에서는 저주의 말이 흘러나온다.

시선을 정면으로 향하자 앞머리로 눈을 가린 사내의 모습이 드러난다.

사내가 웃고 있다. 미소 짓고 있다.

까딱!

사내의 손가락이 가볍게 움직인다.

아무런 느낌도 없다. 그러나 그는 알았다. 그의 오른팔은 더 이상 그의 것이 아니라는 것을. 그의 우수가 사지의 일부였던 것은 옛날이야기라는 것을.

씨익!

또다시 사내가 미소 짓는다.

이제 막 사내의 손가락이 모두 펴졌다.

시야가 붉게 변하며 온몸이 산산조각난다. 영혼이 갈가리 찢어발겨진다. 두렵다. 고통스럽다. 죽고 싶다. 그러나 여전히 죽을 수가 없다.

암흑 속에서 끌어당기는 힘이 점점 더 강해진다. 붉은 눈의 산발 괴인이 혈광을 빛낸다.

점점 더 빠져 들어간다. 어느새 목 이외의 모든 부분이 암흑의 늪에 잠겨 있다. 다시 그 손이 그의 얼굴을 움켜쥔다.

꿀꺽, 꿀꺽, 꿀꺽!

목구멍 안으로 암흑이 밀려 들어온다.

"끄아아아아아악!"

노인은 두 눈을 번쩍 뜨며 침대에서 벌떡 몸을 일으켰다.

꿈!

꿈이다.

그러나 깡마른 노인의 오른팔은 꿈속에서 잘려나간 채 그냥 두고 왔는지 텅 비어 있었다.

저편에서 자신과 동시에 깨어난 동료의 모습이 보였다.

두 사람은 같은 방을 쓰고 있었다.

"허억! 허억! 허억!"

한 노인은 나뭇가지처럼 깡마르고 다른 한 노인은 돼지처럼 투실투실했다.

두 노인 모두 두 눈이 퀭하게 뚫려 있었다. 이마에서 뺨을 타고 식은땀이 줄줄 흐른다. 등줄기가 소나기라도 맞은 듯 축축하다.

두 노인의 눈이 서로 마주쳤다. 악몽에 시달린 탓인지 네 개의 눈동자 모두 피곤에 절은 채 안으로 움푹 꺼져 있었다. 자초지종 따위는 물을 필요도 없었다. 이번이 처음이 아니었던 것이다. 최근 들어 늘상 반복되는 일……

"제기랄, 또 그 꿈인가……"

두 노인이 동시에 내뱉었다. 이제는 지긋지긋했다. 잠자기가 두려울 지경이었다. 그날 이후 매일매일 반복되는 악몽, 악몽, 악몽.

이 악몽의 수렁에서 빠져 나오기 위해서라면 뭐든지 할 수 있을 것만 같았다.

"크윽, 또… 또……"

악몽에서 깨어날 때마다 반복되는 비어 있는 어깻죽지의 고통, 하루 이틀 일이 아니었다. 익숙해질 만도 한 시간이 지났건만 좀처럼 익숙해지지 않았다.

공포란 마음 속 심연의 어둠 깊은 곳에 둥지를 틀고 있는 괴물이다. 떠올리면 떠올릴수록 증폭되어 가는 마음 속 두려움을 먹고 성장해 결국에는 사람 그 자체를 삼켜버리고 만다. 공포에 먹힌 사람은 곧 광인이나 백치, 혹은 폐인이 되어버린다. 이런 사람들에게 정상적인 사고력과 판단력, 분별력을 기대하기란 무척 어려운 일이다.

"여기 술 가져와! 술!"

깡마른 노인이 잔뜩 화가 난 목소리로 고래고래 고함을 질러댔다.

쨍그랑!

빈 술병 하나가 장지문을 뚫고 날아가 벽에 부딪혀 산산조각이 났다. 술병 깨지는 소리가 요란스럽게 밤공기를 울렸다. 술병을 던진 것은 뚱보 노인 쪽이었다. 이 편이 더 의사전달 속도가 빠르다고 생각한 모양이다.

문 밖에서 허둥지둥 움직이는 소리가 들렸다.

"제기랄, 우라질, 염병할……."

요즘 들어 술에 대한 의존도가 점점 높아지고 있었다. 술이 없으면 잠도 없었다. 독한 화주를 물처럼 들이켜야만 겨우 눈을 붙였다.

두 노인의 침대 밑으로 빈 술병 수십 병이 질서를 무시한 채 제멋대로 나뒹굴고 있었다.

자정(子正) 섬서성 화음현 화평장(和平莊) 30장 근교

"그럼 이제부터 어떻게 해야 하죠?"

나예린이 화평장의 정문을 주시하며 조용한 목소리로 물었다. 정문은 지금 타오르는 화톳불들로 환하게 밝혀져 있었다.

"아직도 발이 저린 모양이네요."

그렇게 말하면서 비류연은 싱긋 웃었다.

"수상한 냄새가 풀풀 나는군요."

노학이 정말 냄새라도 나는지 코를 킁킁거리며 말했다.

도합 네 개의 화톳불이 활활 어둠을 밝게 불살랐다. 그 뒤로 6명의 무사가 병장기를 쥔 채 감시의 눈을 번뜩이고 있었다. 뿐만 아니라 시간에 맞추어 2인 1조로 순찰을 도는 무사들의 모습도 보였다. 생각 이상으로 삼엄한 경비였다.

'내가 왜 여기까지 따라온 거지?'

그림자들 사이에 섞인 한 거지가 내심 투덜거렸다.

개방 서악 분타주 오개의 밤은 아직 끝나지 않고 있었다. 소위 말하는 안내역이었다. 그는 자신을 개 끌듯이 끌고 온 이 젊은이들의 놀라운 무공에 경악해야만 했다. 과격하게 움직이는 데도 거의 소리가 나지 않았다. 게다가 한번 달리기 시작하면 바람처럼 빨랐다. 걸을 때마다 시끌벅적한 자신의 발걸음이 오늘따라 유난히 귀에 거슬렸다.

'이것이 화산규약지회에 선택받은 자들의 무력인가······.'

차원이 틀리다는 말을 오늘만큼 지척에서 뼈저리게 실감한 적이 없었다. 저 틈에 당당(?)하게 끼어 있는 노학이 굉장히 새롭게 보였다.

"그럼 가볼까요?"

밤의 그늘 속에 숨어 있던 열네 개의 그림자가 조용히 움직이기 시작했다.

자시말(子時末) 화평장 후원

"으으, 이보게. 자네, 봤나 봤어?"

2인 1조가 되어 순찰을 돌고 있던 두 명의 무사 중 키가 크고 인상이 험악한 사내가 옆의 동료에게 말을 걸었다. 사내의 목소리에는 묘한 흥분이 서려 있었다. 듣고 있던 쪽은 약간 키가 작은 편이었는데 기다렸다는 듯 열심히 고개를 끄덕였다.

"내 생전 태어나서 그런 미인은 처음 봐. 그게 우물(尤物)이지 사람인가. 오금이 저려서 서 있을 수가 있어야지……."

대답하는 사내의 목소리가 왠지 질척거린다.

"나도 심장이 벌름거려서 혼났다네. 심장 터지는 줄 알았다구! 코피를 쏟을 뻔했지!"

다행히 그 일만은 막을 수 있었다고 사내는 지금 안도하는 듯했다.

"크으, 딱 한 번이라도 좋아. 그런 여자 평생 한 번만이라도 안아봤으면……."

덩치 큰 사내가 몸을 부르르 떨며 말했다. 욕망이 꿈틀거리는 어조였다.

"자네 말대로일세. 정말 죽여주더구만."

두 사내의 헤벌린 입에서 금방이라도 침이 줄줄 떨어질 것만 같았다.

'이런 방자한 놈들!'

아름드리 나무 위에 동화된 그림자 하나가 부르르 떨렸다. 몰래 잠입한 후 은신하고 있던 모용휘였다. 그는 은신잠행술 수업에서도 항상 만점을 놓친 적이 없었다.

이름을 듣지 않아도 그 대상이 누군지 충분히 짐작할 수 있었다.

숨어서 듣고 있던 그의 얼굴이 분노로 벌겋게 달아올랐다. 차갑고 냉정한 마음이 화로 안처럼 뜨거워졌다.

'감히 네놈들 따위의 세 치 혀 위에서 놀려질 분이 아니다!'

당장이라도 달려나가 목을 쳐버리고 싶었다.

그는 자신이 이렇게 충동적으로 일을 해결하려 한다는 사실에 경악했다. 항상 모든 상황에 대처할 때 냉정 침착을 신조로 삼던, 그리고 항상 그렇게 하기 위해 노력하던 자신답지 않은 모습이었다.

그때였다.

"끄아아아아악!"

쨍그랑!

어디선가 밤공기를 울리는 요란한 소리가 울려퍼졌다. 끔찍한 비명의 이중창과 뭔가 자기류가 심하게 산산조각나는 소리였다.

정숙하던 밤의 침묵이 한순간에 걸레가 되어버렸다.

그 소리에 순간 놀랐는지 이 두 명의 무사도 경계의 표정을 가득 띠며 주위를 두리번거렸다.

모용휘와 그 근처에 숨어 있던 동료들 모두 재빠르게 몸을 숨겼다. 가장 동작이 늦은 것은 이진설이었다. 그녀는 몸을 숨긴 후에도 우렁차게 울려퍼지는 심장의 고동 소리를 죽이기 위해 안간힘을 써야만 했다. 독고령이 눈으로 주의를 주자 이진설은 찔끔했다.

잔뜩 신경을 곤두세운 채 사방을 경계하던 두 사내의 행동이 곧 원 상태로 돌아갔다. 소란의 원인이 어디서 온 것인지 안 모양이다.

'또야? 제기랄! 사람 놀라게 하고 있어!' 등의 불평 소리가 들렸다. 아무래도 처음은 아니지만 아직 익숙해지지 못한 일인 듯싶었다.

휴우.

초대받지 않은 밤의 월담자 열네 개의 그림자가 내심 안도의 한숨을 내쉬며 가슴을 쓸어내렸다. 일단 들키지 않은 모양이다.

그때 바로 아래에 은신해 있던 비류연이 신호를 보냈다. 손가락이 무례한 두 놈을 콕콕 가리켰다. 시간이 아까우니 저 두 놈을 잡아 심문해 보자는 의미였다.

모용휘가 기다렸다는 듯 바람처럼 움직였다. 아까부터 호시탐탐 기회를 노리고 있었던 것 같다. 그 뒤를 비류연이 따랐다.

그들의 그림자가 어둠 속에 스며들듯 스르륵 사라졌다.

축시초(丑時初 : 약 0100시경) 화평장 후원 심처

"저기로군!"

장원 건물 한쪽 모퉁이의 그림자 속에 숨어 밖을 내다보며 비류연이 말했다. 아무래도 그 두 놈의 증언에 거짓은 없었던 모양이다. 그두 무사의 입을 통해 토해져 나온 사실대로 두 명의 경비가 문을 호위하듯 지키고 있었다. 피납자에 대한 대우치고는 상당히 호사스러웠다.

경험은 하면 할수록 는다고 했던가? 이미 한 번의 귀중한 경험이 있는 염도는 이번 심문, 협박에서 더욱 능숙한 실력을 보여주었다. 명부(冥府)의 염라대왕을 방불케 하는 그 서슬 퍼런 기세에 비류연과 모용휘가 잡아온 – 두 사람은 이 일을 정말 감쪽같이 해냈다 – 두 무사는 거짓을 토할 용기를 잃어버렸다.

"확실하겠죠?"

그래도 남궁상은 돌다리를 두들겨보고 건너고 싶은 모양이다.

"만일 거짓이라면 그 둘은 자신의 말에 책임을 져야 되겠지!"

낮고 으스스한 목소리의 염도였다.

"그때까지 우리가 살아 있으면요!"

비류연이 장난스럽게 말했다. 전혀 생명의 위협을 느끼고 있는 모습이 아니었다.

"그 둘에게 책임을 묻기 위해서라도 살아남아야겠군!"

그 두 무사는 지금 현재 떠오른 염도의 표정을 보지 못한 것을 다행으로 여겨야 할 것이다.

"저길 들어가려면 일단……."

염도의 말을 비류연이 미소지으며 이었다.

"열쇠가 있어야겠죠."

"이런!"

남궁상과 노학의 입에서 낭패한 목소리가 조그맣게 새어나왔다. 그들의 앞에는 은설란이 납치, 감금되어 있을 것으로 추정되는 방을 지키는 두 명의 무사가 서 있었다. 그러나 그들은 장승처럼 꿈쩍도 하지 않았다. 자세히 살펴보면 두 사람의 목에 박힌 가느다란 은침을 발견할 수 있을 것이다.

독고령의 작품이었다. 그녀는 수장 밖에서 비침을 날려 정확하게 두 사람의 혈도를 찔렀던 것이다.

'저것이 검후 그분의 제자 솜씨인가?'

놀라운 솜씨라고 석류하는 몰래 감탄했다. 검후 이옥상은 그녀가 정사를 떠나 가장 존경하는 인물이었다.

여기까지는 아무런 문제도 없었다. 그런데 문제가 일어난 것은 그 다음이었다.

없었다. 아무리 찾아도 없었다.

방문에는 버젓하게 큼지막한 검은 자물쇠가 달려 있었다. 그러나 이 둘의 몸 어디에도 열쇠는 존재하지 않았다. 샅샅이 구석구석 뒤져 봤지만 역시 마찬가지였다.

'어떻게 하죠?'

나예린이 다급한 시선으로 비류연을 바라보았다. 그는 고민중에 있었다. 문은 마음만 먹으면 단숨에 가루로 만들 수 있다. 하지만 그러면 너무 시끄러워져버린다. 그것은 그들이 원하는 바가 아니었다.

그때였다.

"비켜보게!"

모용휘였다.

그의 말에 사람들이 방문에서 물러나자 모용휘가 다가와 자물쇠 앞에 섰다. 그러고는 서슴없이 검을 빼어들었다. 이까짓 것 때문에! 모용휘의 시선이 자물쇠를 향했다.

'지체할 수는 없어!'

순간 어둠 속에서 은빛 곡선이 그어졌다.

기합도 없었다. 소리도 없었다.

차가운 검날이 바람을 가르는 소리도 들리지 않았다. 은빛 궤적이 분명히 자물쇠 위를 깨끗하게 지나갔건만 소리가 울리지 않았다.

그러나 내리쳐진 일격은 조용하고 깨끗하게 자물쇠를 반 토막으로 만들었다. 무언의 탄성이 터져 나온다.

멋진 한 수!

자물쇠의 구속력은 사라졌다.

"들어가지!"

문이 열리고 모용휘가 앞장서 안으로 발걸음을 옮겼다. 서둘러 안으로 들어가는 모용휘를 보며 비류연이 한마디했다.

"저 친구, 급하긴 어지간히 급했나 보군!"

호철은 하급무사였다.

위에서 하라는 대로 하는 것밖에 모르는 하급무사였다.

게다가 같이 당직을 서는 사람 중에서도 지위가 제일 낮았다. 그는 내심 투덜투덜거렸지만 그 불손한 불만을 결코 겉으로 표출시킬 수는 없었다.

그때 자신이 번을 서고 있던 방의 장지문이 부서지며 뭔가가 튀어나왔다. 그러고는 벽에 부딪쳐 산산조각나며 화려하게 비산했다.

'또냐!'라고 그는 내심 투덜거렸다.

저 방 안쪽에서 '술 가져와!'라는 호통 소리가 들려왔다.

다시 말하지만 이곳에서 그의 지위는 가장 낮았다. 몇 개의 짜증스런 시선이 그에게 박혔다.

호철은 하급무사였다. 그래서는 그는 열심히 주방을 향해 달려갔다. 호철은 지위가 낮았다. 그래서 언제나 이런 일은 자신의 몫이었다.

그런데 차질이 생겼다. 주방에 술이 다 떨어진 것이다. 범인은 누군지 묻지 않아도 알 수 있었다.

"쳇!"

그는 소리를 내서 투덜거렸다. 여기엔 아무도 없었기 때문에 떠들어도 상관없었다.

몸이 성하려면 되도록 최단시간 내에 술을 대령하지 않으면 안 된다. 그는 경험과 정보를 통해 그 사실을 잘 알고 있었다.

그는 주방 한 구석에 저장되어 있는 육포를 한 움큼 잡아 품속에 쑤셔넣었다. 그러고는 식은 만두 하나를 입 안에 집어넣고는 술 저장고를 향해 달음박질쳤다.

술 저장고는 후원 깊숙한 곳에 있었다.

방 안은 상당히 호사스러웠다. 그리고 그 안에는 기묘한 향기가 감돌고 있었다.

'무슨 냄새지?'

휘휘 방 안을 둘러보았다.

넓다. 그리고 화려하다.

피납자를 감금해두기에는 무척 어울리지 않는 장소였다. 한 명의 여인을 가둬두기 위해 이렇게까지 호화스런 장소가 필요한지 이해가 가지 않았다.

모용휘가 오른쪽 한 편에 있는 침대로 다가갔다. 거기에는 휘장이 쳐져 있었다.

꿀꺽!

긴장된 손길로 휘장을 걷었다.

"흡!"

모용휘가 다급하게 숨을 멈췄다. 심장이 멎을 것만 같았다.

있었다.

여인은 눈을 감고 호흡을 새근거리며 누워 있었다. 백옥을 조각해 놓은 것같이 미려한 미모. 검은 비단실을 풀어헤쳐 놓은 듯한 풍성한 머리칼. 그리고 우아하고 단아한 하얀 목선. 모용휘의 시선이 그 안으로 빨려 들어갔다. 갑자기 그의 심장 박동이 빨라졌다.

은설란이 확실했다. 그녀는 마치 영겁의 수면에 든 것처럼 조용했다.

갑자기 불안한 마음이 든 모용휘는 얼른 그녀의 코에 손가락을 갖다댔다. 그러고는 목의 경동맥에도 손가락을 갖다대 보았다. 부드럽고 힘찬 생명의 약동이 손가락 끝을 통해 느껴졌다.

"란 언니!"

사람들을 헤치고 석류하가 달려와 은설란을 안았다. 그러고는 이곳저곳을 꼼꼼하게 살펴보기 시작했다. 그녀의 눈은 매우 진지했다. 도중에 몇 번인가 은설란의 이름을 부르며 흔들어 깨워보았지만 미녀는 잠에 취한 듯 깨어나지 않았다.

잠시 후 석류하가 차분한 목소리로 말했다.

"체력과 기력이 상당히 고갈된 것 같아요. 다행히 외상은 없는 것 같고요. 무슨 봉변이나 수치를 당한 일도 없는 듯싶네요. 다만 잠이

든 것 같아요. 맥을 짚어본 결과 혈도를 짚인 것 같지는 않습니다. 짐작이지만 아무래도 어떤 약을 먹인 것 같군요. 일종의 안전장치였 겠죠."

그때서야 비로소 모용휘를 비롯한 좌중들은 진심으로 안도의 한숨 을 내쉴 수 있었다. 다행이었다. 이제 남은 것은 탈출뿐이었다.

호철은 하급무사였다.

지위도 주변에서 제일 낮았다. 지위가 낮기 때문에 높은 지위로 올 라가고 싶었다. 당연한 일이다. 지위를 올리기 위해서는 공훈을 세우 지 않으면 안 된다. 그런데 마침내 호철에게 그 기회가 찾아왔다.

이 야심한 밤에 그곳의 문이 활짝 열려 있었다. 그럼에도 그곳을 지키던 무사 두 명은 장승처럼 뻣뻣하게 서 있었다. 그 두 명은 호철 도 알던 사람들이었다. 자기보다 지위가 훨씬 높은 선배들이었다.

실수는 곧 강등! 이 공식이 호철의 머리 속에 섬광처럼 떠올랐다.

위가 빈다. 빈 곳은 채워야 한다. 보통 아래에서부터 하나씩 채워 나가게 된다. 즉 위로 올라갈 가능성이 비약적으로 커진다는 이야기 다. 그렇다면 전혀 망설일 필요가 없었다.

그러나 호철은 잠시 망설였다. 품 안에 안고 있던 갓 꺼내온 네 개 의 술병 때문이었다.

이 술병이 제대로 전해지지 않았을 때 그가 당할 봉변에 대해 잠시 상상해 보았다. 사실 그는 지금 이 술병을 내팽개치고 달려가고 싶은 충동에 휩싸여 있었던 것이다. 그러나 그 상상은 기분 좋은 것이 아 니었다.

만일 이대로 저 일을 그냥 방치해 둔다면? 진급은커녕 즐거운(?) 참수가 기다리고 있을 터였다. 고민은 길지 않았다.

호철은 자신의 발치에 술병을 조심스럽게 내려놓았다.

하나아, 두우울, 세에엣……. 그리고 네에엣!

모든 일이 끝나자 호철은 한 장소를 향해 냅다 달려갔다. 그곳에 비상종이 있었다. 자신을 출세의 길로 이끌어줄 붉은 줄.

호철은 그 줄을 발작적으로 움켜잡고 힘차게 흔들었다.

비상종 소리가 밤의 침묵을 잡아 찢고 우렁차게 울려퍼졌다. 그 소리는 자신의 출세를 알리는 합주곡처럼 기막히게 아름다웠다.

다음 순간 호철이 숨을 크게 들이켰다. 그리고 외쳤다.

이 일의 공로가 하급무사 호철에게 있음을 알리는 우렁찬 일성이 차가운 밤공기를 흔들었다.

"침입자다아, 침입자다아아아아아아아아!"

땡땡땡땡땡땡땡땡!

비상종 소리가 요란스럽게 밤하늘에 울려퍼지고 있었다.

구출대는 이 요란법적한 소리에 흠칫 놀랐다. 그들은 미처 방을 채 빠져 나가지도 못한 상태였다.

어떻게 발각되었는지는 생각할 겨를도 없었다.

"젠장!"

장홍이 짧게 욕을 내뱉었다. 독고령의 얼굴은 크게 일그러져 있었다. 이진설 또한 이리저리 우왕좌왕 안절부절 못하고 방 안을 돌아다녔다.

그때 이진설의 가녀린 두 어깨를 살며시 잡아주는 손길이 있었다. 그녀는 깜짝 놀라 고개를 돌려 뒤를 바라보았다. 효룡이었다. '걱정하지 마라, 나만 믿어라, 내가 너를 반드시 지켜주겠다'고 말하고 있는 것 같았다. 아직 완전히 제정신이 돌아온 건 아니었다. 하지만 이진설은 눈물이 날 정도로 기뻤다. 느낄 수 있었다. 마음이 따뜻해져왔다. 언제 당황했냐는 듯 그녀는 침착함을 되찾고 있었다.

석류하는 나예린을 바라보았다. 그녀는 과연 어떻게 행동할 것인가? 그녀는 무척이나 침착해 보였다. 이런 상황에서도 냉정한 정신을 유지하고 있었다.

석류하는 심법을 운용하며 호흡을 가다듬었다. 나예린도 저리 침착한데 오기로라도 당황할 수 없었다.

"이런이런! 좀 조용히 해결하려고 했더니……. 주위 상황이 안 따라주네요."

비류연이 태연스레 너스레를 떨었다. 왜 괜히 사람 번거롭게 만드나는 그런 말투였다.

아직도 방문 밖에서는 '침입자다, 침입자가 나타났다'는 소리가 시끄럽게 울려퍼지고 있었다. 이제 충분히 그 의사가 전달됐을 텐데도 여전히 시끄러워 이제는 좀 그쳐줬으면 하는 생각이 들었다.

"이렇게 된 이상 할 수 없죠. 당당해지자구요. 올 때는 비겁하게 담을 넘었지만 갈 때는 정문으로 당당히 나가는 수밖에요."

은설란을 납치한 놈들이다. 이유는 알 수 없지만 나쁜 놈들인 것만은 확실했다. 그렇다면 사정 봐줄 필요가 없었다.

"그전에 일단 얼굴부터 가리는 게 좋겠죠?"

그들은 이곳에 존재하지 않는 자들이다. 그러니 얼굴이 있을 리가 없다. 게다가 얼굴이 알려져 봐야 좋을 건 눈곱만큼도 없었다.

그 말에 모두들 가져온 천이나 띠로 입가를 둘렀다. 이 정도로도 충분했다.

땡땡땡땡땡!

"무슨 일이냐?"

외팔이 노인 중 한 명이 신경질적인 어조로 외쳤다.

악몽 때문에 잠을 설쳐 노인의 신경은 예민해질 대로 예민해져 있었다. 가져오라는 술이 아직도 도착하지 않아 더욱더 짜증이 만발해 있는 상태였다.

"예, 아무래도 침입자인 모양입니다."

부하 한 명이 얼른 뛰어와 보고했다.

"침입자?"

이곳을 어떻게 알고?

그 실체야 차치하고라도 이곳은 겉보기에는 참으로 평범한 장원이었다. 원래 보통의 평범한 인간이라면 겉만 보고 판단하는 게 일반적이다.

"도둑이냐?"

그래도 꽤 큰 장원 축에 속하니 겁도 없이 재화무료이전전문가(財貨無料移轉專門家)님이 납셨을 수도 있다. 그러나 부하의 보고는 그의 예상 중 하나를 물로 만들었다.

"아무래도 어제 잡아온 여인을 노리고 온 듯합니다."

"응?"

물론 노인도 그 여인을 기억하고 있었다. 미인이라서 더욱 기억에 남았다. 특별히 잘 보살피라는 명도 받았었다. 그녀의 정체는 자신에게도 알려주지 않았다. 다만 명만 있었을 뿐이었다. 절대로 거역할 수 없는 절대적인 명령! 그는 그 명령을 충실히 지켜야만 하는 종이었다.

"요즘 참 쥐새끼가 많군!"

어제도 한 명의 쥐새끼를 베었다. 주인을 수행하던 중이었다.

'상당한 실력이었지…….'

자신의 일 검을 피하고 살아나간 어제의 쥐새끼를 그는 기억하고 있었다.

아직도 그의 애검 귀곡(鬼哭)에 묻은 그 피는 채 마르지 않고 있었다. 느낌은 있었지만 치명상은 피했다. 사냥이 실패한 것 같다는 보고도 들었다. 그렇다면 살아 있을 가능성이 매우 높았다.

어제 그 쥐새끼의 동료인가?

"이런, 그분이 아직 계시는데 침입자라니……."

이 일은 조용하게 끝날 것 같지 않았다. 이대로는 그분을 뵐 면목이 없었다.

"알았다! 마침 잠도 오지 않는데 잘 됐군! 노부가 직접 나선다."

"나도다!"

옆에서 뚱보 노인이 덩달아 외쳤다.

"예!"

한바탕 운동을 하고 땀을 흘리고 나면 잠이 잘 올지도 모른다. 두 노인은 마주보며 그렇게 생각했다. 피가 좀 묻을 수도 있지만 그런 건 씻으면 된다.

깡마른 노인이 자신의 애검 '요검(妖劍) 귀곡(鬼哭)'을 집어 들었다. 전에 잃어버린 귀혼(鬼魂)의 쌍둥이 검이다. 뚱보 노인도 자신의 애병인 명부도(冥府刀)를 들었다. 한때 잃어버릴 뻔했지만 다행히 그렇게 되지 않았다.

두 노인은 가벼운 마음으로 문을 나섰다.

시끄러운 밤이었다.

축시정(丑時正 : 약 0200시경) 화평장 후원 어느 방

"자네가 업어!"

"내, 내가?"

비류연의 지시에 모용휘가 당황했는지 더듬거리는 목소리로 반문했다.

"싫어? 그럼 다른 사람에게 맡길까?"

모용휘는 잠시 망설였다. 이 긴박한 순간에도 얼굴이 화끈 달아오른다.

이런 일을 여자에게 맡기는 것은 무척 비효율적이다. 물론 무림의 여인은 다르긴 하지만 상식이 방해를 한다. 왠지 안 될 듯한 느낌. 어릴 적부터 받은 일반상식이라는 최면 반복 학습의 효과 때문일지도 모른다. 어쨌든 일단 여성은 선택에서 배제된다.

반면 남자들은 누구에게 저 역할이 돌아올지 내심 눈을 빛내고 있

었다. 오개는 역할의 탈환을 위해서라면 직위가 높은 노학과도 맞설 수 있다는 의지를 내비쳤다. 그러나 함부로 나서지는 못했다. 노학도 물러서지 않을 것임을 알기 때문이다.

남궁상이 '저, 저는요……' 라고 말꼬리를 흐리며 자원했지만, 도끼날 같은 진령의 눈초리를 보고는 슬그머니 팔을 내렸다. 흑심(黑心)과 사심(邪心)과 변심(變心)은 용서치 않겠다는 결연한 각오로 단단히 벼려진 눈빛은 남궁상을 주눅들게 하고 초혜충(草鞋虫 : 짚신벌레)처럼 쪼그라들게 하는 데 충분했다.

장홍은 무척 구미가 담기는 유혹이긴 하지만 뭔가 후환이 두려워애서 참는다는 기색이었다. 윤준호는 그 심약한 마음 때문에 이 치열한 경쟁에 끼어들 엄두도 못 내고 있었다.

흑도사화 중 으뜸이라 불리는 사중화 은설란을 엎어본다는 것은 금생에 다시 없을 행운이라 할 수 있었다. 경쟁률은 높다. 하지만 다들 모종의 이유로 함부로 나서지 못하고 있었다. 그리하여 기묘하고 미묘한 아슬아슬한 균형이 형성되었다.

이상하게 다들 비류연의 눈치를 봤다. 결정권이 그의 손에 있기라도 한 것처럼. 묘한 긴장감이 방 안을 가득 채우고 있었다.

'왜 저리 신경전을 벌이고 있는 거지?'

지켜보기가 답답해진 석류하가 차라리 자신이 나서겠다고 말하려 했지만 왠지 그랬다가는 주위에서 가만 놔두지 않을 듯한 분위기가 느껴져 그만 포기했다.

가슴 한구석을 자극하는 이 기묘한 죄책감의 정체는 무엇인가……. 모용휘는 사춘기 소년처럼 긴장하고 있는 자신을 발견했다.

그러나 지금은 결단이 필요할 때였다. 또한 약간의 용기도.

"조, 좋네! 내가 업겠네!"

가까스로 쥐어짠 용기를 한데 모아 모용휘가 말했다. 비류연이 고개를 끄덕였다. 결정은 끝났다. 여기저기서 낙담의 한숨이 터져 나왔다.

"귀하신 몸이니깐 상처 하나 없이 잘 모시라구. 호위가 부실하면 공주님이 고생하시니깐. 지금부터 자네가 지키는 거야!"

비류연의 마지막 목소리는 무척이나 진지했다.

"나의 검과 명예와 생명을 걸고 반드시!"

결연한 의지에 빛나는 눈으로 모용휘가 대답했다.

화끈!

부드럽고 따스하고 폭신폭신한 가슴이 물컹 그의 등을 누르자 모용휘는 두근거리는 마음을 주체할 수 없었다. 그의 널따란 등을 통해 여인의 굴곡이 고스란히 전해져 왔다. 감미로운 체향에 뒤섞인 동백꽃 향기가 그의 후각을 자극했다.

좋은 향기…….

이렇게 부드럽고 편안한 냄새는 태어나서 처음 맡아보는 것이었다. 마치 자연의 품에 안겨 있는 듯한 느낌이었다.

'안 되지, 안 돼! 정신집중! 정신집중!'

모용휘는 세차게 도리질하며 급히 자신을 추슬렀다.

아직 작전은 끝나지 않았다. 방심은 금물! 엉뚱한 곳에 한눈 팔다가는 뒤통수에 칼을 맞는 수가 있었다.

자신의 검은 지금 두 개의 생명을 담보로 맡고 있었다. 실수란 용납되지 않았다.

축시정(丑時正 : 약 0200시) 화평장 귀빈실

"무슨 일인가?"

가히 절세라 할 만큼 수려한 용모를 지닌 젊은 사내가 조용한 목소리로 물었다. 조용히 다향을 음미하며 밤의 고요를 즐기고 있을 때 장원 한쪽에서 요란한 경보가 울리더니 장원 전체가 떠들썩하며 부산스럽게 움직이기 시작했던 것이다.

목소리는 부드러웠지만 그의 눈은 얼음장처럼 차가웠다.

"죄, 죄송합니다. 아무래도 침입자가 있는 듯합니다."

한 중년인이 사내 앞에 깊이 부복해 있었다. 일단 화평장 장주라는 게 그의 현 신분이었다. 당연해서 하면 입만 아픈 이야기지만 장주(莊主)라면 장에서 가장 높은 사람을 이야기한다. 그러나 그 중년인은 청년을 향해 가장 극진하고 공손한 자세를 취하고 있었다.

"침입자?"

사내는 잠시 그 말에 내재된 의미를 음미해 보았다.

'설마……!'

그의 생각이 한 여인에게 미쳤다. 그러자 또 하나의 생각이 연이어 달려 나왔다.

'어떻게 이곳을 알았지? 꼬리가 밟힌 건가?'

그럴 리가 없다. 분명히 충분한 주의를 기울였던 것이다. 달라붙은 그림자 따위는 있을 수 없다. 그건 확신할 수 있었다. 그렇다면 스스로의 능력으로 이곳을 찾아냈다는 이야기인가?

'아무래도 꽤 하는 녀석이 있는 것 같군.'

그 능력만은 칭찬해주지 않으면 안 된다고 생각했다. 하지만 그 꽃은 돌려줄 수 없었다. 그 꽃의 얼굴이 잠시 사내의 뇌리 속에 떠올랐다.

'아무 것도 모르는 것이 차라리 행복할 텐데……. 왜 굳이 진실을 알려 하는가.'

사내의 눈이 깊이 가라앉았다.

그렇게 대단한 것을 알지 못한다는 것은 이미 확인되었다. 노인의 초혼섭령술(招魂攝靈術)은 그런 부분에서도 무척이나 유용한 능력이었다. 은설란은 상당히 저항했지만 노인의 두 눈빛을 이겨내지는 못했다. 심문은 완료된 상태였지만 방심은 금물. 보내줄 수 없었다.

"그래서 상황은 어찌 되었나?"

이미 물은 엎질러졌다. 다시 주워담는 거야 어차피 물 건너간 이야기지만 뒷정리는 충분히 신경 써야 했다.

"예! 두 장로가 나섰습니다."

두 장로의 신분은 그보다 높았지만 청년보다는 훨씬 아래였기에 경어는 쓰지 않았다.

"그렇다면 믿어도 되겠군."

장로들이 나섰으니 곧 상황은 정리될 것이다.

만일 그 두 사람이 패한다면?

사내는 속으로 피식 웃음을 터트렸다.

물론 화산파 수뇌부가 전부 쳐들어온다면 비로소 그런 일은 가능할 것이다.

하지만 그런 일은 절대 있을 수 없었다.

그런데 가슴 한구석에 지워지지 않는 이 껄끄러운 불안감의 정체
는 뭐란 말인가?

알 수 없는 운명의 예감이 사내의 육감을 계속해서 자극하고 있었다.

'그래, 만일을 위해……'

귀찮은 일이었지만, 그리고 다분히 헛수고일 가능성이 높았지만,
자신의 행동은 다만 만일을 위한 것일 뿐이라며 사내는 스스로를
납득시켰다.

효룡의 각성

축시말(丑時末 : 약 0300시 경) 화평장 후원

사람은 누구나 착각을 할 수 있다.
염도는 사람이다. 고로 염도도 착각을 할 수 있다.

그래서 염도는 비류연을 바라보았다. 자신이 착각했는지 안 했는지 판단해 달라는 의미였다. 그런데 비류연도 같은 생각을 하고 있는 것 같았다. 다른 쪽으로 시선을 보내봤다.

다들 그 두 노인을 보더니 흠칫하며 굳었다.

비류연보다 훨씬 믿음이 가는 나예린도 동의하고 있었다. 모용휘도 동의했다. 그날 무당산에 있었던 모든 사람들이 여기에 있었다. 일이 귀찮아져버렸다.

'우라질! 왜 저 늙은이들이 이곳에 있는 거야!'

그날 그 자리에 없었던 독고령과 석류하, 노학과 오개만이 영문을 모른 채 어리둥절해 하고 있었다.

그런데 당황한 것은 그들만이 아니라 저쪽도 마찬가지인 모양이다.

"이, 이럴 수가……."

"어떻게 여기에……."

두 노인의 목소리는 약속이라도 한 듯 심하게 떨리고 있었다. 복면 따위를 하고 있었지만 틀림없었다.

음주 전에 가볍게 운동이나 해볼까 하던 가벼웠던 마음은 이미 어디론가 도망가버리고 없었다. 대신 마음이 천근만근 무거워졌다. 두 노인의 얼굴은 귀신이라도 본 것처럼 푸르죽죽하게 변해 있었다.

악몽이 현현(顯現)했다.

매일 밤 그들을 괴롭혀 오던 악몽이 지금 두 노인의 눈앞에 실체를 가지고 나타나 있었다.

살의, 분노, 공포, 혼란, 두려움.

수만 가지 상념이 두 사람의 머리를 엉클어 놓았다. 병장기를 꼬나 든 수십 명의 부하들에 둘러싸여 있어도 마찬가지였다.

다들 돌격하라고 외쳐야 할까, 아니면 다들 도망가라고 외쳐야 할까…….

하지만 이곳에는 그분이 있었다. 선택은 하나뿐이었다.

'그날 무당산에서 살아 돌아온 쌍살대 대원이 있었던가?'

두 노인은 잠시 생각해 보았다.

대답은 '전무(全無)'였다.

초점 없는 효룡의 망막에 두 사람의 모습이 비춰졌다. 그 두 사람의 모습은 그가 결코 잊을래야 잊을 수 없는 것이었다. 한 사람의 죽음과 함께 너무나 선명하게 그의 망막과 가슴 속에 새겨져 있는 그림자.

두근, 두근, 두근!

그 순간 효룡의 심장이 급속도로 빨리 뛰기 시작했다. 심장의 박동이 점점 더 크고 빨라졌다.

'아룡, 아룡, 아룡……'

그리운 사람의 목소리가 그가 잠들어 있던 심연 속에 울려퍼졌다.

형!

순간 그의 뇌리 속에 그날 무당산에서 있었던 일이 떠올랐다. 한 사람의 웃음, 그 웃음을 향해 내려쳐진 검, 죽음, 그리고 피!

그 죽음을 가져온 검 주인의 얼굴은 바로 그 자신이었다.

챙그랑!

그 순간 효룡을 둘러싸고 있던 거대한 껍질이 깨어졌다. 그 속에 웅크리고 있던 또 하나의 효룡이 눈을 떴다. 망막을 가리고 있던 어둠이 벗겨지며 시야가 밝아졌다. 그의 목에서 끓어오르는 분노의 일갈이 터져 나왔다.

"천지쌍사아아아아아아알!! 형의 원수!"

누가 말릴 새도 없이 효룡은 쌍검을 뽑아들고 쌍살 중 천살을 향해 달려들었다. 수십 개의 도검이 그의 주위를 감싸고 있었지만 그는 상관치 않았다. 그의 시선에는 오직 천지쌍살, 이 둘의 모습만 비쳐지고 있었다.

"저런 미친!"

염도의 입에서 상소리가 터져 나왔다. 이진설의 입에서는 비명이 터져 나왔다.

검과 검이 비명을 지르며 맹렬히 부딪쳤다.

효룡의 단독 돌격은 확실히 무모했다. 하지만 의외성이 있었다. 게다가 분노로 불타오르는 그의 검은 상상 이상의 거력을 발휘하고 있었다.

그 상상 이상의 거력에 밀려 천살이 연신 뒷걸음질쳤다. 천살의 뒤를 받치고 있던 수하들이 우르르 좌우로 비켜나며 길을 만들었다. 갑작스럽게 벌어진 일이라 지살은 거들 생각도 하지 못하고 있었다. 이렇게 돌발적이고 저돌적일 줄은 그도 예상치 못했던 것이다.

천살은 오 장이나 연신 뒤로 물러나고서야 신형을 고정시킬 수 있었다. 효룡은 검 하나로는 부족하다고 생각했던지 쌍검을 교차시켜 그를 압박하고 있었다. 그러나 천살은 왼손 하나만으로 그 힘을 버티어냈다.

둘이 대치하는 형국이 되자 효룡의 움직임은 적진 한가운데서 멈출 수밖에 없었다. 그것은 도검을 번뜩이는 이리떼들에게 포위당해 잡혀먹기 딱 알맞은 이상적인 상태가 되었다는 것을 뜻했다.

"효룡!"

이진설이 쌍검을 빼들며 달려간다.

"설아!"

독고령이 다급하게 외치며 그 뒤를 쫓는다. 그 뒤를 또 누군가가 이으려고 하자 염도의 호통이 터져 나왔다.

"더 이상 아무도 움직이지 마라!"

귀를 쩌렁쩌렁 울리는 대갈성!

"이놈이나 저놈이나!"

그러면서 정작 본인은 앞서 간 두 사람의 뒤를 쫓았다. 그에게는 앞의 세 사람을 보호할 의무가 있었다.

짝!

염도의 오른손이 효룡의 뺨에 작열했다.

이진설의 짧은 경호성과 함께 효룡의 고개가 한쪽으로 심하게 돌아갔다. 그의 입가로 한 줄기 피가 흘러내렸다.

이진설이 달려가려 했지만 그런 그녀를 뒤에서 독고령이 제지했다.

"그딴 무모한 돌격! 누구에게 배웠어? 죽고 싶어 환장했냐?"

염도가 대노한 목소리로 소리쳤다. 아무리 분노로 이성을 잃었다지만 목숨까지 내던지고 덤벼들다니…….

"누구 허락 맡고 달려들었냐? 그딴 식의 싸움 누구에게 배웠어?"

염도의 분노는 식을 줄을 몰랐다. 다른 사람들이 보고 있든 말든, 적들이 포위하고 있든 말든 상관없다는 태도였다. 지켜보던 이진설은 이제 거의 울상이 되어 있었다.

"지금 너의 무책임한 행동이 얼마나 많은 사람을 위험 속에 몰아넣었는지 알고나 있는 거냐?"

"……."

"넌 지금 진설이를 죽일 뻔했어!"

그 순간 효룡이 고개를 번쩍 들어 염도를 쳐다보았다.

"그, 그건……."

그러나 염도의 눈빛은 냉랭하기 짝이 없었다.

"왜? 아니라고 말하고 싶냐? 억지라고 생각하냐?"

"아, 아닙니다."

쥐어짜는 듯한 목소리가 새어나왔다.

"왜? 이제 인생이 권태롭냐? 공허해? 더 이상 살기 싫어? 번거롭지 않게 이 몸이 죽여주랴?"

"노, 노사님!"

곁에서 지켜보던 이진설이 울먹거리며 소리쳤다. 풀이 죽은 채 벙어리처럼 입을 꾹 다물고 있는 효룡을 보는 것이 안쓰러운 모양이다.

"…죄, 죄송합니다."

푹 수그린 고개를 들지 못한 채 효룡이 대답했다. 그때 그의 어깨를 짚는 묵직한 손이 있었다. 고개를 들고 살펴보니 그 손의 주인은 바로 염도였다. 조금 전 보여주었던 격렬함은 씻은 듯 자취를 감추었는지 무척이나 평온한 얼굴이었다.

염도의 입에서 조용하고 자애로운 목소리가 흘러나왔다.

"이제 좀 차가워졌냐?"

왼쪽 뺨에 손을 갖다대고 고개를 숙인 채 침묵하고 있던 효룡이 조그만 목소리로 대답했다.

"네…, 죄송합니다!"

풀이 팍 죽은 목소리였다. 그러자 염도의 거친 손이 그의 어깨를 토닥거렸다. 마치 괜찮다고 말해주는 것 같았다.

"오랜 잠에서 깨어난 걸 축하한다."

"가, 감사합니다."

목이 메어왔다. 반짝이는 눈물 한 방울이 그의 볼을 타고 땅바닥에 떨어졌다.

그를 바라보는 이진설의 눈에도 눈물이 맺혀 있었다.

"이 빌어먹을 불타는 개차반 놈아! 집에서 아궁이에 불이나 땔 일이지 이곳엔 웬일이냐!"

뚱보 노인 지살이 외쳤다.

"어, 어떻게 알았지?"

염도가 어리둥절해 하며 반문했다. 폭언을 들은 것보다 자신의 정체가 드러난 것이 더 황당한 모양이었다.

"누굴 해태 눈으로 아느냐! 그렇게 남들 눈에 확 띄는 피칠갑을 해놓고도 겨우 복면 하나로 가릴 수 있다고 생각했냐!"

지살이 다시 한번 고래고래 고함을 질렀다.

'뭐 확실히!'

구출대 전원이 내심 고개를 끄덕인다.

확실히 그의 붉은 머리칼은 이런 야밤의 횃불 속에서도 사람들 눈에 확 띄었다. 게다가 옷은 여전히 붉은색 일색, 붉은 허리띠에 찬 도마저도 중원에서 쉽게 볼 수 없는 날렵한 모습에 손잡이를 포함하여 도집 전체가 붉었다.

"쳇, 깜빡했군!"

염도가 발각의 원인이 된 죄인의 뒤통수를 벅벅 긁었다. 이미 엎질러진 물, 별 수 없지 하는 그런 태도였다.

"먼저 가라!"

염도가 말했다.

"하지만……."

"가라! 어차피 오래 걸리진 않을 거다. 하지만 아무래도 이번 빚쟁이들이 끈질긴 것 같아서 말이야! 시간이 어느 정도 걸릴지 몰라서 가라고 하는 거다."

말은 모용휘를 향해서 했지만 그의 시선은 천지쌍살 두 노인에게서 떨어지지 않고 있었다.

[가라! 그리고 개방 서악분타에서 우리들을 기다려라! 만일 오지 않으면 화산파로 몸을 피해라!]

모용휘의 고막 속으로 염도의 전음이 울렸다.

"노사님!"

모용휘의 시선이 염도를 향했다.

"뭐 그냥 만일이다, 만일! 물론 내가 저딴 늙은이에게 질 리가 없지 않느냐? 2전 1무 1승이다. 이번에도 물론 지지 않는다!"

염도가 태연하게 자신감 넘치는 목소리로 말했다. 그러고는 다시 외쳤다.

"뭘 꾸물거리냐! 어서 가라! 그리고 반드시 지켜라!"

"예!"

염도가 홍염을 들어올렸다. 화령신공을 운용하자 그의 애도가 불꽃으로 변해 거칠게 타올랐다. 무시무시한 열기가 홍염을 중심으로 뻗어 나왔다.

"뛰어!"

일렁이는 불꽃 기둥이 떨어져 내렸다. 그 순간 불꽃의 해일이 우측

문을 지키고 있던 무사들을 덮쳤다. 불티가 날리고 비명이 터져 나오며 불꽃의 벽으로 둘러싸인 길이 만들어졌다.

그렇게 뚫린 불꽃의 통로 한가운데로 은설란을 업은 모용휘가 신형을 날렸다.

무사히 모용휘가 몸을 빼는 것을 보고서야 염도는 돌아섰다. 그리고는 비류연을 향해 전음을 날렸다.

[이러면 되는 겁니까?]

비류연이 살짝 고개를 끄덕였다. 그걸로 끝, 일언반구 추가되는 말은 없었다.

'도대체 무슨 꿍꿍이일까?'

에잇, 상관 말자! 염도는 그렇게 결심하며 시선을 다시 천지쌍살에게로 향했다. 이쪽이 훨씬 더 간단명료한 사고가 가능하다.

"자! 그럼 이쪽도 묵은 빚을 청산해 볼까!"

합격(合擊)! 천지쌍살(天地雙殺)!

"저자는 제가 처리하겠습니다."

효룡의 눈에서 분노의 불꽃이 거세게 타올랐다. 형님의 원수! 아무에게도 넘겨
줄 수 없었다.

'이 싸움은 나의 싸움! 내가 책임져야 할 싸움이다!'

이 싸움의 매듭을 지을 사람은 바로 자신 이외에는 있을 수 없다고
효룡은 생각하고 있었다.

"너 혼자 두 마리 다 독차지하려고 하면 안 되지. 욕심이 지나쳐!"

돌아보니 염도가 홍염을 뽑아들고 있었다.

화르르르!

단지 서 있을 뿐인데도 그의 전신에서 뜨거운 열기가 뿜어져 나오
고 있었다. 홍염의 붉은 도신에서 불꽃이 날름거린다.

붉다! 천지쌍살을 바라보는 염도의 두 눈동자는 지금 불꽃에 휩싸
인 홍옥처럼 붉게 변해 있었다. 마치 지옥의 귀신같이 흉폭한 모습이
었다.

"빚쟁이는 너 혼자만이 아냐! 나도 아직 받아야 할 빚이 남아 있지!"

내뱉는 목소리가 마치 먹이를 노리는 맹수의 으르렁대는 소리 같다.

"도와주마!"

지금 효룡에게 가장 든든한 우군 중 한 명이 생겨났다.

효룡과 염도가 나란히 천지쌍살을 향해 걸어갔다. 쌍살의 손짓에 앞을 가로막고 있던 수하들이 좌우로 갈라졌다.

마침내 두 사람과 쌍살이 마주섰다.

"뚱보, 아직도 죽지 않고 살아 있었나? 이제 웬만하면 무덤 속에 들어갈 때도 되지 않았나?"

염도의 말을 들은 지살의 투실한 얼굴에 혈관이 불끈불끈 튀어올랐다. 살 속에 파묻힌 두 눈에서 독기가 폭사되어 나왔다.

"닥쳐라, 이 개차반 놈아! 찾아갈 수고를 덜어주니 참으로 고맙구나. 그 수고를 참작해 최고로 고통스럽게 죽여주마!"

지살이 바득바득 이를 갈았다. 염도가 발끈하려는 그때 뒤편에서 목소리 하나가 날아왔다. 비류연이었다.

"은혜를 모르는 뚱보 할아버지로군요."

"은혜? 무슨 은혜 따위가 있단 말이냐?"

지살이 고래고래 고함을 질렀다. 그러자 비류연이 기가 막힌 표정을 지으며 말했다.

"저, 저렇게 뻔뻔스러울 수가! 팔 하나가 떨어져 나갔으니 돼지도 형님 하고 부를 그 몸무게도 줄었을 거 아닙니까. 몸무게가 줄어들면 자연히 몸도 가벼워지고 건강에도 도움이 되지요. 그런데도 은혜가 아니라고 할 건가요?"

비류연의 말은 거침이 없었다. 게다가 그 한마디 한마디가 지살의 염장을 후벼파는 이야기였다.

"이… 이… 이놈이!"

피가 머리통에 쏠려 벌겋게 변한 지살은 분통이 터져 숨이 넘어가려 했다. 염도가 통쾌한 웃음을 터트렸다.

"크하하하하하하! 맞다 맞아! 뚱땡이 살도 빼주고, 나도 모르는 새에 좋은 일 많이 했었군! 상이라도 받아야겠는걸. 크하하하하!"

그가 웃자 구출대 모두가 함께 따라 웃었다. 수많은 사람들 앞의 웃음거리로 전락한 지살의 눈에 핏발이 바짝 섰다. 그의 얼굴은 이제라도 금방 폭발할 화산같이 시뻘겋게 변해 있었다. 이런 수모는 처음이었다.

"빗자루를 뒤집어쓴 꼬마야! 넌 왜 이곳에 내려오지 않느냐? 무서우냐?"

이곳에 온 이후 한번도 비류연에게서 시선을 떼지 않은 천살이 나직하지만 귀기 어린 목소리로 말했다. 그의 두 눈은 원한과 독기로 가득했다. 매일 밤 자신을 악몽에 시달리게 한 그 원인이 저기 있었다. 어찌 증오가 끓어오르지 않을 수 있겠는가!

그러나!

천살의 도발을 비류연은 코웃음 한 방으로 날려버렸다.

"모든 일에는 순서와 단계라는 게 있죠. 닭 잡는 데 소 잡는 칼을 쓸 필요가 있을까요? 굳이 나까지 나설 필요는 없을 것 같은데요."

"빌어먹을 정도로 광오한 꼬마 놈이구나, 넌!"

천살이 씹어 내뱉듯 말했다.

"별 말씀을! 지금 여기서 보아하니 2대 2로 사람 수도 딱 맞네요. 여기서 굳이 끼어들어서 비겁자 소리 듣고 싶지는 않네요. 게다가 다 늙은 노인네 둘이서 저 두 사람을 상대해 이길 수 있을지나 걱정이네요. 허리도 아플 텐데 너무 무리하지는 마세요."

비류연은 자신의 마음 씀씀이에 스스로 감탄하며 말했다. 언제나 늘 생각하는 거지만 자신은 너무 무른 것 같았다. 이렇게 나약해서야 이 험난한 현실을 어찌 살아갈 수 있겠는가! 반성, 반성!

비류연이 잠시 자신의 내면을 파고들어 자아성찰에 여념이 없을 바로 그때였다.

휘리리리리릭!

요사스런 빛을 흘리는 검 하나가 팽이처럼 회전하며 그의 목을 향해 날아왔다. 이 찰나지간에 비류연의 시선은 천살의 왼손을 확인하고 있었다. 방금 전까지 들려 있던 요검 한 자루가 비어 있었다.

키이이이이이익!

회전하는 검으로부터 기괴한 귀곡성이 터져 나왔다. 천살의 독문 검법인 초혼귀령검법 중 절초인 회령참혼(廻靈斬魂)이었다. 붕검에 속하는 천살의 검법답지 않게 압박하는 힘은 적은 대신 빨랐다.

귀곡성을 뿌리며 살의를 빛내는 검이 비류연의 목을 날려버리기 바로 직전이었다.

파샥!

그때 기괴한 음향이 터져 나왔다.

"응?"

"엥?"

사람들이 눈을 동그랗게 떴다. 방금 무슨 일이 벌어졌는지 확인하기 위해서였다. 그런데 뭘 봤는지는 머리 속에 안개가 깔린 듯 선명하지 않았다. 다만 한 가지 확실한 것은 굉장히 황당한 일이 벌어졌다는 사실이었다.

게다가 조금 전까지 비류연을 향해 날아오던 천살의 요검이 감쪽같이 사라졌던 것이다. 도대체 어디로?

"마, 말도 안 돼!"

접시만하게 떠진 천살의 두 눈은 좀처럼 닫힐 줄을 몰랐다. 그는 방금 전 비류연의 행동을 떠올려보려고 애썼다. 그의 머리 속에서 조금 전 상황이 천천히 재현되기 시작했다.

일단 가슴 깊숙한 곳에서 끓어오르는 뭔가가 있었다. 그것은 참을 수없는 분노, 그리고 증오였다. 염도와 또 한 명의 애송이 따위는 눈에 들어오지도 않았다. 눈에 잡히는 것은 오로지 악몽의 원흉뿐이었다.

요검 귀곡을 던졌다. 회전하며 날아갔다. 완벽한 한 수! 그때 원흉의 오른손이 스르륵 들어올려졌다. 그의 손목에서 뭔가 검고 칙칙한 빛을 내는 무엇인가가 빛났다.

그러고는 그걸 그대로 냅다 내려쳤다. 마치 파리라도 때려잡는 듯한 시늉이었다. 그리고 그 냅다 후려갈긴 손에 그의 일초는 어처구니없을 정도로 간단하게 파훼되고 말았다. 볼도 꼬집어보고, 허벅지도 바늘로 한번 찔러보고 싶다는 생각이 드는 것도 무리가 아니었다.

그렇다면 도대체 마술처럼 사라진 자신의 애검 귀곡은 어디로 갔단 말인가?

그 해답을 가르쳐준 것은 다른 이가 아닌 비류연이었다.

"어라? 어디 갔나 했더니 이런 데 있었네……."

잃어버린 장난감이라도 찾은 듯한 말투. 비류연의 시선이 향한 곳은 바로 그의 발치였다. 구출대의 시선이 모두 그쪽을 향해 쏠렸다. 그들의 지대가 쌍살이 서 있는 곳보다 높아 쌍살은 그것을 볼 수 없었다.

바닥은 단단한 돌로 만들어져 있었다. 그리고 그 한가운데 검 한 자루가 자루만 남겨놓은 채 돌바닥에 깊숙이 박혀 있는 것이 사람들의 눈에 들어왔다. 우연의 일치라고 하기에는 상당히 작위성 넘치는 작품이었다. 그렇다고 일부러 그랬다고 생각하기에는 '어떻게?'라는 그 수단이 문제가 되었다. 그래서 사람들은 더 이상 깊게 생각지 않기로 합의를 보았다.

"거참…, 언제 이런 데 처박혀 있었지?"

슈욱!

허리를 숙여 검자루를 잡은 비류연은 한 손으로 돌덩이 속에 박혀 있는 검을 너무도 수월하게 뽑아냈다. 옆에서 보기에는 조금의 힘도 들이지 않은 것처럼 보였다.

검을 뽑아낸 비류연은 감정이라도 하듯 검신을 스윽 훑어보았다. 검신은 불길한 검은 빛을 띠고 있었는데 석괴에 푹 담갔다가 꺼냈는데도 검날에는 상한 부분이 없었다.

"꽤 좋은 검이군요. 사이한 기운이 느껴지긴 하지만 뭐 그것도 개성이 될 수 있죠. 팔면 꽤 좋은 값을 받겠어요! 흐흠……."

그때 비류연의 손에 잡혀 있던 요검 귀곡의 검신이 부르르 떨렸다.

마치 비류연의 손아귀에서 빠져 나가기 위해 몸부림치고 있는 것 같았다.

"과연 요검은 요검이군요. 아마 주인이 아닌 자의 손길을 거부하는 것이겠죠."

지켜보던 석류하가 말했다. 비류연이 다시 한번 귀곡의 검신을 바라봤다. 귀곡은 여전히 부르르 떨고 있었다. 자신의 힘이 부족함을 한탄하는 것 같았다.

"호오, 그런 건가요? 참으로 충성스런 자식이네요. 그렇다면 상을 주어야겠죠?"

비류연은 싱긋 웃었다. 그러고는 천천히 귀곡을 땅바닥에 내려놓았다. 그러고는 검신을 냅다 발로 밟았다.

쾅!

순간 바닥이 들썩거렸다. 남궁상을 비롯한 그 외의 사람들은 발바닥을 타고 머리 꼭대기까지 올라오는 충격에 몸을 부르르 떨어야 했다. 적도 아군도 어이없는 표정으로 한 곳을 바라보았다.

사람이 피륙으로 이루어진 발로 바닥을 밟는데 어찌 저런 소리가 날 수 있단 말인가? 거인의 거대한 쇠망치가 산을 때려 부수는 듯한 굉음이었다. 바닥에 깔려 있던 먼지가 안개처럼 자욱이 피어올랐다.

다시 한번 요검 귀곡을 들어올린 비류연의 입에는 여전히 언제나처럼 한결 같은 미소가 걸려 있었다.

"생각보다는 맥이 없군요! 시시하게!"

그의 손아귀에 쥐어진 귀곡은 더 이상 떨지 않고 있었다. 천살 이외에는 누구의 손에도 복종하지 않은 요검 귀곡이 한 사내의 손길에 굴종한 것이다.

'저, 저런 개같이 무식한 놈이!'

천살은 이 어처구니없는 일련의 사건에 대해 두 눈을 의심했다. 그러나 변하는 것은 없었다.

저, 저놈은 도대체 몇 번이나 날 놀래켜야 만족할 수 있을 것인가?

단 한 가지 사실만은 알 수 있었다. 저놈을 제거하지 않는 이상 그의 악몽은 여전히 그를 괴롭힐 것이라는 사실. 천살의 몸에서 자욱한 살기가 독사처럼 꿈틀거리며 뿜어져 나왔다.

"재미가 없으니 이제 돌려주죠."

휘익!

비류연이 가볍게 던지다 귀곡이 천살을 향해 일직선으로 날아갔다. 천살이 하나 남은 왼손에 쥐고 있던 검집을 쭉 내뻗었다.

챠랑! 스르르릉!

검명음과 함께 귀곡이 자로 잰 듯 정확하게 검집 안으로 빨려 들어갔다.

"흡!"

기함을 토한 것은 천살이었다. 귀곡에 실린 묵직한 무게감이 그의 왼팔을 거세게 강타했던 것이다.

천살의 왼팔이 그 힘을 견디지 못하고 뒤로 밀려났다. 그러나 이런 곳에서 그런 꼴사나운 모습을 보여줄 수 없다는 의지가 천살을 움직였다. 급히 내력을 끌어올린 천살은 서둘러 자신의 왼팔을 밀어내는 힘에 저항했다. 밀고 당기는 줄다리기!

챠르르르르릉!

검집과 검집에 꽂힌 귀곡이 풍랑을 만난 조각배처럼 요동쳤다. 잠시 후 풍랑이 가라앉은 듯 검이 조용해졌고 붉으락푸르락해졌던 천살의 신색 또한 원상태로 돌아갔다. 그의 왼팔은 검집에 검을 납검한 채 비류연을 향해 다시 쭉 뻗어 있었다.

"크으으으……. 두고 보자!"

비류연을 씹어먹지 못해 안달이 난 목소리로 천살이 외쳤다. 그의 눈빛은 여전히 비류연을 향해 독기어린 광기를 뿜어내고 있었지만 정작 본인에게는 전혀 영향을 끼치지 못하고 있었다.

'도대체 이 사람은 누구지?'

석류하는 놀란 눈으로 비류연을 바라보았다. 비류연? 그런 이름은 지금까지 들어본 적이 없었다.

그녀의 시선이 흘끗 천지쌍살을 향했다. 아까 저들의 정체를 알고 얼마나 놀랐던가. 사실 그들의 정체를 알고 난 이후 목숨을 걸 각오까지 했었던 것이다. 반면 이들은 너무나 지나칠 정도로 태연했다. 겁을 상실한 것 같지는 않았다. 이성이 마비된 것 같지도 않았다. 그럼에도 이들은 정말 태연자약했다.

저 잔혹무도하다는 흉명을 지닌 천지쌍살에게 함부로 마구 대하는 저 사내를 보고도, 그리고 방금 전 공방을 보고도 마치 당연하다는 듯한 표정을 하고 있었다.

'나만 이상한 건가?'

정말 그런 의심까지 들었다.

"자, 여흥이 끝났으면 슬슬 시작해 볼까? 이제는 솔직히 기다리기

지루하다고!"

염도가 말했다. 그 말에 효룡이 다시 쌍검을 굳게 움켜쥐었다.

"명을 재촉하는군, 빨강머리 개차반!"

지살이 신경질적으로 외쳤다. 살기가 넘실거리는 소름끼치는 말투였다.

"흥, 오늘에야말로 그 비계 덩어리를 지글지글 구워 통구이로 만들어주마!"

"형의 원수, 이 악적들! 너희들은 내일 떠오르는 해를 보지 못할 것이다."

"애송이가 까부는구나! 너 따위 애송이에게는 볼 일이 없다."

비류연에게서 겨우 시선을 거둔 천살이 외쳤다.

"그건 내 검이 말해줄 것이다."

효룡도 지지 않았다.

"흥, 우리들이 한쪽 팔을 잃었다고 얕잡아보는 모양인데 그게 얼마나 큰 오산인지 가르쳐주마. 우리가 그동안 놀고만 있었다고 생각하지 마라! 네놈들을 다시 만나면 보여주려고 준비한 게 있지!"

악몽에서 벗어나기 위한 처절한 몸부림의 결실. 그들에게는 그것이 있었다.

왼팔만 남은 천살이 오른팔만 남은 지살의 왼편에 섰다. 그제야 그들은 양팔이 있는 한 사람의 형상이 되었다. 천살의 왼손에는 요검 귀곡이, 지살의 오른손에는 명왕도가 들려 있었다.

천살이 날카롭게 눈을 빛내며 말했다.

"악몽 속에서 지낸 시간… 길었다. 그리고 그 시간도 오늘로 끝이다.”

“누구 맘대로!”

염도가 외쳤다.

“우린 누구의 허락도 필요치 않다.”

쌍살이 동시에 두 사람을 향해 달려들었다.

“합격진?!”

나예린이 외쳤다.

지금 천지쌍살은 둘이 한 몸인 것처럼 검과 도를 종횡무진 휘두르고 있었다. 마치 톱니바퀴가 맞물린 듯 두 사람의 공격은 한 치의 빈틈도 없이 정확했다. 게다가 검로(劍路)와 도로(刀路)가 엇갈리는 일도 없었다. 두 사람은 애초에 한 몸이었던 것처럼 효룡과 염도를 압박해 가고 있었다.

“아무래도 수천 번은 족히 연습해 몸에 익혀놓은 것 같은 움직임이로군요.”

“흐흠…….”

나예린의 계속되는 말에 비류연의 시선이 아래의 격전장을 향했다. 검과 도의 불꽃과 혈광이 한데 어우러져 현란한 빛의 조화를 만들어내고 있었다.

겉으로 보기에는 화려하고 아름답지만 저 빛깔의 춤사위 안은 죽음이 미소 짓는 생사의 간두였다.

“크윽!”

쉴 새 없는 쌍살의 연환공격에 계속 밀리기만 하던 염도의 입에서 신음이 터져 나왔다.

천지쌍살이 호흡을 딱딱 맞추어 정밀하게 숨쉴 틈도 없이 공격해 들어오는 반면, 반복 훈련이 전혀 되어 있지 않은 효룡과 염도의 합격은 어딘지 어색하고 빈틈이 많았다.

애초에 이 둘은 쌍살을 너무 얕봤다. 예전에는 독불장군이었던 쌍살이었지만 그 일 이후로는 스스로의 자존심을 죽인 채 절치부심하여 합격술을 수련했던 것이다. 무거운 천살의 검과 빠른 지살의 도가 각자의 단점을 보완하고 장점을 승화시켜 그들의 힘을 극한으로 끌어내고 있었다.

천살의 검이 염도의 도를 막고, 지살의 도가 효룡의 검을 봉쇄했다. 공수가 순식간에 교차되며 검과 도의 파도가 효룡과 염도 두 사람을 덮쳐왔다.

"도와주지 않나요?"

무슨 생각을 하는지 알 수 없는 시선으로 격전장을 바라보고 있는 비류연에게 석류하가 물었다. 그녀의 눈으로 보기에도 확실히 아군 두 사람이 불리했던 것이다.

"어? 내가 왜요?"

비류연이 어리둥절한 얼굴로 반문했다.

"그걸 정말 몰라서 묻는 건가요?"

"자기들 스스로 해결하겠다고 큰소리 쳤는데 내가 일부러 나서서 도와줄 필요는 없죠. 게다가 저들과는 청산할 빚도 없구요."

"저들은 당신에게 받을 빚이 있는 것 같은데요?"

조금 전 천살의 행동이 그것을 명확하게 말해주고 있었다.

"그거야 저들 주장이구요."

내가 받을 빚만 챙기면 된다는 그런 태도였다. 비류연의 대답에 석류하는 잠시 어이가 없었다.

"그러나 지금 척 보기에도 아군인 두 사람이 불리하지 않나요?"

"저 정도에 죽을 사람들은 아니에요. 그 정도 바보 제자는 필요도 없구요."

"제자라뇨?"

그러나 그녀는 질문에 대한 답을 들을 수 없었다. 그 순간 화끈한 열기가 아래쪽 격전장에서 터져 나왔던 것이다.

쾅!

굉음과 함께 염도의 도에서 붉은 불꽃의 우산이 펼쳐졌다. 염도의 독문도법인 진홍십칠염(眞紅十七炎) 중에서도 매우 위력적인 방어 초식이었다.

"아름다워!"

진홍의 검희라고까지 불리는, 붉은색을 즐기는 그녀의 눈에는 염도의 도에서 뿜어져 나오는 불꽃 색 도기가 무척이나 아름답게 비쳐졌다.

염도의 이 일초에 쌍살의 공격이 잠시 주춤하자 그 틈을 놓치지 않고 효룡이 쌍검을 휘둘러갔다. 그의 검 끝에서 혈광이 번뜩였다. 한 번 기세를 놓친 쌍살은 이번에는 염도와 효룡의 합공에 밀리기 시작했다.

휘두르면 막고, 막으면 흘린다. 틈이 보이면 찌르고, 찌르면 다시 막는다.

공격과 방어, 수세와 공세! 공격과 방어, 다시 공격, 공격, 다시 방어, 방어!

공세와 수세의 다람쥐 쳇바퀴 도는 듯한 공방! 어느 한쪽도 우위를 점하지 못한 채 시간만 흘러갔다.

챙챙! 챙챙!

밤하늘의 고요를 깨는 칼 울림만이 낭랑하게 한 장원의 후원에서 울려퍼졌다. 모두들 넋을 잃은 채 이들 넷의 공방을 바라보았다. 달도 별도 숨을 죽인 채 이 싸움을 바라보았다.

바로 그때였다.

"응?"

그것은 예고도 없이 갑자기 감지되었다.

비류연은 갑자기 고개를 돌려 우측 하늘을 바라보았다. 굉장히 불쾌한 무엇인가가 그의 신경을 자극하고 있었다.

누구지?

정체는 알 수가 없었다. 그러나 그 존재감만은 확실히 느낄 수 있었다. 그리고 확신할 수 있었다. 그것이 저 눈앞에 보이는 천지쌍살을 한 무더기 모아놓은 것보다 더 위험한 존재라는 것을!

'위험하다!'

그쪽은 모용휘가 은설란을 데리고 도피한 곳이었다.

"멈춰요!"

비류연이 한 번 손을 휘두르자 그의 소매로부터 두 개의 은빛 섬광이 어둠을 갈랐다.

챙! 챙!

그 중 하나는 천살의 검을, 나머지 하나는 지살의 도를 튕겨냈다. 제삼의 개입에 의해 싸움은 잠시 소강상태에 접어들었다.

쌍살과 한 치의 양보도 없이 접전을 벌이던 염도와 효룡이 못마땅한 표정을 지었다. 왜 말렸나? 조금만 더 있으면 저 악적들을 작살낼 수 있는데. 그들의 눈은 그렇게 말하고 있었다.

[지금 당장 사람들을 이끌고 정문으로 몸을 빼내요!]

[아니, 갑자기 왜?]

[그럴 필요가 있으니깐요.]

염도의 표정이 더욱 못마땅해졌다. 이유를 알 필요가 없다고 말한 것이나 진배없었기 때문이다.

[저 두 늙은이를 그냥 내버려두고 말입니까?]

그게 가장 불만인 모양이다.

[그래요. 그것보다 더 큰 문제가 발생할 수 있으니깐요.]

염도는 마지못해 고개를 끄덕였다.

그러고는 사람들에게 방금 비류연의 계획을 이야기해주었다. 물론 자신의 제안인 척 꾸미며. 예상대로 불만이 터져 나왔다.

"그건 안 됩니다. 저자들을 눈앞에 두고 그냥 갈 수는 없습니다."

역시 가장 큰 불만은 효룡에게서 터져 나왔다. 그는 절대 물러설 수 없다는 그런 표정이었다.

"난 뭐 가고 싶어서 가는 줄 아느냐?"

"그럼 왜?"

저렇게 물으면 대답할 말이 궁하다. 할 수 없이 전가의 보도를 꺼내 들었다.

"묻지 마라, 다친다! 지금 또 다른 위협이 다가오고 있다. 이대로 있다가는 더욱 궁지에 몰릴 수 있어. 이곳에서 발목을 잡혀 시간을 너무 소비하면 안 돼! 강산이 있는 한 땔 나무 걱정은 하지 않아도 된다. 네가 살아 있는 한 복수의 기회는 다시 온다."

"크으윽!"

효룡은 입술을 꽉 깨물며 침묵으로 답을 대신했다. 축 처진 그 어깨를 염도가 두드려주었다.

"준비됐어?"

비류연이 물었다. 사람들이 고개를 끄덕였다.

"그럼 가자!"

순간 그의 손에서 두 개의 비환이 은빛 꼬리를 그리며 쌍살을 향해 날아갔다. 쌍살이 얼른 검과 도를 들어 날아 들어온 비환을 막았다. 그 안에 실린 엄청난 내력에 그들의 손아귀가 찢어질 듯 부르르 떨었다. 되돌아온 비환을 회수하며 비류연이 말했다.

"그 생명, 며칠 더 맡겨두죠! 빚을 받을 당사자가 처리할 때까지 목에 때나 벗기며 기다리라구요."

그의 말에 천지쌍살은 얼어붙은 듯 말을 잃었고 잠시 틈이 생겼다.

그때를 놓치지 않고 염도를 선두로 한 구출대가 탈출구를 열었다. 매서운 검기와 사나운 도기가 사방을 휘저었다. 검기와 도기의 해일에 휩싸인 적들이 우수수 쓰러졌다.

그들은 정면을 향해 일직선으로 달려가며 탈출로를 열었다.

"류연?"

나예린의 시선이 비류연을 찾았다. 그녀의 시야에 그가 잡히지 않았던 것이다.

비류연은 일행과 함께 하지 않고 오른쪽으로 신형을 움직였다. 그곳은 모용휘가 달려간 바로 그 길이었다.

모용휘는 달렸다. 은설란을 업고 달리는 데도 전혀 지친 기색이 없었다. 그런 나약한 수련은 받은 적이 없기 때문이다.

은설란의 숨결이 그의 귓가를 간질였다.

뒤는 돌아보지 않았다.

적들의 대부분은 비류연과 염도가 있는 후원에 모두 몰려 있던 터라 그의 앞길을 막는 자는 거의 없었다. 다른 곳을 방비하기 위해 남겨진 무사 몇 명이 그의 앞길을 가로막았지만 번뜩이는 섬광 속에 검하고혼(劍下孤魂)이 될 뿐이었다.

그때였다.

"멈춰라!"

그 목소리는 밤의 무게가 묻어 있는 듯한 무척 낮은 저음이었다.

조용하게 울리는 목소리. 그 목소리에는 강한 힘이 서려 있었다. 그리고 그와 동시에 차갑고 섬뜩한 기운이 그의 목을 노리며 날아왔다. 그것이 무엇인지 확인할 겨를은 없었다.

"헉!"

모용휘는 거의 무의식중에 검을 들어 자신의 앞을 방어했다.

까앙!

자연스럽게 모용휘가 멈춰섰다. 그리고 짙은 어둠이 깔려 있는 '밤의 장막 저 너머'를 바라보았다.

암흑의 저편에 그것이 있었다. 형체는 보이지 않았다. 하지만 그 무시무시한 존재감만은 소름끼칠 정도로 생생하게 느낄 수 있었다.

"누구냐?"

모용휘가 외쳤다. 아직도 방금 전 일격의 여운이 가시지 않은 듯 손아귀가 떨리고 있었다.

"너의 목숨을 가져갈 자!"

소름끼치게 차가운 대답이 돌아왔다.

어둠의 저편에 그것이 있었다.

그 손은 백옥처럼 하얗게 빛나고 있었다. 어둠 속의 흰 손. 마치 밤의 그늘 속에 남겨진 신월의 한 조각 같았다. 흑과 백의 극명한 대비. 때문에 더욱더 기괴했고, 공포감마저 조성하고 있었다.

그 손아귀에 모용휘는 사로잡혔다. 손의 주인은 애당초 존재하지 않기라도 하는 것처럼 형체도 보이지 않았다.

다섯 개의 하얀 손가락 끝에서 무형의 거미줄이 올올이 생성되어 나오는 것 같았다. 보이지 않는 거미줄의 덩어리가 공기 중에 떠도는 것만 같은 느낌이 들었다.

'위험하다!'

그의 정신 한구석이 그렇게 소리치고 있었다. 하지만 적은 빨랐다. 은설란을 업은 채로는 도망가는 것조차 불가능했다.

멈춰선 모용휘는 은설란을 바닥에 조심스럽게 내려놓은 다음 검을 들고 그 앞을 방패처럼, 벽처럼 막아섰다.

바람이 가는 길을 멈추고, 별이 숨을 죽이는 가운데 불안과 초조와 공포의 어둠이 눈을 떴다. 어둠이 맥동하기 시작했다.

어둠의 저편은 이 세계의 지평을 넘어선 공간처럼 보이지 않지만 전신에 펼쳐진 피부와 감각기관을 통해, 미세 감각수용기관과 제 육 감에 의해 확실히 인식할 수 있었다. 저 너머에 위험이 도사리고 있다는 사실을. 그리고 그 가운데 하얀 손이 있었다.

손이 스르륵 하늘 높이 들렸다.

밤하늘의 어둠을 한 손에 움켜쥐는 듯한 모습.

오싹한 소름이 모용휘의 신경과 본능을 맹렬히 자극했다. 그것은 본능적인 경고였다.

순간 하얀 손이 떨어졌다.

단월인(斷月刃)

대지를 자르고 달빛을 가르는 듯한 일격, 그러나 어둠에 파묻힌 탓인지 모용휘의 눈에는 그 실체가 보이지 않았다. 단지 검고 어두운 무엇인가가 살아 있는 뱀처럼 그를 덮쳐온다는 것만은 알 수 있었다.

영혼을 짓누르는 압력이 느껴졌다. 모용휘는 필사적으로 검을 들어 눈이 아닌 본능에 의지해 검을 휘둘렀다.

쾅!

팟팟팟팟!

상대의 일격을 완전히 흘려버리지 못했는지 옷이 뜯어져 나가며 그의 몸 곳곳에서 피가 튀었다. 하마터면 모용휘는 들고 있는 검을 놓칠 뻔했다.

무형의 기운이 빠른 속도로 부딪쳐 왔고, 그 무게감과 위력은 어마어마했다. 산 위에서 굴러 떨어지는 거대한 바위를 검 한 자루로 틀어막은 듯한 느낌이었다.

손아귀가 얼얼했다. 손바닥은 찢겨져 피가 흘러내렸다.

꾸욱!

모용휘는 이를 악물었다.

자칫 잘못하면 한 사발의 선지피를 토해낼 것만 같았다. 비릿한 액체가 목구멍까지 올라왔다가 다시 내려가는 게 느껴졌다. 내장이 진탕되는 것이 너무나도 뼈저리게 느껴졌다.

'보이지 않았다!'

기척만 느껴졌을 뿐 보이지 않았다. 오직 육감에 의지해 전력을 다해 휘둘렀을 뿐이었다. 반복된 수련에 의해 체득(體得)된 조건반사! 그것이 그를 살렸다.

찌릿찌릿!

모용휘는 자신의 검을 거쳐 손과 손목, 그리고 팔의 근육과 신경에 전달되는 전율과 충격을 통해 보이지 않는 칼날에 실체가 존재한다는 것을 확신할 수 있었다.

'이자는 나보다 강하다!'

어둠 속의 그림자에 동화되어 있는 – 그러나 그 존재만은 생생하게 느낄 수 있는 – 상대의 다음 일격을 막아낼 수 있다는 보장을 하기가 힘들었다.

그가 처음 접해 보는 알 수 없는 기운. 특이한 것은 심신을 억누르는 지독한 압박감과 존재감이 느껴지는 것에 반해 전혀 살기가 느껴지지 않는다는 점이었다. 그럼에도 모용휘는 이처럼 죽음을 가까이 느껴본 적이 없었다.

'살기를 자유자재로 갈무리할 수 있다는 것인가? 아니면 나 따위를 죽이는데 애초에 그런 것 따위는 필요 없다는 것일까?'

단 한 번의 충돌이었지만 그는 알 수 있었다.

어둠 저편에서 다시 한번 압력이 증가했다. 달빛도 닿지 않는 어둠의 건너편에서 자신을 짓누르는 존재. 무시무시한 기운. 아직까지 한 번도 느껴보지 못한 미지의 기운이었다.

'다음 일격은 막을 수 없어!'

그것은 절망적인 예측이었다.

"빌어먹을!"

항상 바르고 고운 말만 쓰던 모용휘의 입에서(잘못된 언어나, 예의에 어긋난 말, 혹은 욕이나 비속어를 쓴다는 것은 그에게 이제까지 용납되지 않는 일이었다) 거친 상소리가 터져 나왔다.

스스로 내뱉고도 모용휘 자신이 깜짝 놀라고 말았다.

'은 소저……'

뒤돌아보지 않아도 은설란의 숨결과 그 존재와 향기를 느낄 수 있었다. 자신은 지금 그녀의 생명을 지키는 최후의 보루였다. 여기서 자신이 패한다면? 생각하기도 싫은 끔찍한 결과가 기다리고 있을 것이 명약관화(明若觀火)했다.

'반드시 지켜야만 해!…설령 내 목숨과 바꾸는 한이 있더라도!'

모용휘는 검을 굳게 쥐고 맹세했다.

여기서 밀리면 그 피해는 곧 은설란의 피해, 최악의 경우 죽음으로 까지 귀결될 수 있었다. 즉 절대로 패해서는 안 되는 대결인 것이다.

모용휘는 마음을 단단히 굳혔다.

분명히 어둠 속에서 살의어린 이빨을 번뜩이는 야수가 있었다. 그 야수의 이빨을 봉쇄해야만 했다.

모용휘는 오른발을 살짝 앞으로 내밀어 8할의 무게를 실었다.

스윽!

그의 검이 천천히 떠올라 완전한 중앙에 머물렀다.

완전한 중앙. 그것은 그의 신체 전체의 중앙을 가르는 임독양맥을 기준으로 신장을 지름으로 하여 원으로 그렸을 때 가장 중앙에 위치하는 곳이었다.

할아버지 검성으로부터 받은 그의 애검 검신의 중심이 신체 정중앙에 머무름에 따라 그의 몸에 산재되어 있던 빈틈이 완전히 사라졌다.

검성 모용정천이 창안하고 그의 손자에게 전수해준 독특한 방어법.

자신에게 피해를 입힐 수 있는 모든 거리에 대해 똑같은 거리를 똑같은 시간에 움직일 수 있으니 그것이야말로 완벽한 방어라 할 수 있지 않겠느냐, 라며 전해준 것이었다. 이것은 그를 가장 안전하게 만들어주는 극안(極安)의 자세였다.

그는 지금 공(功)을 버리고 수(守)를 택하기로 마음먹은 것이다.

어둠의 저편에 떠 있는 하얀 손에서 흠칫 놀라는 기색이 느껴졌다. 순간의 착각인지 모르지만 마치 가볍게 감탄이라도 하는 것 같았다. 모용휘의 대비가 상당히 의외였던 모양이었다. 그러나 하얀 손 역시 물러날 생각은 없는 듯했다.

"재미있군!"

또다시 들려오는 낮은 목소리. 모용휘는 전신의 신경을 바짝 조였다.

어둠 저편에서 느껴지는 압력이 점점 더 거대해지고 있었다.

일격으로 자신의 방어를 깨고, 자신의 생명을 취할 일격필살을 준비하고 있다는 것을 알 수 있었다.

적을, 상대를 앞에 두고 처음으로 자신감이 엷어지는 것이 느껴졌다. 아무리 강한 상대를 만나도 한번도 느껴보지 못한 감정이었다.

이런 느낌은 처음이었다.

모용휘는 입술을 피가 날 정도로 꽉 깨물었다. 그리고 그 격통으로 자신의 나약함을 꾸짖고 반성하고 다시 추슬렀다.

이 상황에서 피하는 것은 용납되지 않았다. 자신이 피하면 은설란이 죽는다. 그럴 바에야…….

'차라리 내가 죽는 게 나아!'

모용휘의 눈이 강렬하게 빛을 발했다.

하얀 손이 움직였다.

스윽!

어둠을 넘어 차가운 살의가 다가왔다. 차갑다. 살벌하다. 그러나 역시 보이지는 않았다. 하지만 느낄 수는 있었다.

목이다!

모용휘는 검을 살짝 앞으로 뻗었다.

까앙!

맑은 쇠 울림이 울려퍼졌다. 아직 모용휘의 목은 그의 몸 위에 무사히 달려 있었다. 첫 번째 격돌은 모용휘의 승리였다. 그러나 그 정체는 아직 파악하지 못했다. 그에게 다가왔던 무형의 칼날은 이미 자취를 감추고 만 이후였다.

'역시 보이지 않았어!'

상대의 수를 알아내지 못하면 시간이 지나면 지날수록 불리해진다. 그리고 그럴수록 은설란은 더욱더 위험해진다.

다시 무형의 칼날이 어둠을 뚫고 날아왔다. 아까보다 그 기척을 더 선명하게 느낄 수 있었다. 몸이 적응하고 있는 것이다.

오른쪽 심장!

모용휘가 살짝 검을 틀어 그 궤적을 막았다.

카앙!

그러나 그것은 함정이었다. 모용휘의 검이 살짝 중앙을 벗어나는 순간 그 틈을 비집고 또 다른 예기가 덮쳐왔던 것이다.

빠르다!

검을 고정시킨 채 순간적으로 몸을 틀었다. 왼쪽 팔뚝에 화끈거리는 감각이 전해졌다. 그러나 다행히 심장은 무사했다.

슉슉슉!

상대는 모용휘에게 쉴 틈을 줄 생각이 없는 것 같다. 이번에는 세 개의 무형인이 시간차를 두고 날아왔다. 그러자 모용휘의 검도 분신술을 아는 것처럼 셋으로 분리되어 각자의 위협을 방어한다. 방금 전의 실수를 거울삼았는지 훨씬 원숙한 방어였다. 그러나 허벅지를 베이고 말았다. 은설란을 향해 날아가던 기운을 억지로 막다가 입은 상처였다.

슈슈슈슈슈슈슈숙!

다시 어둠으로부터 공격이 날아왔다. 이번에는 형체가 있었다. 은빛으로 빛나는 검기가 모용휘를 향해 쇄도했다. 그러나 보고 막을 수 있겠네 하고 좋아할 수는 없었다. 반칙이라고 외치고 싶었다.

당연했다. 갑자기 세 번의 연속 공격 다음에 십여 개의 검기가 살의 어린 이빨을 번뜩이며 그의 전신을 난자하기 위해 날아왔던 것이다.

"합!"

기합과 함께 모용휘의 검이 별빛을 뿌렸다. 유성우 같은 검기가 검극을 통해 뿜어져 나오며 그의 주위를 감쌌다. 둥근 막이 형성되며 방패처럼 위협에 저항했다.

검막(劍幕)이었다.

"헉헉!"

식은땀이 그의 등을 축축하게 적셨다. 벌써부터 호흡이 가빠오고 있었다. 한 수 한 수를 막는 데 막대한 심력을 소모한 탓이었다. 모용휘의 꼴은 지금 말이 아니었다. 방금 전 하얀 손의 맹공이 놀랍게도 자신이 만든 가장 완벽한 방어초식 중 하나인 검막을 잡아 찢고 그를 향해 쇄도했던 것이다.

다급한 경호성을 터트리며 몸을 피했지만 의외였던만큼 부상을 피할 수는 없었다. 사지 여기저기가 베어져 피가 흘러나오고 있었다. 그나마 다행이라면 치명상을 피했다는 것과 은설란도 무사하다는 것 정도일 것이다.

분하지만 저 하얀 손의 주인이 자신보다 한 수 위의 고수라는 사실을 인정할 수밖에 없었다.

다시 어둠 속에서 저음의 목소리가 흘러나왔다.

"제법이군. 다음의 한 수도 막아봐라! 막으면 살려주겠다."

그것은 절대적인 자신감이었다.

그 말을 듣고 모용휘는 상대가 자신을 살려줄 마음이 전혀 없다는 것을 깨달았다. 그의 말은 곧 다음 한 수에 전력을 다해 자신을 죽이겠다는 의미였다. 하얀 손의 주인이 바라는 것은 오로지 그의 죽음뿐이었다.

'다음 한 수를 막아낼 힘이 지금의 내게 있는가?'

모용휘는 냉정하게 자신의 상태를 점검해 보았다. 찢어진 손아귀, 거칠어진 호흡, 치명적이진 않지만 신체에 부담을 안겨주는 자잘한 상처들, 그리고 지켜야 할 상대까지!

목숨을 도외시하고 양패구상의 각오로 달려들어도 승패의 행방은 암울했다. 그러나 은설란을 지켜야만 하는 자신의 입장으로서는 행동반경이 극도로 제한될 수밖에 없다. 그의 검이 은설란의 보호가 불가능한 권역으로 벗어날 수가 없기 때문이다. 그는 지금 그녀를 지키기 위해 필요한 시공간적 거리에서 벗어날 수가 없었다. 그녀를 지키는 것이야말로 이 싸움의 진정한 목표였던 것이다.

'딱 한 가지 방법이 있어! 봉인된 마지막 기술이!'

그러나 그것은 그만큼 위험한 도박이었다. 불완전한 초식, 완전하지 못한 습득. 동귀어진에 가까운 무모한 방법이다.

게다가 지금 이 자리에서 저자와 같이 죽으면 은설란을 대피시켜줄 사람도 없지 않은가. 그의 사명은 저자와 함께 죽는 게 아니라 어떻게든 은설란을 안전하게 대피시키는 것이었다. 그때 구원의 손길 하나가 뻗쳐왔다.

"선수교체를 해도 될까요?"

이 격전의 한복판과 전혀 어울리지 않는 느긋한 목소리.

모용휘의 고개가 뒤로 홱 돌아갔다. 그리고 그의 얼굴이 환하게 밝아졌다.

그곳에 서 있는 사람은 바로 비류연이었다.

〈『비뢰도』 14권에 계속〉

검류혼 장편 신무협 판타지 소설

飛雷刀

01.8 펠러슈

비류연과 그 일당들의 좌담회

효　　룡 : 독자 여러분! 안녕하십니까! 비뢰도의 주인공 효룡입니다.
　　　　2003년 계미년 첫 책이 나왔습니다. 작년에 뵙고 처음이지
　　　　만 잊지 않으셨으리라 굳게 믿습니다. 이번 권의 제목은
　　　　'무림신세기(武林新世紀) 비뢰도(飛雷刀) 역습(逆襲)의 효
　　　　룡! 용자(勇者) 부활편(復活篇)!'입니다.

비 류 연 : 야야! 오래간만에 입을 열었다고 너무 말을 마구 하는 거
　　　　아냐? 독자님들이 진짜 믿으면 어쩌려고? 게다가 이 책의
　　　　주인공은 백만 년 후에도 이 몸으로 정해져 있으니깐 감히
　　　　넘볼 생각하지 말라고.

장　　홍 : 쯧쯧! 오래간만에 대사가 생겨 좋아서 저러는 것이니 자네
　　　　가 이해하게. 얼마나 기뻤으면 내 주인공 자릴 다 탐내겠나!

비 류 연 : 노망은 한 번이면 충분해요, 아저씨. 자자, 쓸데없는 이야기는 여기서 접고 본론으로 들어가죠.

효룡 & 장홍 : 그러자구!

비 류 연 : 이번 13권에는 예고했던 대로 초 슈퍼 울트라 레어 아이템이 준비되어 있습니다.

효룡 & 장홍 : 오오!

비 류 연 : 초회 한정판 슈퍼 레어 아이템이라 재판부터는 없다는 이야기도 있습니다.

효룡 & 장홍 : 오오오오!

효　　룡 : 근데 어디서 많이 보던 문구들이군!

비 류 연 : 이 세계가 다 그렇고 그런 것 아니겠는가! 너무 깊게 생각하지 말게!

장　　홍 : 자, 이제 그만 뜸들이고 말해 보게!

비 류 연 : 짜잔! 겨울특집 슈퍼 레어 아이템! 그것은 바로바로바로바로 김형태 님께서 그려주신 왕 멋진 비뢰도 브로마이드입니다!!!

효　　룡 : 아니, 김형태 님이라고 하면!!!

비 류 연 : 후훗! 자네 뭘 좀 아는가 보군!

효　　룡 : 당연하지 않나! 그분이라면 '창세기전 3'와 '마그나 카르타'의 캐릭터 디자이너 겸 일러스트레이터로 활동하고 계시는 국내 최고의 특급 일러스트레이터가 아니신가! 그분이 디자인한 캐릭터는 항상 코믹이나 아카 같은 데서 코스프레되며, 이번에 일본에까지 진출하신다는…….

비 류 연 : 핫하! 자네 뭘 좀 알 뿐만 아니라, 좀 많이 알기까지 하는군. 어렵사리 초빙해 왔다네. 저랑 예린의 오붓한 모습을 멋지게 화폭에 담아주신 김형태 님께 깊이 감사의 말씀을 드립니다.

효　　룡 : 이건 불공평해!

장　　홍 : 맞아, 맞아!

비 류 연 : 뭐가 그렇게도 못마땅하고 불공평하단 말인가?

효　　룡 : 당연하지 않나! 왜 자네랑 예린의 그림은 있는데 나랑 진설의 그림은 없는 건가? 이건 너무 불공평한 일이 아닌가!

장　　홍 : 맞아! 뿐만 아니라 왜 이 멋진 로맨스 그레이의 우미(優美)한 전신상도 없느냐 말이다! 크오오오오오!

비 류 연 : 아저씨의 전신상 따위, 그런 걸 누가 갖고 싶어하겠어!

효　　룡 : 그건 맞는 말이야, 음음!

비 류 연 : 자자, 질투하지 말라고! 다음 기회가 있을지도 모르니깐 말일세!(물론 그런 기회야 영원히 오지 않겠지만 말이야!)
그리고 이번에 겨울방학 비뢰도 대정모가 있습니다. 여러 가지 흥미진진한 이벤트가 있을 예정입니다. 많은 분들이 참가해주시면 기쁘겠습니다. 물론 별거 아니고 무시해도 되지만 작가도 참가한답니다. 뭐 안 와도 되는데 온다니 별 수 없죠.
정모에 대한 자세한 이야기 검류혼장편신무협환타지소설 ☆비뢰도★(cafe.daum.net/TGSNOSF)를 참고하시면 됩니다. 정모 준비를 위해 애쓰시는 운영자 분과 도움을 주시는 모든 분들께 감사드립니다.

효　　룡 : 이봐, 제일 중요한 날짜가 빠졌어!

비 류 연 : 아, 그런가? 날짜는 2003년 1월 26일 일요일입니다. 장소는 서울 정립회관이고, 자세한 내용은 비뢰도 카페를 참고하세요. 그리고 다음은 이벤트 결과 발표입니다.

장　　홍 : 그거 아직도 발표 안 한 건가?

비 류 연 : 그렇다고 하더군!

효　　룡 : 오오, 이 얼마나 훌륭한 배짱인가! 감탄이 절로 나는구만.

비 류 연 : 여기서 잠시 집계 결과를 보도록 하지!

《 비뢰도 설문지 조사 순위 결산!! 》

1. 비뢰도 캐릭터들이 고등학교 생활을 한다면…….

1) 왕따당할 것 같은 캐릭터는?

　　1위　　윤준호 21표 (만장일치로 소심하다!)
　　2위　　비류연 20표 (천상천하 유아독존 등)
　　3위　　모용휘 16표 (혼자서 청결, 깔끔한 척과 온갖 척척척 다 한다 등)

비연태(6표), 노사부(5표), 나예린(5표), 장홍(4표), 노학(4표), 염도(3표), 비연태와 일당들—애소저회(주요인물 제외, 3표), 고약한(2표), 위지천(2표), 남궁상(2표), 마하령(2표), 대공자(1표), 마진가(1표), 늑기한(1표), 당문천(1표), 우뢰매(1표), 쌍비(1표),

2) 모범생일 것 같은 캐릭터는?

　　1위　　모용휘 58표 (척하면 척, 바른생활 청년! 등)

2위　윤준호 9표 (언제나 열심히 노력파 준회! 등)

3위　나예린 8표 (용안을 가지고 있어서, 집안 배경과 주위 시선으로 어쩔 수 없이 공부하기 때문! 등)

비류연(5표), 청흔(5표), 장홍(3표), 효룡(3표), 준호(1표), 철수(2표), 노학(1표), 대공자(1표), 독고령(1표), 비연태(1표), 백무영(1표), 주작단원(1표)

3) 분위기 메이커가 될 것 같은 캐릭터는?

1위　은설란 23표 (고도의 심리전술로 분위기를 띄운다, 성격 활발! 등)

2위　이진설 21표 (명랑소녀!)

3위　비류연 15표 (고도의 사기술과 협박으로 분위기 전환! 등)

장홍(9표), 노학(8표), 효룡(6표), 나예린(3표), 염도(2표), 진설란(?, 2표), 빙검(1표), 윤준호(1표), 천무쌍귀(1표), 독고령(1표), 임성진(1표), 마진가(1표), 치사한(1표), 남궁상(1표)

4) 시험 보면 0점 받을 것 같은 캐릭터는?

1위　비류연 27표 (돈 되는 일 외의 일은 일체 안 할 것 같음, 돈 주면 100점 만점이다! 등)

2위　염도 17표 (무식하기 때문에! 등)

3위　노학 14표 (거지가 무슨 공부하겠는가? 등)

비연태(4표), 윤준호(5표), 장홍(4표), 모용휘(3표), 나예린 (3표), 치사한(2표), 위지천(2표), 노사부(2표), 갈효봉(1표), 효룡(1표), 이진설(1표), 마진가(1표), 나백천(1표), 감운수(1표)

5) 답을 한 칸씩 밀려 쓰고 혼자 방에 쭈그려앉아서 괴로워할 것 같은 캐릭터는?

1위　윤준호 34표 (소심하고 자기 비관적! 등)

2위　남궁상 17표 (지지리도 궁상맞기 때문! 이름이 궁상이라 궁상맞을 거 같아세 등)

3위　효룡 7표 (의외로 소심하다! 등)

장홍(5표), 모용휘(4표), 염도(4표), 위지천(3표), 비류연(2표), 이진설(2표), 노사부(1표), 작가(1

표), 나예린(1표), 빙검(1표), 주작단(1표)

6) 가장 인기가 많을 것 같은 캐릭터는?

    1위   나예린 34표 (만장일치로 당연히 뛰어난 미모와 냉랭한 성격!)

    2위   비류연 20표 (주인공이기 때문, 신비롭기 때문, 특이하다! 등)

    3위   모용휘 12표 (잘생겼기 때문, 완벽하기 때문! 등)

은설란(11표), 노사부(3표), 이진설(2표), 비연태(2표), 효룡(2표), 작가(2표), 청흔(1표), 주작단(1표), 장홍(1표), 남궁상(1표), 윤준호(1표), 우뢰매(1표), 금영호(1표), 염도(1표)

7) 가장 인기가 없을 것 같은 캐릭터는?

    1위   비류연 12표 (돈에 관해선 쫌생이다, 모든 남자들의 적! 등)

    2위   노학 11표 (지저분하고 무식하다! 등)

    3위   비연태 11표 (만장일치로 변태를 누가 좋아하겠는가?)

장홍 (10표), 모용휘(7표), 염도(6표), 마진가(3표), 남궁상(3표), 치사한(3표), 노사부(3표), 나예린(3표), 대공자(2표), 늑기한(2표), 빙검(2표), 윤준호(2표), 독고령(1표), 마하령(1표), 금영호(1표), 나대이(1표), 임성진(1표), 종리학 (1표), 추가연(1표), 작가(1표), 일공(?, 1표)

2. 비뢰도 최강 미소년 미소녀는?

1) 미소년

    1위   비류연 69표 (주인공이기 때문, 천상천하 유아독존, 비밀의 소년 등)

    2위   모용휘 66표 (깔끔 완벽을 추구하는 성격과 미모 때문 등)

    3위   효룡 29표 (모성본능이 느껴지는 그의 성격과 귀여울 것 같아서 등)

윤준호(25표), 염도(20표), 남궁상(16표), 빙검(14표), 장홍(12표), 용천명(3표), 늑기한(2표), 검류혼 목정균 작가님(5표), 기타 노사부님 · 비연태(5표) 등

2) 미소녀

1위 나예린 72표 (쿨한 소녀 , 무표정의 싸늘한 매력, 너무 예쁘다, 타고난 미모,
작가님이 예쁘다고 설정했기 때문! 등)

2위 이진설 38표 (쾌활, 귀엽다! 명랑 소녀! 등)

3위 은설란 36표 (뛰어난 재치와 톡톡 튀는 성격, 따뜻함이 풍기는 꽃소녀! 등)

독고령(24표), 진령(18표), 관설지(6표), 마하령(5표), 기타 혁소운 · 홍란(3표) 등

3. 동화 패러디의 순위

1위 백설 공주 패러디 13개

2위 잠자는 숲속의 공주 패러디 8개

3위 선녀와 나무꾼 패러디 7개

4위 성냥팔이 소녀 패러디 6개

5위 인어 공주 패러디 6개

6위 헨젤과 그레텔 패러디 3개

7위 해와 달 패러디 2개
(그 외 나머지는 짬뽕 패러디)

비 류 연 : 동화 패러디는 너무 길어서 기재하지 못했으니 이해해주
시기 바랍니다. 특히 저 중에는 악질적인 여론 조작도 있
으니 가려서 확인하셔야 됩니다. 특히 가장 인기 없을 것
같은 캐릭터, 이런 설문은 어둠의 뒷손들이 여론을 허위로
조작한 사례라 할 수 있으니 독자 여러분들은 쉽게 속으시
면 안 됩니다.

효룡&장홍 : 우리가 보기엔 아주 지극히 정상적인 결과인 것 같은데?

비 류 연 : 시끄럽소! 어흠, 그럼 당첨자를 발표하겠습니다.

▶▶비뢰도 설문지 조사

· 1위 (2명)
닉네임 : 마법소녀리이나, 新飛雷刀™

· 2위 (4명)
닉네임 : 비공자럽, 데미소댜애플v, Khai, egoist

· 3위 (6명)
닉네임 : 天地仁星白順哲, Return to my ♡, 키키에욤Ⓢ, 어린아이–_–, 아동학대자싸부, 쥬에

▶▶비뢰도 동화 패러디 당첨자

· 1위 (2명)
백설 공주 패러디 | 닉네임 : 류화에여
잠자는 숲속의 공주(미녀) 패러디 | 닉네임 : 타천사루시펠

· 2위 (4명)
콩쥐 팥쥐 | 닉네임 : 치이
류연과 콩나무 | 닉네임 : 드래곤나이트
해와 달 오누이 | 닉네임 : 비류연만쉐∽
인어왕자 | 닉네임 : 레카

· 3위 (6명)
빨간 망토 류연 | 닉네임 : 위한
백설공주 패러디(백령공주) | 닉네임 : 殺色!
잠자는 숲속의 미녀 패러디(잠자는 숲속의 비류연) | 닉네임 : lovevirus
어느 달 밝은 밤에 들려주는 비류연의 옛날 이야기(부제 : 나의 아이들에게) |
닉네임 : 마황자
夢中多種童話 몽중다종동화 | 닉네임 : 괴도Y
심청전 패러디(비류연표 패러디 동화!) | 닉네임 : 라블리명보아찌

비 류 연 : 헉헉헉! 좀 많군요. 예고된 소정의 상품은 빠른 시일 안에
보내드리도록 하겠습니다. 집계와 이벤트 운영에 수고해
주신 이메리아 님과 다른 운영자분들께 감사드립니다.

비류연 & 효룡 & 장홍 : 독자 여러분! 지난 2002년에 보내주신 관심
과 성원에 대단히 감사드립니다. 여러분이 있었기에 지금
의 비뢰도가 있다고 생각합니다. 앞으로도 여러분의 기대
에 어긋나지 않게 열심히 노력하겠습니다. 2003년 올 한
해도 잘 부탁드립니다. 그럼 건강하시고 저희들과 작가는
다음 권에서 뵙도록 하겠습니다. 좀 늦었지만 새해 복 많
이 받으세요!

감사합니다.

FUSION FANTASTIC STORY

레전드급 낙오자

홍성은 장편소설

인생의 낙오자 이진혁, 반전을 꿈꾸다!

"이 정도 빚 따위,
플레이어로 성공하고 나면 아무것도 아니야"

기다리고 기다리던 튜토리얼 세계로의 입장.
그런데……

"…뭐야, 여긴?"

전설이 되어버린 남자,
이진혁의 모험이 시작된다!

Book Publishing CHUNGEORAM

FUSION FANTASTIC STORY

변혁 1998

천지무천 장편소설

주식 투자에 실패해 나락으로 빠진 강태수.

그런데,
눈을 떠보니 22년 전 과거로 돌아왔다!

『변혁 1998』

"다시는 후회하는 삶을 살지 않으리라!"

미래의 지식은 그를 천재적 사업가로 만들었고,
지난 삶의 깊은 후회는 그를 혁명가로 이끌었다.

새로운 삶을 살게 된 강태수.
변혁의 중심에 서다!

Book Publishing CHUNGEORAM

유행이 아닌 자유추구 -
WWW.chungeoram.com

신인 작가 모집

시작이 반이라고 했습니다.
작가의 길에 대한 보이지 않는 벽을 과감히 깨뜨리십시오!

청어람은 작가 지망생 여러분들의
멋진 방향타가 되어드리겠습니다.

저희 도서출판 청어람에서는 소설 신인 작가분들을 모집합니다.
판타지와 무협을 사랑하시는 분들의 많은 참여를 바랍니다.
소정의 원고를 메일로 보내주시면 검토 후 출판 여부를 알려드리겠습니다.

—

경기도 부천시 부일로 483번길 40(14640)
TEL 032-656-4452 FAX 032-656-9496 e-mail chungeorambook@hanmail.net
https://blog.naver.com/chungeoram_book